FRANÇOISE BOURDIN

Françoise Bourdin a le goût des personnages hauts en couleur et de la musique des mots. Très jeune, Françoise Bourdin écrit des nouvelles ; son premier roman est publié chez Julliard avant même sa majorité. L'écriture est alors au cœur de sa vie. Son univers romanesque prend racine dans les histoires de famille, les secrets et les passions qui les traversent. Elle a publié une trentaine de romans chez Belfond depuis 1994 – dont quatre ont été portés à l'écran –, rassemblant à chaque parution davantage de lecteurs. Françoise Bourdin vit aujourd'hui dans une grande maison en Normandie.

Retrouvez toute l'actualité de Françoise Bourdin sur www.françoise-bourdin.com

D0725766

UN MARIAGE D'AMOUR

FRANÇOISE BOURDIN

UN MARIAGE D'AMOUR

BELFOND

© Belfond 2002
ISBN : 978-2-266-13319-7

À René Roussel, et pas uniquement parce qu'il m'a fait découvrir mon premier cheval, mais plutôt en gage de presque cinquante ans d'une solide amitié.

1

Incapable de soutenir le regard de son frère, Nils gardait la tête baissée et se tenait un peu voûté, les mains enfoncées dans les poches de son jean.

— Elle aurait pu venir elle-même ! lui lança Victor d'une voix dure.

— Elle n'a pas osé...

— Et toi, tu oses ?

Ils durent s'écarter un peu pour laisser sortir le déménageur qui emportait les derniers cartons. À chacun de ses passages, l'homme leur jetait un coup d'œil intrigué, devinant l'âpreté de leur querelle.

— Je ne sais pas quoi te dire, avoua Nils.

— Alors ne dis rien ! Va la retrouver, je suppose qu'elle t'attend ?

Une bouffée de rage impuissante submergea Victor et faillit lui faire perdre son sang-froid, puis il parvint à se dominer. Son frère leva enfin les yeux vers lui, l'air pitoyable.

— C'est difficile pour moi, Vic...

— Pas pour moi ? explosa-t-il.

— Je ne voulais pas ça...

— Mais tu la voulais, elle, alors tu as fait comme d'habitude, tu t'es servi sans te soucier des conséquences. Toi d'abord !

— Tu aurais préféré que je te mente ?

— Oh, tu n'en es pas à un mensonge près, Nils !

Le ton montait. Victor fit un nouvel effort pour se maîtriser, effrayé par la violence de ce qu'il ressentait. Perdre sa femme le déchirait, l'anéantissait, le rendait fou.

— Pourtant tu savais à quel point... je tiens à elle. L'imaginer avec toi, faisant l'amour avec toi...

L'énoncer à voix haute était une vraie torture. Voyant Nils blêmir puis reculer d'un pas, il comprit que son frère avait peur de lui mais n'en retira aucune satisfaction.

— Rassure-toi, je ne vais pas te casser la gueule. J'en ai eu envie, d'accord, j'ai même failli le faire le soir où Laura m'a parlé, mais elle m'en a empêché, elle a dû te le dire, et pour ça au moins, elle a eu raison.

Le déménageur revenait, son récépissé à la main. Il s'arrêta devant eux, hésitant.

— S'il n'y a plus rien, je ferme le camion... Lequel de vous deux signe ?

D'autorité, Victor tendit la main, habitué à ce qu'aucun papier ne lui échappe. Il le lut machinalement, se refusant à penser que cette simple feuille symbolisait la faillite de son existence. Laura partait, était déjà partie. Dans les cartons se trouvaient ses livres, ses vêtements, ses objets personnels auxquels Victor avait ajouté, au dernier moment, un petit coffret contenant tous ses bijoux. Un geste plus rageur qu'altruiste, il ne se faisait pas d'illusions. Parce qu'elle raffolait des bagues, des montres, il lui en avait offert un certain nombre, y compris un somptueux saphir quand leur fils Thomas était né. Il ne voulait plus jamais les voir.

S'appuyant à la façade, derrière lui, il signa le bordereau puis sortit de sa veste quelques billets qu'il fourra dans la main du déménageur. Il espéra qu'il n'avait rien oublié et qu'aucun bibelot, aucun vêtement ne traînait encore chez eux. Chez lui seul, désormais.

— Tu vas rester là ? murmura Nils, qui semblait danser d'un pied sur l'autre, toujours aussi embarrassé.

— Dans cette maison ? Sûrement pas !

Le camion démarra avec un bruit sourd puis s'éloigna vers le portail. Victor le suivit des yeux un instant avant de reporter son attention sur son frère. Il le saisit soudain par son pull qu'il tira brutalement vers lui.

— Comment as-tu pu me faire ça ? gronda-t-il à mi-voix. S'il s'agissait de n'importe qui d'autre… Mais toi !

Être en rivalité avec Nils et se retrouver perdant n'avait pas de sens. Laura était sa femme, la mère de son fils, pas une conquête d'un soir. Nils lui volait ce qu'il avait de plus précieux sans mesurer la portée de son acte. Il le dévisagea comme s'il cherchait à comprendre. C'était son petit frère, il avait passé tant d'années à le protéger qu'il n'arrivait même pas à le haïr. Après tout, le « pauvre » Nils avait des excuses, sa mère était morte dans des circonstances tragiques alors qu'il n'avait même pas trois ans, et depuis, quoi qu'il fasse, chacun dans la famille lui donnait toujours l'absolution.

— Va-t'en, soupira Victor, résigné.

— Attends ! Je ne veux pas que tu…

— Je m'en fous. Casse-toi d'ici !

Il fit volte-face puis rentra dans la maison dont il claqua la porte avec une violence inutile. Il devait se rendre à l'étude où un rendez-vous incontournable l'attendait, pris de longue date avec six héritiers pour une succession délicate. Une belle scène en perspective, qui aurait pu le réjouir, mais là, il n'était même plus certain d'aimer son métier. Qu'allait-il aimer, d'ailleurs, dans les jours et les mois à venir ? En tout cas, le bonheur de rentrer ici en fin de journée, pressé de retrouver sa femme et son fils, avec ce plaisir intact qui lui faisait ouvrir la porte en souriant, n'existait plus. Désormais il était un mari trompé, trahi, quitté.

— Laura ! hurla-t-il en donnant un coup de poing sur une des consoles de l'entrée.

Se défouler sur les objets ne lui ressemblait pas, mais mieux valait s'en prendre à un meuble qu'à Nils. Au-dessus de la console, il se découvrit dans le miroir encadré d'acier. Les yeux cernés, l'air hagard... impossible de se présenter comme ça devant ses clients. D'un geste nerveux, il passa sa main dans ses cheveux bruns, voulut rajuster son nœud de cravate qu'il mit carrément de travers.

Exaspéré, il sortit de sa poche son portable, appuya sur la touche de rappel de l'étude et demanda à sa secrétaire de lui passer le bureau de Maxime.

— Me Cazals est en rendez-vous, maître. Je vous passe un des clercs ?

— Non, c'est à lui que je veux parler.

Il patienta deux secondes avant d'entendre la voix posée de son frère aîné.

— Un problème, Vic ?

— La succession Lanzac, dans une demi-heure. Prends-les à ma place.

— Impossible. Ils sont déjà là et c'est toi qu'ils attendent, je ne connais pas le dossier.

— Je ne peux pas, Max...

— Si, bien sûr ! Au besoin, je t'assiste. Allez, dépêche-toi de revenir, je vais décaler mon planning.

Son frère coupa la communication avant qu'il ait eu le temps de protester. Une façon de lui faire comprendre qu'il n'avait pas le droit de se dérober à ses obligations professionnelles. De nouveau il chercha son reflet dans le miroir. D'habitude il y voyait un beau brun au regard bleu, plutôt souriant, mais là, il avait exactement l'air de ce qu'il était : un pauvre type malheureux comme les pierres.

Il se précipita vers l'escalier, grimpa les marches quatre à quatre jusqu'au dressing où il changea de veste et de cravate en moins d'une minute. Quelques instants plus tard, au volant de sa voiture, il fonçait vers Sarlat.

En matière de droit de la famille et de la propriété, Victor Cazals était absolument incollable. Qu'une succession soit testamentaire ou ab intestat ne changeait rien à sa parfaite maîtrise des transmissions de biens. Réunir des héritiers et les obliger à s'entendre, quels que soient leurs différends, ne lui posait aucun problème, il savait faire preuve de tact, d'autorité ou d'humour exactement quand il le fallait.

Pourtant aujourd'hui, assis à son bureau face à la famille Lanzac, il n'arrivait même pas à trouver ses mots. Debout derrière lui, Maxime achevait à sa place certaines phrases restées en suspens.

— Papa n'a pas pu faire ça ! s'écria la femme en deuil qui n'arrêtait pas de l'interrompre.

— Pourquoi pas ? riposta sèchement Victor. Il s'agit de la quotité disponible, dont il pouvait disposer à sa guise.

Il sentit la main de son frère effleurer son épaule et il se reprit aussitôt :

— Madame Lanzac, les personnes âgées sont parfois imprévisibles…

Pas pour lui, en tout cas, qui avait vu et entendu les choses les plus insensées dans ce même bureau. Quelques testaments authentiques, pris sous la dictée du client et devant témoins, l'avaient fait hurler de rire intérieurement tant les volontés exprimées étaient farfelues. Mais du moment que le testateur restait dans le cadre de la loi, il continuait à écrire, imperturbable.

Avec une lassitude sans doute flagrante, il reprit les feuilles posées devant lui tandis que des réflexions aigres-douces s'échangeaient à voix basse entre les membres de la famille. Le legs du défunt à son unique petite-fille, aussi considérable qu'inattendu, enlevait aux héritiers directs quelques espérances et les rendait amers. D'autant plus que la somme resterait bloquée à l'étude jusqu'à la majorité de la gamine.

— On peut contester, quand même ? insista Annie Lanzac.

— Non, sûrement pas ! Votre père était sain d'esprit, et les documents sont en règle !

Cette fois il devenait agressif, pris d'une irrésistible envie de flanquer tout le monde dehors. Maxime lui broya l'épaule et enchaîna avec diplomatie. Au lieu de l'écouter, Victor se mit à faire rouler son stylo le long du sous-main de cuir noir. Laura n'était pas venue souvent ici, jugeant d'emblée qu'une étude notariale était un endroit sinistre. Il lui avait prouvé le contraire, un dimanche où il était revenu chercher un dossier, en lui faisant l'amour sur son bureau. Il était fou d'elle, de son corps, de son rire, de ses yeux, et désormais ce serait Nils qui allait la tenir dans ses bras.

— … nous nous chargerons de toutes les formalités bancaires et administratives, acheva son frère derrière lui.

Les Lanzac se levaient et Victor les imita. Machinalement, il les escorta jusqu'à la sortie, qui donnait de plain-pied sur une cour pavée, à l'arrière, permettant ainsi à ceux qui partaient de ne pas rencontrer les clients qui arrivaient. Avec une poignée de main ferme, l'aîné des Lanzac le remercia chaleureusement, persuadé que la présence des deux notaires à la fois était une grande marque de considération.

— Ne me fais plus jamais ça ! grogna Maxime entre ses dents à peine la porte refermée. Tu as été nul.

Puis, comme pour s'excuser, il ébouriffa les cheveux de son frère d'un geste tendre.

— Tu devrais prendre des vacances, ajouta-t-il en le dévisageant. Pars quelques jours, drague, oublie-la !

Facile à dire pour Max, marié avec une femme parfaite qui l'adorait.

— C'est ce que tu ferais si Cathie prenait un amant et demandait le divorce ?

D'un haussement d'épaules insouciant, Maxime rejeta cette question stupide.

— Tu l'as vue, aujourd'hui ? demanda-t-il seulement.

— Laura ? Non, elle a envoyé Nils…

— Quoi ? Il est venu chez toi ? Il est là ?

— Reparti pour Paris.

— Dommage, j'avais beaucoup de choses à lui dire !

Depuis qu'il avait appris la liaison de Nils et de Laura, Maxime ne décolérait pas. Pourtant, lui aussi, depuis toujours, prenait systématiquement la défense du cadet contre le reste du monde.

— Vous avez réglé vos comptes ? s'enquit-il d'un ton inquiet.

— Il est insolvable, tu sais bien…

Une phrase à double sens, que Victor lâcha avec un sourire amer. Dépensier, fantaisiste, leur petit frère n'avait jamais un sou devant lui malgré le luxe faussement bohème dans lequel il vivait. De toute façon, depuis l'école primaire il n'avait rien mené à bien.

— Tu as une mine épouvantable, Victor.

Le bourdonnement de l'interphone les interrompit et la voix de la secrétaire annonça que les clercs allaient partir.

— Il est tard, constata Max. On dîne chez les parents, tu t'en souviens ?

Victor leva les yeux au ciel mais renonça à discuter, sachant très bien que leur père n'admettrait pas une dérobade de sa part.

Foulant à grands pas la moquette du salon, Martial Cazals allait et venait d'une fenêtre à l'autre, exaspéré. Il finit par s'arrêter pour jeter un coup d'œil au-dehors. La rue du Présidial était calme, admirablement mise en valeur depuis qu'un éclairagiste de génie avait installé à travers la vieille ville d'étonnants candélabres flanqués de spots en verre. Un moyen supplémentaire de séduire les nombreux touristes, quoique Sarlat n'en eût aucun besoin : c'était une ville magnifique, magique. Martial n'avait jamais regretté d'y être revenu après l'épisode tragique qui avait scindé sa vie en deux. Quand Blanche s'était obstinée à vouloir quitter la propriété des Roques, il s'était incliné à contrecœur, avant de se découvrir heureux de rompre avec le passé.

Il se détourna et reprit sa marche de lion en cage. Certes, la maison était agréable, néanmoins elle datait de la Renaissance, n'offrant que des pièces étroites. Pour obtenir ce grand salon, il avait fallu abattre deux murs et installer des poutrelles métalliques afin de soutenir les plafonds. Aux Roques, les proportions étaient beaucoup plus vastes, presque grandioses, mais malheureusement personne n'en profitait.

— Oui, eh bien, ça va changer ! marmonna-t-il à mi-voix.

Victor n'allait pas rester dans cette villa ultramoderne que sa femme lui avait fait acheter par caprice. Son fils n'était pas masochiste, il ne se complairait pas dans le souvenir de celle qui l'avait quitté.

« Et pourquoi pas ? Qu'est-ce que je fais d'autre, moi, à longueur de temps ? »

Il se désespérait en pensant à un fantôme. Dieu préserve son fils de subir le même calvaire. Près d'une fenêtre, il marqua une nouvelle pause mais la rue était toujours déserte et la maison silencieuse. Blanche s'affairait sans doute devant ses fourneaux, concoctant une des recettes préférées de leurs fils. Il lui devait beaucoup, il le savait, se sentait coupable de l'avoir si mal et si peu aimée, alors qu'elle lui était entièrement dévouée. Un dévouement qui, hélas ! n'inspirait aucun désir à Martial. Même trente ou quarante ans plus tôt, il avait toujours pensé à d'autres femmes quand il la tenait dans ses bras. À des filles plus belles, plus jeunes, plus délurées. Des filles comme Laura, par exemple, qu'on n'épouse pas quand on a deux sous de jugeote. Il fallait être aussi amoureux que Victor pour ne pas l'avoir compris tout de suite.

« Mais qu'est-ce qu'ils foutent, bon sang ? »

Martial n'avait jamais transigé sur l'éducation de ses deux aînés, et la ponctualité faisait partie des choses qu'il leur avait inculquées. Nils, lui, avait bénéficié d'une indulgence que Martial se reprochait enfin aujourd'hui. Il aurait dû ouvrir les yeux plus tôt, mais il n'en avait eu aucune envie jusque-là. Moralité : son cadet était devenu un raté. Pire, Nils manquait de dignité au point de trahir son frère de la manière la plus ignoble qui soit, comme un vulgaire amant de vaudeville. Sa liaison secrète avec sa belle-sœur aboutirait à un divorce retentissant.

« Pourquoi *retentissant* ? Je vais me charger d'étouffer ce scandale qui serait très mauvais pour l'étude ! »

Depuis qu'il avait passé la main à Maxime et à Victor, Martial n'était jamais retourné dans cette étude de la rue Montaigne dont il avait fait lui-même la réputation à force de travail acharné. Ses fils suivaient ses traces, aussi brillants l'un que l'autre, réduisant leurs confrères à la portion congrue. Bien au-delà de Sarlat, toute une partie du Périgord ne traitait ses affaires que chez les Cazals, notaires associés.

À vingt et un ans, Martial n'était encore qu'un jeunot lorsque ses parents avaient disparu à quelques mois d'intervalle. Son père emporté par un cancer foudroyant, et sa mère par la grippe. Orphelin alors qu'il venait juste d'atteindre sa majorité, il s'était retrouvé à la tête d'un héritage qui faisait de lui un parti très convoité. Raisonnable, il avait terminé ses études et pris le temps de choisir parmi les jeunes filles qu'on lui présentait. Il n'était tombé amoureux d'aucune mais, pressé de fonder une famille, il ne pouvait pas rester seul. Blanche avait une dot, elle était manifestement folle de lui, il s'était décidé pour elle. Avec la fortune laissée par ses parents, il avait ensuite acheté puis aménagé un ancien hôtel du XVIIᵉ situé en plein cœur de la ville. Les travaux de rénovation réalisés à l'époque s'étaient révélés ruineux. Il avait fallu engager un architecte pour restaurer l'escalier en bois à balustres qui descendait jusqu'à la cour pavée, ainsi que toutes les fenêtres en encorbellement et les grands arcs d'ogives de la façade. Mais le résultat en valait la peine et, grâce à Blanche, l'argent ne leur avait jamais manqué, pas même au début. Très vite, Martial avait réussi. Il n'était pas seulement sérieux, habile, têtu, il était surtout un enfant du pays, né à quelques kilomètres de là. Jeune, peut-être, mais à son aise dans cette étude cossue, si persuasif et si chaleureux qu'en moins de deux ans il s'était déjà constitué une belle clientèle qui ne jurait que par lui. Heureusement, car il avait failli ruiner sa carrière quand il avait rencontré Aneke.

Aneke... Il lui suffisait de chuchoter son prénom pour se sentir ému. Sans effort, il la revoyait avec une précision inouïe. Le grain de beauté de son épaule, ses jambes interminables qui lui donnaient une démarche de félin, sa nuque délicate et ses petites dents étincelantes : il avait tout adoré. Au premier regard, il était tombé fou amoureux de cette ravissante Suédoise. Mannequin, elle n'était que de passage en France, bloquée à Paris par les événements de mai 68. Pour lui, elle était restée ; pour elle, il avait tout quitté : Blanche, ainsi que leurs deux fils qui n'avaient alors que quatre et six ans. Et même son étude qu'il avait confiée à un tiers. Il était parti sans se retourner. Un vrai coup de folie.

Aneke rêvait de campagne et de soleil, alors ils s'étaient installés dans la région de Cahors, à moins d'une centaine de kilomètres de Sarlat. Il aurait pu faire la navette et récupérer son affaire, mais il avait tiré un trait sur son passé et préféré s'associer avec un notaire cadurcien chez lequel il s'était mis à travailler d'arrache-pied. Nils était né là-bas un matin de mars, et Martial avait eu l'impression d'être père pour la première fois de sa vie. Grâce à Aneke, il redécouvrait tout, apprenait tout. À ses côtés, il avait goûté un bonheur absolu pendant trois ans. Ensuite, le drame était arrivé. Un accident stupide, inconcevable, dont le cauchemar, certaines nuits, le poursuivait encore.

Prévenu par les gendarmes, il n'avait revu Aneke qu'à la morgue de l'hôpital où on venait de la transférer. Anéanti, il s'était retrouvé seul avec un petit garçon de deux ans et demi qui ressemblait déjà beaucoup à sa mère, tellement blond que ses cheveux avaient l'air blancs, avec ce même regard bleu délavé de ciel après la pluie.

Il avait tenu le coup trois mois, seul à Cahors, anéanti. Après, il s'était avoué vaincu, il était rentré à Sarlat la tête basse. Dans la propriété des Roques, où elle élevait seule leurs deux fils, Blanche l'avait accueilli à bras ouverts, sans lui faire payer le prix fort. Au lieu de l'accabler, de se venger, elle avait même accepté de prendre en charge ce troisième enfant qui aurait dû lui faire horreur. Sa seule exigence avait été de quitter Les Roques. Le retour de Martial signifiait pour elle une renaissance, elle voulait changer de décor. Comme il n'était pas en position de discuter, il avait cédé tout de suite et acquis la maison de la rue du Présidial avec indifférence. À ce moment-là, il était occupé à récupérer son étude, à la remonter, à retrouver tous ses clients, et il se moquait du reste.

D'emblée, Blanche avait été parfaite. Envers Nils, elle se montrait affectueuse, douce, et prenait même sa défense contre les deux aînés qu'elle grondait davantage. Martial lui-même se montrait trop faible avec le cadet à qui il passait tout. Quant à Maxime et Victor, ils avaient accepté ce petit frère inattendu sans la moindre rancune. Au contraire, ils le faisaient jouer à tour de rôle, intervenaient pour lui dans les bagarres à l'école, se laissaient même punir à sa place. À cette époque, Martial aurait dû reconnaître la générosité des deux grands, leur droiture, mais seul Nils l'intéressait… il ressemblait de plus en plus à Aneke dont la disparition le laissait toujours inconsolable.

Bien des années plus tard, quand Maxime puis Victor s'étaient lancés dans des études de droit pour devenir notaires à leur tour, Martial avait commencé à les regarder différemment, conscient de s'être montré injuste. Il s'était juré de les prendre comme associés, puis de leur passer la main sans trop attendre, ce qu'il avait fait par la suite. Pendant ce temps-là, Nils végétait, toujours choyé et absous par Blanche. Velléitaire, voire capricieux, il ne se décidait pas à grandir. Après une laborieuse licence de lettres, commencée à Bordeaux et achevée à Toulouse, il était parti à Paris pour s'inscrire dans une obscure école de cinéma.

« Seigneur ! Comment ai-je pu laisser passer ça ? »

Si elle le voyait, d'où elle était, Aneke devait le maudire.

— Les voilà ! lança joyeusement Blanche, juste derrière lui.

Perdu dans ses pensées, il n'avait pas entendu la voiture de Max, ni senti la présence de sa femme contre son épaule. Il s'écarta d'elle et gagna le rez-de-chaussée où Victor enlevait déjà son imperméable.

— Content de vous voir, les garçons…

Martial serra la main de ses fils et les poussa vers l'escalier. De retour dans le salon, il servit l'apéritif sans attendre, mettant d'autorité une double dose de whisky dans le verre de Victor. Lorsqu'il le lui tendit, il le regarda avec attention. De ses trois fils, c'était celui qui lui ressemblait le plus. Mêmes yeux bleu azur, même sourire énigmatique, même capacité à séduire ses interlocuteurs. D'ailleurs, c'était le premier mot qui venait à l'esprit quand on voyait Victor : séduction. Avant son mariage avec Laura, il avait fait des ravages, toutes les filles jugeant ce beau brun absolument irrésistible. En réalité, il n'était pas vraiment beau, et une cicatrice d'enfance – souvenir d'une chute aux sports d'hiver – barrait le côté gauche de son visage, de la tempe jusqu'au coin de la bouche. Mais cette fine ligne pâle ne faisait qu'ajouter à un charme dont il n'avait guère conscience. Maxime, lui, tenait de Blanche des traits plus réguliers, des boucles châtain clair et un regard brun d'une grande douceur. Plus posé que Victor, il était tout aussi gentil, et finalement ces deux-là se complétaient à merveille. Quant à Nils, il avait toujours l'air d'un étranger arrivé la veille d'un autre pays. Trop grand, ce qui le faisait se tenir un peu voûté, nerveux, fragile, il promenait sur le monde son regard délavé qui semblait appeler à l'aide.

— Bon, tu vas bien ? lança Martial à Victor, de façon plutôt abrupte.

— Pas vraiment, mais j'aimerais autant qu'on parle d'autre chose.

— Comment veux-tu ? De toute façon, on ne va penser qu'à ça, inutile de faire semblant !

— C'est ma vie privée, papa.

— Pas quand l'amant de ta femme est aussi mon fils, parce que ça met la pagaille dans toute la famille ! explosa Martial.

En temps normal, Blanche aurait tenté d'intervenir pour détourner la colère de son mari, mais elle se contenta de garder les yeux baissés sur le plateau d'allumettes au fromage qu'elle venait d'apporter. Plus calmement, Martial enchaîna :

— Excuse-moi, je voudrais qu'on épuise le sujet avant que Cathie et les enfants arrivent. Tu comptes demander la garde de Thomas ?

Cette question, Victor la retournait en tous sens depuis des semaines, et si la réponse le désespérait, elle s'imposait pourtant d'elle-même.

— Il est trop petit, papa, il sera mieux avec sa mère.

En le disant, Victor se sentit de nouveau submergé de colère. L'idée que Nils élève son fils à sa place lui faisait grincer des dents.

— Donc, tu vas leur faire une pension ?

Son père avait l'art de retourner le couteau dans la plaie. Mais le non-dit n'était pas son fort, il préférait la franchise brutale au silence et ne laissait jamais une situation se dégrader sans en avoir débattu. Malheureux, Victor acquiesça d'un signe de tête.

— Si mes souvenirs sont bons, insista Martial, impitoyable, tu ne voulais pas signer de contrat de mariage ? Eh bien, si je ne t'avais pas convaincu, tu vois où tu en serais aujourd'hui ! Je suppose que tu vas vendre cette abominable baraque ? Si tu veux, je te cède Les Roques, ça te changera les idées.

Stupéfait, Victor leva la tête. Il observa son père une seconde, avant de se tourner vers Maxime. La proposition semblait tellement insensée que les deux frères échangèrent un long regard circonspect. Depuis toujours, il était bien convenu que Les Roques étaient un endroit intouchable, dont Martial ne se séparerait jamais. Il se fâchait chaque fois qu'un membre de la famille évoquait l'inutilité de cette grande propriété vide qu'il n'acceptait ni de vendre ni de louer.

— Les céder ? répéta Victor.

— Oh, comme tu veux ! Je te les vends, je te les donne, on s'arrange entre nous.

Les souvenirs d'enfance que Victor conservait des Roques étaient assez mitigés. Ils y avaient beaucoup joué, avec Maxime, et aussi beaucoup vu pleurer leur mère après le soudain départ de leur père. Il essaya de s'imaginer seul là-bas et il secoua la tête.

— Écoute, papa, je ne…

— Je ne te les offrirai pas deux fois, Vic ! Tu te décides maintenant.

Son père désirait seulement l'aider, mais il se révolta quand même.

— Laisse-moi le temps d'y penser ! Je ne sais plus où j'en suis, je crois que j'ai besoin de changer d'air, de réfléchir, de…

— Pour quoi faire ? Ressasser tes malheurs ? T'apitoyer sur toi-même ?

C'en était trop pour une seule journée, Victor se leva et traversa le salon sans dire un mot. Au moment où il sortait, il entendit la voix furieuse de Maxime qui s'écriait :

— Tu ne pouvais pas le laisser tranquille, non ?

Oubliant son imperméable sur la bergère où il l'avait jeté, Victor se retrouva dans la rue du Présidial. Il prit une longue inspiration avant de se mettre en marche, sans trop savoir ce qu'il allait faire. Comme sa voiture était restée garée dans la cour de l'étude, il se dirigea vers la cathédrale. Vendre cette villa qui lui rappellerait chaque jour Laura, oui, il l'avait décidé dès qu'elle lui avait annoncé son départ, toutefois il avait passé l'âge qu'on lui dicte sa conduite. La compassion de son père – qui n'en avait pas été très prodigue jusque-là – lui paraissait déplacée, presque humiliante.

Pour ce soir, il n'avait pas d'autre choix que rentrer chez lui où il passerait sans doute une nouvelle nuit blanche. La veille, il ne s'était endormi qu'à l'aube, sur le canapé du salon, au milieu des cartons emballés pour Laura, se répétant les phrases qu'il comptait lui dire. Bien sûr, elle avait choisi de ne pas venir.

— Victor, attends-moi !

La voix de stentor de Martial se répercuta sur les murs de calcaire blond et les toits de lauzes des maisons, tout au long de la rue.

— Oh, je suis désolé, d'accord ! Mais quand même, ce n'est pas la fin du monde…

Son père l'avait rejoint, un peu essoufflé, et il sentit une main ferme sur son épaule.

— J'ai connu ça, Vic, en bien pire, crois-moi. Laura n'est pas morte, que je sache ! Tu ne peux pas supporter l'idée qu'elle soit heureuse sans toi ?

Victor s'arrêta, la tête basse, sans rien répondre. Que son père en vienne à évoquer ses propres malheurs prouvait à quel point il était bouleversé.

— Pour Nils, c'est ma faute. Je l'ai mal élevé, je sais. Mais il me rappelait tellement Aneke ! Je ne devrais pas t'en parler, au moins vis-à-vis de ta mère… Je sais que tu es amoureux, je l'ai été à la folie, je peux comprendre. Sauf que ta femme n'en vaut pas la peine.

Choqué par le cynisme de cette dernière remarque, Victor se remit en marche.

— On reçoit de sacrées claques dans la vie, hein ? Pourtant, on finit toujours par surmonter, tu verras. Je ne me mêle pas de tes affaires, je veux juste t'aider à franchir le cap. Prends Les Roques, Vic, tu auras tellement de choses à remettre en état là-bas que tu n'auras pas le temps de penser à Laura. Et pour Thomas, quand tu le garderas le week-end, ce sera un vrai paradis !

Parvenus rue Montaigne, ils approchaient de l'étude. Victor leva les yeux vers la cathédrale Saint-Sacerdos, dont la tour de façade aux arcades aveugles était brillamment illuminée.

— Si Maxime est d'accord, murmura-t-il.

— Il l'est. Tiens…

Son père lui mit de force un trousseau de clefs dans la main.

— Vas-y quand tu veux, au moins pour essayer.

Avec un haussement d'épaules résigné, Victor capitula et empocha les clefs.

— Excuse-moi auprès de maman, ajouta-t-il en s'efforçant de sourire.

Après un instant d'hésitation, son père se contenta de hocher la tête puis il fit demi-tour. Victor le suivit des yeux et s'aperçut qu'il ne l'avait même pas remercié. Dans l'état où il se trouvait, n'importe quel dérivatif lui serait forcément salutaire, et s'installer aux Roques contribuerait peut-être à le détourner du désespoir où il s'enfonçait. Pas la fin du monde, d'accord, mais une souffrance aiguë quand même.

Nils regardait les cartons éventrés qui encombraient le salon, les chambres, et même la salle de bains. Laura s'affairait, absolument ravissante dans son petit peignoir de soie, beaucoup trop court. Ses cheveux blonds étaient relevés par une grosse pince à cheveux, sur la nuque, ce qui lui donnait l'air d'une jeune fille.

— Dès demain, je me mets à chercher un boulot ! déclara-t-elle d'un ton péremptoire.

Elle se tourna vers lui, une paire de chaussures dans chaque main.

— Je les range où ?

— Où tu veux, tu es chez toi.

Ce qui n'était pas tout à fait exact, car il n'avait pas payé le loyer de cet appartement depuis quatre mois et le propriétaire lui avait envoyé les huissiers. Jusque-là, il n'avait pas su se résigner à tout expliquer à Laura, mais il allait bien falloir qu'il se décide. Sa situation financière était catastrophique, comme toujours, d'autant plus qu'à partir de maintenant il ne pourrait plus demander d'aide à sa famille. Il fallait qu'il appelle son agent pour trouver un contrat au plus vite, sinon sa banque finirait par lui retirer son chéquier et ses cartes de crédit. Aurait-il pu imaginer pire au moment où une femme et un enfant débarquaient dans sa vie ?

Se laissant tomber sur le canapé, il alluma une cigarette pour se donner du courage. Comme il allait parler, elle le devança.

— Que t'a dit Victor ?

Naturellement, elle voulait le savoir, elle devait se sentir aussi coupable et mal à l'aise que Nils lui-même.

— À peu près rien.

— Il avait l'air comment ?

— Anéanti, furieux, pressé.

— Je l'appellerai, dit-elle sans conviction.

Elle ne le ferait pas, c'était évident. Quel genre de sentiments l'attachaient encore à son mari ? Bientôt son ex-mari, tant l'avocat précipitait le mouvement.

— Tu l'aimes toujours ?

Sa question à peine posée, il la regretta amèrement. Tenait-il vraiment à savoir ce qu'elle éprouvait pour Victor ? S'ils ne voulaient pas se laisser écraser par la culpabilité, le mieux était d'éviter le sujet.

— Je ne sais pas, répondit-elle après un temps de réflexion. Oh, c'est difficile de ne pas l'aimer, tu le connais !

Nils le connaissait malheureusement trop bien. Adolescent, il avait admiré et envié les succès de ses deux grands frères auprès des filles. En particulier Victor, qui multipliait les conquêtes sans vraiment s'attacher à aucune, mais qui s'arrangeait toujours pour rompre avec élégance. Personne ne lui en voulait, tout le monde l'adorait, c'était un jeune homme absolument charmant. Nils rêvait alors de lui ressembler.

— Il oubliera, chuchota Laura.

Elle venait de le rejoindre et s'était assise tout contre lui. Il la prit dans ses bras, sans réelle envie. Comment avait-il pu en arriver là ? À ce qu'elle vienne s'installer chez lui ? Oh non, Victor n'oublierait pas, ne pardonnerait pas ! Et Nils, à trente-trois ans, avait tellement l'habitude du soutien inconditionnel de sa famille qu'il se demanda comment il allait se débrouiller pour faire face, seul dans son camp désormais.

Le peignoir de soie s'était ouvert, découvrant les seins de Laura. Il adorait son corps mince, ses longues jambes, sa peau claire de vraie blonde. Il eut immédiatement envie d'elle, ce qui ne signifiait pas grand-chose, il le savait très bien.

— Il y a des héritiers réservataires, madame Monier, vous ne pouvez pas disposer de tous vos biens.

— Mais pourquoi, puisque c'est à moi ?

Patient, Victor recommença ses explications sur les règles de succession, sans pour autant convaincre sa cliente. Il la connaissait de longue date, l'ayant eue comme professeur d'histoire au collège, et il avait le sentiment qu'elle le prenait toujours pour un gamin. Un quart d'heure de discussion fut encore nécessaire avant qu'il puisse se débarrasser d'elle, vaguement amusé par l'entêtement qu'elle mettait à vouloir tout léguer au jardinier. Ses enfants ne venaient jamais la voir, et d'une certaine manière ils méritaient la mauvaise surprise qui les attendait.

Après avoir jeté un œil distrait sur son agenda, il gagna le hall d'entrée où la secrétaire disparaissait derrière son comptoir chargé de piles de dossiers.

— C'est quoi, cette pagaille ?

— Votre frère fait ranger les archives par le stagiaire, répondit-elle avec un sourire entendu.

Maniaque de l'ordre, Maxime avait dû réfléchir à un nouveau système de classement. Les caves voûtées de l'étude étaient remplies de rayonnages métalliques sur lesquels se trouvaient répertoriées des milliers d'affaires. Une multitude de vies bien rangées dans leurs boîtes rigides, qui composaient l'histoire de toute la région. Trois générations de secrets de famille y dormaient : donations récusées et propriétés contestées, filiations douteuses et bâtards légitimés, contrats de mariage, règlements de comptes posthumes.

— Vous avez les chiffres de la Bourse d'aujourd'hui ?

Tandis que la secrétaire pianotait sur le clavier pour se connecter à Internet, Victor fouilla en vain sa poche ; il avait cessé de fumer depuis la naissance de Thomas et n'avait pas de cigarettes sur lui. Il tendit la main vers un paquet de blondes à moitié dissimulé par la batterie de téléphones.

— Je peux ?

— Vous ne devriez pas, mais servez-vous.

La première bouffée lui parut horrible, puis la deuxième absolument délicieuse. Prenant la feuille qui sortait de l'imprimante, il l'emporta dans son bureau, la cigarette entre les lèvres. Il devait réfléchir à une demande de placement de capitaux émise par un de ses plus gros clients, et en général les chiffres l'amusaient. Pourtant, à peine s'était-il assis que les indices de cotation lui parurent dérisoires, voire d'un mortel ennui. Son regard s'égara vers le téléphone, mais il résista à la tentation d'appeler Laura. La dernière fois qu'il l'avait fait, il était tombé sur Nils et avait raccroché sans dire un mot. Il fallait qu'il lui envoie de l'argent, il savait pertinemment qu'elle n'avait pas grand-chose sur son compte. Qu'en ferait-elle ? En profiterait-elle pour s'acheter le genre de lingerie dont Nils raffolait ? Les fantasmes de son petit frère lui étaient familiers, ils avaient eu bon nombre de discussions « entre garçons » à ce sujet lorsqu'ils étaient plus jeunes.

Rageusement, il écrasa son mégot dans une coupelle d'argent qui n'était pas destinée à cet usage. S'il continuait comme ça, il allait devenir fou. Laura l'avait quitté parce qu'elle ne l'aimait plus, ne devait-il pas accepter cette réalité au lieu de se consumer de jalousie imbécile en l'imaginant dans les bras de son frère ?

— Si tu as fini, on peut y aller, dit la voix de Max dans l'interphone.

Soulagé par cette diversion, il abandonna sans regret les colonnes de chiffres et gagna la cour. Max faisait tout ce qui était en son pouvoir pour l'aider, avec son tact habituel, y compris sacrifier l'heure du déjeuner à cette visite aux Roques.

— On prend ma voiture, décida Victor. Je te paierai un hamburger au retour, promis !

Ils sortirent de Sarlat par une petite départementale. À partir de La Croix-d'Alon, la route devenait sinueuse, étroite, s'élevant entre des collines couvertes de châtaigniers.

— Tu t'en souviens bien ? s'enquit Max qui ne quittait pas le paysage des yeux.

— Oui, quand même !

Après avoir déménagé des Roques, ils y étaient parfois revenus pour des vacances. Malheureusement leur mère semblait avoir la propriété en horreur et n'acceptait jamais d'y séjourner longtemps. Jeunes gens, ils y avaient aussi donné quelques fêtes, avec la bénédiction de leur père. Mais quand leur installation professionnelle à l'étude, puis leurs vies d'hommes mariés et de pères de famille les avaient accaparés, ils s'en étaient désintéressés.

— Je n'y ai pas mis les pieds depuis… Je ne sais plus. Trois ans ?

— C'est quand même dément, soupira Max. Avoir ça dans la famille et le laisser à l'abandon ! Enfin, pas tout à fait, papa continue à payer l'entreprise de nettoyage.

Chaque printemps, la maison était ouverte, aérée, balayée, les pelouses ratissées et tondues, les arbres élagués. Néanmoins, la végétation reprenait vite ses droits, et plus le temps passait, plus Les Roques semblaient abandonnées.

Dix minutes plus tard, ils arrivèrent en vue du chemin d'accès qu'ils guettaient, difficile à discerner au milieu des massifs broussailleux. Ils parcoururent encore six cents mètres dans des ornières poussiéreuses avant de parvenir au grand portail rouillé. De part et d'autre des piliers, le mur d'enceinte s'était gonflé d'humidité et commençait à s'effriter.

— Tu as la clef du cadenas ?

Victor tendit le trousseau à son frère et patienta au volant, observant les alentours avec intérêt. À dix ans, il grimpait presque chaque jour sur ce mur et courait autour de la propriété, en équilibre sur le faîte, poursuivi par Max. Ils jouaient beaucoup dehors, quel que soit le temps, peu pressés de retrouver leur mère qui se desséchait de chagrin en l'absence de leur père.

— Allons-y ! lança Max en claquant la portière.

L'allée s'inclinait en courbe un peu plus loin, pour le moment, les arbres leur cachaient encore la maison. Victor roula au pas jusqu'à ce qu'ils découvrent enfin Les Roques, cent mètres devant eux, la façade ocre flamboyant au soleil d'hiver. Un moment, ils restèrent silencieux devant le spectacle, étonnés d'avoir pu l'oublier. La bâtisse était haute, longue, flanquée de deux ailes terminées par des pigeonniers en forme de tours carrées. Vieille de quatre siècles, elle avait subi de nombreux remaniements qui n'avaient pas réussi à lui ôter son élégance. Les toits de lauzes très pentus s'ouvraient sur des lucarnes ouvragées surmontées de frontons galbés, et des fenêtres à meneaux ornaient le rez-de-chaussée et le premier étage. Entre les deux, une frise sculptée courait le long du corps principal, telle une ceinture délicatement posée sur l'appareillage de pierre blonde.

— Sacrée baraque, murmura Victor. Si mes souvenirs sont bons, on tremblait de peur ?

Max éclata de rire et lui envoya une grande bourrade dans le dos.

— Tu venais dormir avec moi une nuit sur deux !

S'arrachant à la contemplation de la maison, Victor regarda autour de lui. Les mauvaises herbes et les broussailles avaient tout envahi, comme prévu. Il se souvint brusquement des jeudis passés à ratisser, de l'odeur des feuilles mortes qui brûlaient en tas.

— On entre ?

Son frère cherchait déjà la bonne clef sur le trousseau, et déverrouilla la lourde porte de bois. À l'intérieur, la grande salle rectangulaire qui tenait lieu d'entrée était plongée dans la pénombre. Victor se dirigea vers la fenêtre la plus proche ; lorsqu'il replia les volets intérieurs un rayon de soleil vint se poser sur les dalles rouges du sol.

— Eh bien, ça ne sent pas trop le moisi, c'est déjà ça ! constata Max.

Ensemble, ils se mirent à parcourir les pièces du rez-de-chaussée, ouvrant tous les volets sur leur passage. Un peu partout, des draps recouvraient les meubles, et une fine couche de poussière ternissait les tableaux, les lustres, les linteaux des cheminées. Dans la cuisine, les cuivres pendus avaient pris une vilaine couleur vert-de-gris.

— C'est plutôt décourageant, soupira Victor.

Il se laissa tomber sur l'un des longs bancs encadrant la table de ferme. À cette même place, combien de pots de confiture avait-il pu engloutir durant son enfance ? Leur mère les faisait elle-même, ainsi qu'une multitude de gâteaux délicieux. Même après le départ de leur père, elle avait continué à se donner du mal au milieu des fourneaux, rien que pour ses deux fils. Ils étaient restés seuls avec elle durant presque quatre ans, dans une atmosphère lourde qu'elle n'essayait pas d'égayer. À l'époque, un homme à tout faire s'occupait du jardin et logeait dans un des pigeonniers. Lui descendait les deux garçons à l'école, le matin, et elle allait les attendre le soir, après avoir fait ses courses. Elle conduisait mal, de manière distraite et brutale, elle qui avait des gestes si doux pour câliner ses enfants. Douce et triste, oui, c'est ainsi que Victor se souvenait d'elle dans cette maison. Quand leur père était revenu, elle avait recommencé à rayonner de joie. Elle s'était chargée elle-même d'expliquer ce retour improbable, et aussi d'imposer la présence du petit Nils. L'ambiance de la maison avait alors complètement changé. Tout aurait pu redevenir merveilleux sans sa brusque décision d'emménager à Sarlat, de quitter Les Roques qu'elle disait ne plus supporter.

— Pourquoi a-t-il accepté d'abandonner la maison ? demanda-t-il à Maxime d'un ton rêveur.

— Il n'avait pas le choix. Maman aurait bien pu lui demander n'importe quoi, je suppose qu'il l'aurait fait. Après tout, c'est peut-être le seul moyen qu'elle a trouvé pour le punir ?

Pour leur père, l'unique défense possible consistait à ne pas vendre. Les Roques appartenaient à la famille Cazals depuis plus de cent ans, l'idée de s'en séparer lui était sûrement odieuse.

— Allons voir les chambres, décida Max en se levant.

Au premier étage, une galerie desservait huit pièces en enfilade. Là aussi, ils ouvrirent tous les volets. Dans sa chambre de gamin, Victor redécouvrit une maquette de voilier sur laquelle il s'était acharné durant tout un été. Les tiroirs du bureau d'écolier contenaient encore de vieux cahiers, des crayons mal taillés, une équerre cassée. Surpris par une bouffée de nostalgie inattendue, il s'approcha de la fenêtre et appuya son front au carreau. En arrivant aux Roques, on pouvait se croire sur un plateau, mais en réalité la maison était construite au sommet d'une sorte de promontoire qui offrait une vue somptueuse sur toute la vallée en à-pic. C'était un paysage familier, avec ses chênes touffus et sombres à flanc de colline et la petite rivière qui serpentait tout en bas.

— On pêchait des écrevisses, tu te souviens ? murmura Max qui l'avait rejoint.

Victor se tourna vers lui, songeur.

— Comment se fait-il qu'on n'y pense jamais ?

— À quoi ? À cette maison ? Je n'en sais rien… On s'est habitués à celle du Présidial. C'était d'ailleurs beaucoup plus agréable d'être en ville pour les sorties ! Et puis le collège, et les filles…

Le sourire réjoui de Maxime rappela à Victor toutes les frasques qu'ils avaient pu faire à Sarlat dans leur adolescence. À la fin, lassé, leur père les avait expédiés en pension à Périgueux. Nils y avait échappé, bien entendu. Victor n'avait pas apprécié la stricte discipline de l'établissement religieux où ils s'étaient retrouvés bouclés, mais la nette progression de ses résultats scolaires avait conforté Martial dans sa décision.

— Alors, Vic, ton impression ?

— Mitigée. Si je viens habiter ici, je vais me sentir seul. D'un autre côté...

Malgré l'atmosphère un peu sinistre, la maison l'attirait. La remettre en état – ou plutôt à son goût – tenait de la gageure ; pourtant, il avait envie d'essayer. Peut-être parce que, depuis une heure, il n'avait pas pensé une seule fois à Laura.

— Tu viendras me voir, Max ?

— Ah, non ! Je t'ai déjà sur le dos à l'étude !

En le disant, son frère s'était mis à rire et ajouta :

— D'accord, avec Cathie et les enfants, on débarquera tous les week-ends jusqu'à ce que tu cries grâce.

— Dans ce cas, mettons-nous en copropriété.

Redevenu sérieux, Max le dévisagea une seconde avant de secouer la tête.

— Victor, ce serait une erreur, tu le sais aussi bien que moi. Tu vas sûrement refaire ta vie et...

Des belles-sœurs ennemies, des cousins jaloux, des indivisions impossibles : ils voyaient ça à longueur de journée. Même les familles les plus unies arrivaient à s'étriper lors d'une cohabitation forcée. Victor soupira puis jeta un dernier coup d'œil au paysage. *Refaire sa vie* était une expression abominable, mais indiscutablement il faudrait qu'il y pense un jour. En attendant, Les Roques allaient l'occuper.

— Bon, ça s'arrose, décida-t-il.

Blanche se donna un dernier coup de brosse, tout en surveillant Martial dans le miroir. Il lisait, ou bien il faisait semblant, en tout cas il ne la regardait pas. Depuis des années, il ne la regardait jamais à ce moment-là, quand elle était sur le point de le rejoindre au lit. Ils auraient aussi bien pu faire chambre à part, mais il n'avait sans doute pas osé le lui demander. La tête penchée, il semblait absorbé par son journal. La lumière douce de la lampe de chevet soulignait son profil. Du jour où elle lui avait été présentée, jeune fille, elle ne se souvenait pas d'avoir ressenti autre chose à son égard qu'un amour intense, brûlant, absolu.

Dormir près de lui, à défaut d'autre chose, la consolait un peu de la frustration qu'elle éprouvait. La soixantaine n'y avait rien changé, elle continuait à l'aimer et à le désirer par-dessus tout. Souvent, elle attendait qu'il soit endormi pour se serrer contre lui, respirer son odeur, se donner l'illusion qu'elle était dans ses bras. Il l'y avait tenue, au début de leur mariage, elle s'en souvenait comme si c'était hier.

Elle se leva, quitta sa robe de chambre de soie ivoire. Elle choisissait toujours ses vêtements avec soin, sachant que Martial appréciait beaucoup l'élégance. Chaque fois qu'il suivait une femme du regard, dans la rue ou au restaurant, Blanche en prenait bonne note et modifiait sa coupe de cheveux ou s'achetait un nouveau tailleur.

— Victor m'a appelé, il est d'accord pour Les Roques, déclara-t-il soudain en levant les yeux vers elle.

La nouvelle ne la surprit pas outre mesure, néanmoins, elle se sentit contrariée. Comment Vic pouvait-il avoir envie d'habiter un endroit aussi sinistre ? L'insupportable chagrin éprouvé là-bas lui avait fait haïr cette maison, alors qu'au début elle l'adorait. Abandonnée par Martial, elle avait découvert que la bâtisse était trop grande, trop isolée, trop difficile à entretenir, et qu'on pouvait même y mourir de peur certains soirs d'hiver. Seule dans son immense chambre, combien avait-elle passé de nuits à écouter le bruit du vent dans les cheminées, à guetter les craquements des meubles et des parquets, à sursauter lorsqu'une chouette se mettait à hululer dans l'un des pigeonniers ? À chaque seconde, elle pensait à Martial, se torturant à l'imaginer en compagnie de sa Suédoise. L'emmenait-il au restaurant, en voyage ? Lui souriait-il avec cette expression de tendresse bouleversante que Blanche ne lui avait connue qu'au début de leur mariage et qu'elle se rappelait trop bien ? Avec quelle assiduité lui faisait-il l'amour ? Lorsqu'elle avait appris la naissance de l'enfant, elle était devenue folle de jalousie. Vraiment folle, mais elle ne voulait pas s'en souvenir. Pourquoi Victor décidait-il stupidement de prendre la relève ? De s'enfermer aux Roques pour penser à Laura dans les bras de Nils ? Il devait souffrir comme un damné, Blanche le savait.

— Peut-être n'aurais-tu pas dû le lui proposer ?

Jamais elle n'adressait de reproche direct à Martial ; sa question exprimait pourtant son désaccord.

— Au contraire, c'est exactement ce dont il a besoin en ce moment. Il finira par oublier cette sacrée garce, crois-moi !

Une garce sur laquelle il avait lui-même parfois posé un regard admiratif de connaisseur, Blanche ne l'oubliait pas. Jamais Martial n'ignorait une belle femme passant à sa portée, et le pire était qu'elles minaudaient toutes avec lui, même par jeu. Malgré son âge et ses rides, il restait un homme capable de séduire – ce dont il ne se privait pas.

— J'ai fini par avoir Nils, au téléphone, et je lui ai dit ma façon de penser ! lança-t-il d'un ton amer.

— Vraiment ?

Elle ne pouvait s'empêcher d'en douter car Martial manquait singulièrement de fermeté avec son fils cadet. Elle aussi, d'ailleurs, mais pas pour les mêmes raisons.

— Oui, vraiment…, soupira-t-il. Ce qu'il a fait à Victor est infâme, il n'a aucune excuse.

Il appuya sur l'interrupteur de sa lampe de chevet et lui tourna le dos. Elle aurait aimé l'aider, poser une main apaisante sur son épaule ; malheureusement, chaque fois qu'elle avait essayé, il s'était dérobé à ce simple contact.

— Vic est un type formidable, chuchota-t-il encore, dans l'obscurité.

S'en apercevait-il seulement aujourd'hui ? Victor, comme Maxime, avait toujours été merveilleux. Deux garçons adorables, brillants, dont elle était très fière. Quant à Nils…

— Je serai absent, demain, je vais au golf.

Elle se mordit les lèvres pour ne pas protester. Le golf pouvait être une réalité ou un prétexte, comme d'habitude. Martial n'était pas joignable à certains moments et il donnait rarement des précisions sur son emploi du temps. Depuis qu'il avait cédé l'étude à ses fils, il disait chasser davantage, jouer au golf, participer à toutes sortes de réunions exclusivement masculines. Blanche acceptait ces demi-mensonges sans broncher, résignée à ce qu'il ait des maîtresses ou des aventures tant qu'il rentrait tous les soirs. Mais lorsqu'il arrivait avec des fleurs pour elle, et un certain air guilleret qu'elle détestait, elle ressentait toujours un pincement au cœur fort désagréable.

Un long moment, elle écouta sa respiration régulière, résistant à l'envie d'aller se blottir contre lui. Au moins, il était là. Lié à elle par l'affection et la reconnaissance. Paisible. Loin d'imaginer de quoi une femme peut être capable par amour.

2

Laura adressa un dernier signe d'encouragement au petit garçon qui franchissait la porte de l'école primaire en traînant les pieds. Sur son dos, le cartable était gonflé par l'ours en peluche dont il ne voulait pas se séparer.

— Thomas…, murmura-t-elle, consternée.

Le changement de vie qu'elle imposait à son fils le perturbait au point qu'il en perdait le sommeil et devenait boudeur, capricieux. Pour qu'il accepte de prendre son petit déjeuner, une heure plus tôt, elle avait dû lui permettre de téléphoner à son père. À la fin de la conversation, Victor avait voulu lui parler à elle, très inquiet. Et ils s'étaient disputés, bien entendu. Elle ne supportait plus ce ton docte, presque autoritaire, qu'il prenait pour lui rappeler ses devoirs de mère. D'accord, il était malheureux, blessé, alors il se protégeait en installant une distance entre eux, mais elle aurait encore préféré l'entendre pleurer. Leur séparation avait été épouvantable, elle en gardait un souvenir très pénible, fait de culpabilité, de honte, et aussi d'exaspération.

Traversant la rue à grandes enjambées, elle se dirigea vers la station de métro. Retrouver Paris, les trottoirs sales et encombrés, le bruit de la circulation, les bistrots et les vitrines lui procurait un plaisir intense. Quelle démence passagère lui avait donc fait croire qu'elle pourrait supporter de s'enterrer à Sarlat avec un notaire ? C'était d'ailleurs la question que Nils lui avait posée, la première fois qu'ils s'étaient rencontrés. « Vous allez devenir ma belle-sœur ? Oh, mais vous n'êtes pas faite pour ça du tout ! » Un regard échangé, un sourire, puis il s'était excusé de sa plaisanterie de mauvais goût avant d'affirmer que Victor saurait la rendre heureuse. Elle ne l'avait revu qu'un an plus tard, lors d'une réunion de famille où il s'ennuyait ferme. Ensuite, ils étaient devenus des amis. À chaque fête, elle espérait sa présence, et dès qu'ils se retrouvaient ils s'isolaient des autres pour bavarder dans un coin. Elle devinait qu'elle lui plaisait mais il ne tentait rien, sans doute par égard pour son frère, et elle avait dû prendre elle-même l'initiative pour qu'il comprenne. Ils avaient fini par faire l'amour dans les collines, deux ans plus tard, comme des collégiens. Une véritable révélation pour lui, apparemment. Et pour elle, malgré une culpabilité latente, une grande bouffée de liberté.

Elle faillit rater la station Louvre et sauta hors du wagon à la dernière seconde. De toutes ses anciennes relations à Paris, seul Andy avait accepté de la recevoir tout de suite pour un entretien d'embauche. La petite maison d'édition qu'il dirigeait végétait, mais c'était l'unique moyen qu'elle avait de reprendre pied dans le monde du travail. Avant son mariage, avant ce coup de folie pour Victor Cazals, elle avait été employée comme attachée de presse par un certain nombre de sociétés prestigieuses, allant de la joaillerie à la restauration. Hélas ! les gens avaient la mémoire courte, et à Paris, plus qu'ailleurs, on oubliait vite.

Tout en longeant les arcades de la rue de Rivoli, elle se remémora ce qu'elle allait dire à Andy pour le convaincre. Elle n'avait que trente-trois ans, elle pouvait se remettre en selle. De toute façon, Victor allait vite trouver inadmissible de les entretenir, Thomas et elle, sans savoir si ce n'était pas Nils qui profitait de son argent. Il avait beau être gentil, il finirait par se fâcher.

Cette idée l'inquiéta, tandis qu'elle s'engouffrait sous le porche d'un immeuble. Victor serait-il capable de se mettre en colère contre elle ? Il lui vouait une véritable adoration, qu'elle avait trouvée flatteuse quelques années plus tôt, avant de connaître Nils. À l'époque, elle jugeait Victor séduisant, intelligent et chaleureux. Hélas ! dès la première année de leur mariage, elle avait compris qu'il ne quitterait jamais Sarlat. Sa vie semblait tracée d'avance, Paris ne l'attirait pas, aucun endroit du monde, d'ailleurs, en dehors de son Périgord noir. Pire, en épousant Victor, elle avait épousé toute la famille Cazals. Beau-père et beau-frère omniprésents, déjeuners dominicaux avec enfants courant autour de la table, interminables conversations à propos de gens qu'elle ne connaissait pas, quand ce n'étaient pas des textes de loi commentés à l'infini. L'ennui s'était abattu sur elle, et ni l'aménagement de la villa qu'elle avait choisie elle-même ni la naissance de Thomas ne l'en avaient sauvée. Nils, au contraire, à chacune de ses visites, lui ouvrait une porte sur un autre monde, lui offrait la fantaisie qui lui manquait. Il était drôle, plus léger et moins sûr de lui que Victor. Quand on voyait Nils à côté de ses deux frères, il semblait fragile et vulnérable, avec une dégaine de lévrier de course en mal d'affection. Ses cheveux trop blonds, son regard trop pâle, et ce petit sourire triste qui lui creusait des fossettes le rendaient irrésistiblement émouvant.

Sur l'unique porte palière du troisième étage, le nom d'Andy Morrison n'était signalé que par une carte de visite jaunie, punaisée de travers. Avant de sonner, Laura prit une profonde inspiration et se redressa.

Au milieu de ses valises à moitié défaites, Victor se demanda s'il avait choisi la bonne chambre. Renonçant à occuper celle de ses parents, il s'était installé dans la plus belle des chambres d'amis, située tout au bout de la galerie et disposant d'une grande salle de bains contiguë. En contrepartie, il se retrouvait loin de l'escalier principal, environné d'une écœurante odeur de moisi qui provenait d'un tapis aux couleurs passées. Bien sûr, son lit d'enfant était trop petit, son bureau d'écolier aussi, et il n'avait aucune raison de retourner dans son ancienne chambre. Toute la maison était à lui, désormais, peut-être devrait-il essayer les pièces les unes après les autres pour voir où il dormirait le mieux ? Celle-ci possédait de vastes placards, ainsi que trois fenêtres, dont deux orientées au sud et une à l'est.

Un peu découragé par l'ampleur de la tâche qui l'attendait, il s'assit sur le lit, déclenchant un horrible grincement de ressorts rouillés. Bon, la première chose à faire était de changer toute la literie, il n'aurait qu'à s'acheter un sommier et un matelas dès le lendemain. Il jeta un regard circulaire, remarqua quelques taches d'humidité sur le papier peint à rayures blanches et bleues. En revanche, le parquet était en parfait état, ainsi que la haute cheminée de marbre rouge. Il se leva, roula le tapis moisi qu'il alla déposer dans le couloir, puis il débarrassa deux bergères des draps qui les protégeaient, découvrant un beau velours grenat.

Le reste du mobilier se composait d'une commode ventrue aux proportions généreuses et d'un secrétaire à rideau qu'il ne parvint pas à ouvrir. Il se souvenait d'avoir vu une grosse boîte pleine de clefs en bas, dans la cuisine, et il se promit de la remonter ici afin de les essayer. Quel était donc le dernier « ami » à avoir dormi dans cette chambre ? Après le départ de leur père, leur mère n'avait jamais invité personne.

Poursuivant sa prise de possession des lieux, il gagna la salle de bains carrelée de blanc. Les sanitaires étaient tellement anciens qu'ils en devenaient amusants. Une large baignoire en fonte trônait, sur ses pattes de lion, flanquée d'un antique bidet et de deux lavabos. Pourquoi deux, s'étaient-ils souvent demandé, Maxime et lui, lorsqu'ils étaient enfants. Le mur de gauche était entièrement recouvert d'une glace piquée qui allait du sol au plafond, et sur celui de droite une large table de toilette occupait le dessous de la fenêtre.

— Je ne peux pas me laver là…

Le son de sa voix résonna trop fort et il se mit à rire. Rien de plus facile que jouer à se faire peur dans cette immense bâtisse déserte.

— Tu aurais pu penser à un bidon d'eau de Javel, poursuivit-il entre ses dents, à des éponges, au minimum vital !

Il ne voulait ni se faire couler un bain ni se coucher sale. Or il avait l'impression de l'être, à force d'errer au milieu de toute cette poussière. Résigné, il se déshabilla, déposant ses vêtements sur un vieux tabouret de métal. Il retourna chercher un savon et une serviette dans une des valises, puis ouvrit les robinets et sursauta au bruit des coups de bélier dans la tuyauterie. L'eau finit par arriver, d'abord rougeâtre et sableuse, ensuite claire. Un peu crispé, il monta dans la baignoire et actionna la douche, dont le tuyau, contre toute attente, ne fuyait pas.

Cinq minutes plus tard, il enfilait en claquant des dents un jean, un col roulé et des mocassins. Il devait être dix heures du soir, mais il se sentait assez en forme pour s'attaquer à quelques-unes des multiples corvées qui l'attendaient. Puisqu'il avait pris la décision d'habiter Les Roques, il n'allait pas se laisser déborder dès le premier soir. Il descendit au rez-de-chaussée et commença par remonter le thermostat de la chaudière. Au moins, la cuve était pleine de fuel, il avait pensé à la faire remplir l'avant-veille. Dans la cuisine, il ouvrit le carton qu'il avait déposé sur la table, en sortit une petite radio qu'il alluma aussitôt, puis commença à ranger les provisions. Par quelle aberration n'avait-il pas songé à commander un nettoyage de fond en comble avant de venir s'installer ? L'entreprise convoquée n'interviendrait que le surlendemain, il aurait très bien pu rester chez lui en attendant.

« Chez toi, c'est ici, maintenant ! Souviens-toi, tu es là pour gagner du temps... »

Dresser la liste des meubles qu'il comptait garder, de ceux qu'il enverrait au garde-meubles, et aussi de tout ce qui allait lui manquer. Un commissaire-priseur était venu faire l'inventaire de l'ensemble de la villa, qu'il vendait comme pour tirer un trait définitif sur son passé avec Laura. De toute façon, le genre de mobilier moderne qu'elle avait acheté aurait été parfaitement ridicule dans un cadre comme Les Roques, alors autant s'en débarrasser. Autre vie, autre décor, c'était exactement de cette manière que leur mère avait raisonné au retour de leur père.

Sur la table, son portable se mit à vibrer et le numéro de Max s'afficha sur l'écran.

— Je ne te réveille pas, j'espère ? Je me fais du souci pour toi...

La voix affectueuse de son frère le bouleversa instantanément.

— Moi aussi, rassure-toi ! Explique-moi pourquoi je vous ai écoutés, papa et toi ? C'est une vraie caserne, ici, tout est moisi et tu peux t'amuser à venir me faire peur quand tu veux, tu gagneras à tous les coups...

— Sans rire, Vic, est-ce que ça va ?

— Oui, très bien.

— Tu as dîné ?

— Pas encore, mais j'ai du thon en boîte et des biscottes ! Tiens, je crois que je vais me saouler...

Même le silence attentif de Max était réconfortant.

— Tu es gentil de m'avoir appelé. Je te vois demain matin.

Il coupa la communication en souriant. Même sans Laura entre eux, Nils ne lui aurait jamais téléphoné dans ce genre de circonstances. En principe, quand le cadet cherchait à joindre l'un ou l'autre de ses frères, c'était pour leur demander quelque chose, pas pour s'intéresser à eux.

Après avoir ouvert la bouteille de margaux qu'il avait apportée, il se servit un verre. Pas question de prendre une cuite tout seul, ce serait trop triste, néanmoins il avait bien le droit de fêter son arrivée. Tout en savourant le bordeaux, il commença à rédiger la liste de ce qu'il devait acheter d'urgence. Au bout d'un moment, agacé par les innombrables spots publicitaires, il éteignit la radio. Mais presque aussitôt, il prit conscience du profond silence de la maison. Un silence épais, ouaté, tellement parfait qu'il en devenait gênant. Les vieilles maisons ne craquaient donc pas du haut en bas ?

Quand il s'aperçut qu'il tendait l'oreille en retenant sa respiration, il se mit à rire.

— Bon sang, quel âge as-tu ?

Il se rappela qu'il avait fait le tour du rez-de-chaussée et du premier, à peine arrivé, mais qu'il n'avait pas mis les pieds à l'étage des combles. Des squatters pouvaient s'être installés là-haut pour l'hiver. Ou des souris, des rats ? Dans chacune des petites chambres, autrefois réservées aux domestiques, il y avait des malles pleines de Dieu seul savait quel bazar, une véritable aubaine pour les rongeurs. Combien de fois avaient-ils joué aux fantômes ou aux vampires, avec Max, avant de dévaler l'escalier en hurlant ? Avec ses lucarnes poussiéreuses, son enfilade de mansardes et le grenier obscur qui s'étendait au-delà, le second était un royaume abandonné qui les fascinait. Ils y avaient inventé toutes sortes d'histoires magiques qu'ils se chuchotaient, à la lueur d'une bougie. Un soir d'hiver, leur père était monté et les avait surpris autour de deux chandelles vacillantes posées à même le plancher du grenier. Ils avaient reçu une paire de gifles chacun et subi un sermon sur les risques d'incendie, mais dès le mois suivant ils reprenaient leurs excursions nocturnes, armés de lampes électriques.

Les biscottes étaient trop sucrées et il mangea le thon à même la boîte, puis se resservit du margaux. Curieux dîner solitaire. Avant de rencontrer Laura, quand il menait une vie de joyeux célibataire, il habitait un ravissant duplex dans une des plus anciennes maison de la vieille ville, à Sarlat. La plupart du temps, il dînait au restaurant avec sa petite amie du moment, ou bien il était invité chez des copains. À cette époque-là, il n'avait jamais eu l'impression de vivre seul, mais aujourd'hui, pressentait-il, il allait découvrir ce que c'était.

Dans le fond du carton, il trouva la cartouche de cigarettes et la grosse boîte d'allumettes qu'il avait achetées *à tout hasard.* Se remettre à fumer le culpabilisait, toutefois il en alluma une avec volupté. Renonçant à se préparer du café, il prit la boîte qui contenait les clefs de la maison et remonta jusqu'à sa chambre. Assis devant le secrétaire à rideau, il les essaya toutes sans succès. Agacé, il resta un moment à contempler la serrure. Qui avait bien pu avoir l'idée de verrouiller ce meuble, et pourquoi ? Pour y cacher quelque chose de précieux, de secret ? Trente ans plus tôt, il aurait été persuadé qu'il s'agissait au moins d'un trésor. Mais il avait grandi, et comme il ne pouvait pas forcer le rideau de bois sans l'abîmer, il finit par abandonner malgré sa curiosité.

Avant de se déshabiller, il poussa le verrou de la porte d'un geste machinal. Puis il se glissa avec une certaine répulsion entre les draps glacés où il mit long-temps à se réchauffer. Le vent avait dû se lever car il entendait un sifflement lugubre dans la cheminée. Quand quelque chose heurta le carreau d'une des fenêtres – sans doute une branche ou un oiseau –, il resta un moment aux aguets. Sa dernière pensée consciente fut qu'il n'avait aucune envie d'éteindre la lampe de chevet.

— Comment ça, vous ne le trouvez pas ? s'indigna Maxime en toisant son clerc.

— Non, maître, j'ai vérifié plusieurs fois.

— Il a pu être mal rangé, par erreur ou par incompétence. Vous allez retourner toutes les archives s'il le faut, mais je veux ce testament !

Furieux, il repartit à grandes enjambées vers le bureau de Victor.

— Tu te rends compte de ce qui nous attend ?

Avertis la veille du décès d'un de leurs clients, Robert Villeneuve, ils avaient trouvé trace sur les registres de l'existence d'un testament confié à l'étude Cazals, sans pour autant parvenir à mettre la main sur le document en question.

— Il a pu être annulé, suggéra Victor, sans conviction.

— Tu connais papa ! Ce serait notifié en bonne et due forme. Si tu consultes le dossier, il ne comporte aucune modification des dispositions.

— Tu l'as appelé ?

— Papa ? Évidemment ! Il est formel, il s'agissait d'un testament *mystique*, présenté clos et scellé à l'étude, devant témoins. La procédure est assez rare pour qu'il s'en souvienne encore.

— Bon, mais ça remonte à trente ans. Il a pu se passer n'importe quoi depuis.

— Quel genre de « n'importe quoi », Vic ?

— Nous avons plusieurs familles Villeneuve, dis aux clercs de chercher chez les autres.

Contrarié de ne pas y avoir songé tout seul, Maxime ressortit en hâte tandis que la voix de la secrétaire s'élevait dans l'interphone.

— Votre rendez-vous de onze heures est arrivé, maître.

— Donnez-moi cinq minutes, Aline !

— Le temps de tirer quelques bouffées ?

Sans répondre, Victor sortit dans la cour pavée où, effectivement, il alluma une cigarette. Maxime, aussi tatillon que leur père, allait faire une maladie de cette histoire de testament, mais en ce qui le concernait il avait du mal à s'y intéresser. Comme à la plupart des affaires qu'il traitait en ce moment. Il espéra que ses clients ne s'en apercevaient pas trop.

Après avoir expédié une jeune femme venue afin de mettre au point un solide contrat de mariage, puis un couple d'agriculteurs qui n'en finissaient pas de repousser les limites de leur propriété au mépris du cadastre, il quitta l'étude pour aller déjeuner chez ses parents.

— Alors, Les Roques ? lui lança son père en guise de bonjour.

— Eh bien, je trouve ça très… très grand.

Martial le poussa vers un canapé et lui mit d'autorité un verre dans la main.

— Ne te plains donc pas, on n'a jamais assez de place !

— Il y en a toujours trop quand on doit nettoyer, déclara Blanche avec un petit sourire d'excuse.

— Que je sache, ce n'est pas toi qui le fais, riposta froidement Martial.

À l'évidence, Les Roques étaient toujours un sujet de discorde entre eux.

— Je suis très heureux que tu sois là-bas, savoir cette maison à l'abandon était un vrai crève-cœur. Tu as pris notre chambre ?

— Non, je vous la laisse pour les week-ends que vous voudrez passer à la campagne.

Sa mère le regarda d'un drôle d'air mais demeura silencieuse, et il décida de changer de conversation.

— Max t'a appelé à propos de Robert Villeneuve ?

— Oui, mais ça me dépasse ! Comment vous débrouillez-vous pour égarer des papiers ? De mon temps…

Il s'interrompit net, se souvenant sans doute qu'il avait quand même confié l'étude à un confrère pendant près de quatre ans, pour vivre sa passion avec Aneke.

— J'ai vu Robert il y a deux ou trois mois, à un dîner de mon club de chasse, reprit-il. Il nous louait une cinquantaine d'hectares vers le cap Blanc, pour limiter la prolifération des sangliers sur ses terres. C'était un malin, tu sais, toujours bon pied bon œil malgré son âge. En tout cas, il ne m'a parlé de rien, sinon de son neveu qui était décidément sa bête noire.

— Il n'a pas d'autre famille ?

— C'est bien pour ça qu'il avait fait ce testament ! Il voulait écarter l'autre de sa succession, alors il s'était renseigné. Comme il n'avait déjà plus ses parents et pas d'enfant, il pouvait disposer de tous ses biens. D'autant plus qu'il laisse une jolie fortune… Mais je suppose que tu le sais, vous n'avez quand même pas perdu *tout* le dossier ?

Victor ignora l'ironie et posa son verre sur la table basse, devant lui. Alors qu'il relevait les yeux, il remarqua que sa mère était devenue livide. Les lèvres pincées, les mains serrées l'une contre l'autre, elle les regardait tour à tour avec une expression hagarde. Il se leva d'un bond, se précipita vers elle.

— Maman ! Qu'est-ce que tu as ? Tu te sens mal ?

D'un geste spontané, il la prit dans ses bras, la porta jusqu'au canapé où il l'allongea, mais elle se redressa aussitôt en le repoussant.

— Je vais très bien ! C'est juste… juste un petit malaise de rien du tout. Une bouffée de chaleur. Tu comprends ?

Elle s'adressait à lui sur un ton de colère qui le surprit. Peut-être n'avait-elle pas envie d'évoquer ses problèmes de santé, peut-être faisait-elle allusion à la ménopause, quoi qu'il en soit elle ne voulait à l'évidence pas qu'il s'en mêle. Il murmura une phrase d'excuse en s'écartant d'elle.

— Reste un peu allongée, suggéra Martial. Tu veux un cognac ?

Victor jugea que le ton de son père manquait de chaleur, pourtant il posait sur sa femme un regard inquiet. Après lui avoir fait boire une gorgée d'alcool, il se retourna vers son fils et reprit la conversation où il l'avait laissée.

— Quelle idée, aussi, de bouleverser les archives tout le temps ! Tu vois le résultat ? Avec la manie du rangement de Max, c'est gagné, vous avez paumé un testament. Rien que ça ! Qu'est-ce que vous comptez faire ? Par définition, il n'existe pas de copie.

La réputation de l'étude Cazals le concernait toujours autant, retraite ou pas, Victor le savait. Retiré des affaires à regret, leur père se faisait un devoir de ne plus s'en occuper, même de loin, mais il ne pourrait jamais s'empêcher de donner son avis.

— Ne t'en mêle donc pas ! jeta soudain Blanche d'une petite voix sèche.

La plupart du temps, elle s'adressait à son mari avec une immuable douceur, il fallait qu'elle soit très perturbée pour l'apostropher de cette manière. Victor supposa qu'elle cherchait à les défendre, Max et lui, ce qui était tout aussi inhabituel. La plupart du temps, elle les laissait se débrouiller avec leur père et n'intervenait qu'en faveur de Nils.

— Tiens, j'ai une idée, riposta Martial, je vais plutôt emmener Victor manger un morceau en ville, comme ça tu n'auras qu'à rester là à te reposer au lieu de te donner du mal pour nous.

Sans lui laisser le temps de protester, il lui tapota gentiment l'épaule et fit signe à son fils de le suivre. Ils n'eurent que quelques pas à faire pour gagner la rue Fénelon et *Le Rossignol*, l'un des restaurants favoris de Martial. Là, il demanda une table tranquille, à l'écart, afin d'être à l'abri des oreilles indiscrètes. Dès qu'ils eurent passé commande, il lâcha, en guise de préambule :

— Désolé, Vic, tu dois me trouver désagréable, mais parfois ta mère m'exaspère à un point…

Son visage accusait une lassitude qui creusait ses traits. Victor estima qu'il se contraignait depuis trop longtemps et qu'un jour ou l'autre il finirait par craquer. Même s'ils n'avaient jamais abordé clairement le sujet, il devinait combien son père s'ennuyait depuis qu'il n'était plus noyé dans le travail. Tout comme il savait pertinemment – dans une petite ville comme Sarlat, tout finissait par se savoir – qu'il avait encore des maîtresses à son âge, et qu'il en avait toujours eu.

— Bon, je me moque de cette affaire Villeneuve, ça vous regarde, Max et toi, c'est vous qui rendrez des comptes ! Dis-moi plutôt où tu en es, sur un plan personnel.

— Habiter Les Roques m'occupe beaucoup l'esprit, tu avais raison, mais je ne suis pas sûr de m'y plaire.

— Tu t'y feras. Quand reçois-tu ton fils ?

— Je le prendrai aux vacances de Pâques. Il me manque, mais je ne vois pas comment le faire voyager tout seul.

— Dis à Laura de le mettre dans un avion pour Périgueux avec une pancarte autour du cou !

— Papa…

— Oui, oui ! C'est ton problème, d'accord… Ta mère peut aussi aller le chercher si tu veux, elle m'a demandé de te le proposer.

— Merci.

Chipotant sur sa salade de gésiers, Victor essayait de ne pas penser à Thomas, ni à Laura. Il avait convoqué un peintre pour refaire entièrement le chambre voisine de la sienne, qu'il destinait à son fils. En attendant, celui-ci vivait dans un cadre que Victor ne connaissait pas, et c'était Nils qui allait l'attendre à la sortie de l'école depuis que Laura s'était remise à travailler. « Oncle » Nils, ainsi qu'il avait commencé à l'appeler quelques mois plus tôt. Désormais oncle Nils dormait avec sa maman, comment lui expliquait-on ça ?

Relevant la tête, il s'aperçut que son père échangeait des regards avec quelqu'un, dans le fond de la salle, à qui il souriait d'un air conquérant.

— Qui essaies-tu donc de charmer, papa ?

— Si on te le demande…, plaisanta Martial. Au moins, moi, j'observe. Tandis que toi, tu ne t'aperçois de rien. Si tu savais le nombre de femmes qui seraient prêtes à te consoler !

— C'est moi qui ne suis pas prêt.

L'appétit coupé, Victor repoussa son assiette tandis que son père poursuivait, imperturbable :

— Dès que tu seras divorcé, tu vas devenir le célibataire le plus recherché de cette ville. Essaie d'avoir la main heureuse, la prochaine fois.

Au lieu de se vexer bêtement, Victor se demanda pourquoi il n'avait pas deviné plus tôt l'antipathie de son père envers Laura. Parce qu'elle était parisienne ? Bien sûr, elle n'avait pas essayé de donner le change, de se fondre dans le moule des notables de province, de recevoir des gens qui ne l'intéressaient pas. Pendant les réunions de famille, elle s'ennuyait et le laissait voir. Seul Nils parvenait à la faire rire. Et pour cause !

— Mange quelque chose, Vic.

Devant lui, il découvrit un cou de canard farci dont la vue lui souleva le cœur. Il avait vraiment commandé ça ? Son père procéda à l'échange de leurs plats en souriant.

— Au diable le régime, je prends ton canard !

Le steak grillé entouré de petits légumes ne le tentait pas davantage mais il en coupa un morceau qu'il se mit à mastiquer. Se laisser mourir de faim n'arrangerait rien. Depuis le soir où Laura lui avait assené la vérité, il avait perdu dix kilos et il était devenu carrément maigre.

— J'ai engagé un architecte qui a établi un bilan de la maison, annonça-t-il. Il n'y a pas de gros œuvre à prévoir dans l'immédiat mais il faut revoir les toitures.

— Tu comptes me demander une réduction pour ça ? ironisa Martial.

— Non, j'ai obtenu un prêt bancaire.

— Obtenu ? C'est la moindre des choses, tu es le genre de client que les banquiers adorent, non ? Tu as bien négocié, j'espère ? Maintenant, si tu préfères m'emprunter de l'argent, je ne serai pas un créancier trop exigeant...

— Je ne peux pas te reprendre d'une main ce que je te donne de l'autre.

— D'accord, débrouille-toi.

Ils échangèrent un regard amusé, heureux de si bien s'entendre. Jusque-là, Martial s'était surtout intéressé aux déboires successifs de Nils, et Victor n'avait pas souvenir d'avoir bénéficié d'une telle sollicitude.

— Il faut que je retourne à l'étude, papa.

— Vas-y, vas-y ! Je m'occupe de l'addition... Et de la dame, là-bas.

En se levant, Victor risqua un coup d'œil discret vers le fond de la salle. La femme blonde, d'une quarantaine d'années, qui était attablée seule, se détourna aussitôt pour éviter de croiser son regard.

— Papa, chuchota-t-il, tu sais qui c'est ?

— À mon avis, je le sais beaucoup mieux que toi.

Abasourdi, Victor dévisagea son père une seconde puis hocha la tête en silence. Dehors, une petite pluie froide s'était mise à tomber et il releva le col de son imperméable. Que son père entretienne une liaison ne le surprenait pas, mais qu'il s'agisse d'une femme mariée, installée comme médecin de campagne à quelques kilomètres de Sarlat... L'aventure comportait fatalement de gros risques pour tout le monde.

Dès qu'il poussa la porte de l'étude, la secrétaire se précipita vers lui.

— Me Cazals est retenu chez Me Roussy, pouvez-vous assurer le compromis de la vente Dieudonné-Clauzel ? Ils sont déjà dans le bureau de votre frère…

Elle avait dû commettre l'erreur de les introduire avant le retour de Maxime et elle se tordait les mains.

— Envoyez-moi le clerc chargé de l'affaire, soupira-t-il.

Il rejoignit les clients qui attendaient, se présenta et excusa son frère en quelques phrases polies. Ensuite, il prit place derrière le bureau, notant que les vendeurs étaient à gauche et l'acheteuse à droite, ce dont il devrait tenir compte pendant la lecture de l'acte afin de s'adresser à chacun au bon moment.

Dès que le clerc entra et lui donna le dossier, il détailla les états civils puis se lança dans la désignation des biens.

– « … une propriété sise commune de Sainte-Nathalène, comprenant… »

Il esquissa un sourire sans s'interrompre, parce que l'endroit se trouvait à moins de deux kilomètres des Roques.

— « … figurant au cadastre de la manière suivante : section AJ pour deux ares et soixante-dix centiares… »

Tout en poursuivant son énumération fastidieuse, il regarda un instant la femme assise toute seule à droite du bureau. Son expression n'était pas gaie pour quelqu'un qui achetait une maison. Dommage, elle semblait plutôt jolie, mais sa moue triste ne l'arrangeait pas. Elle portait un jean, des boots, une veste de daim usée, et elle n'avait pas jugé utile de se maquiller.

— « ... le prix sera payable comptant, en totalité, au jour de la régularisation des présentes. »

Cette fois il s'interrompit et sourit carrément à la femme mais elle ne le regardait pas, fixant obstinément le sol.

— Madame Clauzel, comment financez-vous votre acquisition ?

Elle leva brusquement la tête vers lui, l'air angoissé.

— J'ai l'argent, dit-elle à mi-voix.

Pour ne pas la gêner davantage, il se tourna vers le clerc en marmonnant :

— « ... au moyen de ses deniers personnels. »

Un peu intrigué, il poursuivit sa lecture tout en s'arrangeant pour l'observer. Elle avait de grands yeux sombres, dessinés en amande, un adorable petit nez, une bouche très sensuelle. Ses cheveux auburn, coupés court, encadraient son visage de petites mèches rebelles, et bien qu'assise, elle paraissait grande et mince. Quel âge pouvait-elle avoir ? Trente-cinq ans ? Davantage ?

— « Fait à Sarlat en un seul exemplaire original qui restera en la garde de Me Cazals », acheva-t-il. Voilà... Je vais vous demander de bien vouloir signer.

Il leur fit accomplir les dernières formalités, prit congé du couple de vendeurs mais retint la jeune femme sur le pas de la porte.

— Vous avez un instant ?

Méfiante, elle acquiesça d'un petit signe de tête alors qu'elle avait déjà ses clefs de voiture à la main.

— En principe, un chèque de banque sera préférable, le jour de la vente. C'est la tradition, n'y voyez aucune méfiance...

Elle fronça un peu les sourcils, comme si elle avait du mal à comprendre ce qu'il venait de dire.

— D'accord, murmura-t-elle enfin.

Son regard exprimait de nouveau une sourde angoisse et il se sentit mal à l'aise.

— Est-ce que tout va bien ? Si quelque chose vous inquiète, n'hésitez pas à...

Soudain au bord des larmes, elle secoua la tête énergiquement.

— Tout m'inquiète ! explosa-t-elle. C'est une bicoque affreuse et je ne connais personne dans ce coin perdu ! Mais ce n'est pas de votre compétence, n'est-ce pas ?

Elle lui tourna le dos d'un mouvement brusque, traversa la cour pavée à grands pas et trébucha deux fois avant de disparaître, le laissant médusé.

Blanche avait quitté son canapé depuis longtemps. Après avoir rageusement emballé les plats du déjeuner, elle les avait rangés au réfrigérateur sans rien manger elle-même. La désinvolture de Martial la peinait, comme toujours, mais elle n'y pensait guère. En revanche, le décès de Robert Villeneuve la ramenait brutalement à une période de sa vie qu'elle désirait oublier à tout prix. Néanmoins, Sarlat était une trop petite ville pour qu'elle puisse espérer ne pas croiser Jean, le neveu de Robert, qui viendrait fatalement pour la succession.

Assise sur une chaise de la cuisine, la tête dans les mains, Blanche faillit se mettre à pleurer. Jean l'avait laissée tranquille. Durant toutes ces années, elle n'avait jamais entendu parler de lui, comme convenu. Donnant-donnant, ils s'étaient mutuellement protégés par leur silence. Maintenant, il allait hériter de la fortune Villeneuve, c'était sa part du pacte, et en principe il ne devrait pas l'inquiéter, pourtant l'idée de se retrouver en face de lui la révulsait.

En entendant le bruit de la clef dans la serrure, en bas, elle sursauta. Combien de temps était-elle restée ainsi prostrée ? Les pas de Martial résonnaient déjà dans l'escalier et, pour se donner une contenance, elle se précipita vers la bouilloire qu'elle emplit d'eau. Quand elle tourna la tête vers son mari, il se tenait sur le seuil, un énorme bouquet de tulipes à la main.

— Tu vas mieux ? demanda-t-il avec cet air mi-coupable, mi-réjoui qu'elle haïssait.

Elle s'efforça de sourire, avant de regarder la pendule. Quatre heures vingt. Qu'avait-il donc fait après avoir quitté Victor ? Les fleurs signifiaient toujours la même chose, elle ne se faisait guère d'illusions. Elle connaissait tellement bien son mari, à force de l'observer sans relâche, qu'elle eut l'absolue certitude qu'il venait de la tromper. Une fois de plus et sans scrupule, mais qu'y pouvait-elle ? Au moins était-il là, ainsi qu'elle l'avait voulu par-dessus tout, et ce serait avec elle qu'il s'endormirait ce soir. Résignée, elle disposa deux tasses sur la table, puis lui prit le bouquet des mains.

— Merci, mon chéri.

Tandis qu'elle arrangeait les tulipes dans un vase de cristal, le téléphone sonna et Martial alla répondre. Elle l'entendit parler d'un ton sec puis raccrocher brutalement.

— C'était Nils ! lâcha-t-il en revenant, l'air excédé. Je suppose qu'il aurait préféré tomber sur toi...

— Qu'est-ce qu'il voulait ?

— Des nouvelles de Victor ! Tu te rends compte ? Il est inconscient ou quoi ?

Au lieu de répondre, elle se contenta de servir le thé.

— Rappelle-le, si tu veux, ajouta-t-il plus doucement.

Bien entendu, il s'imaginait qu'elle voulait consoler le cadet, puisqu'elle l'avait toujours fait. Il devait avoir beaucoup de mal à s'obstiner dans son rôle de père indigné et comptait probablement sur sa faiblesse à elle pour que Nils ne soit pas tout à fait rejeté.

— On verra plus tard, déclara-t-elle.

Il la regarda d'un drôle d'air, mais sans insister.

Trois fois de suite, Nils avait commencé à composer le numéro de Maxime, sans jamais arriver au bout. À présent, il ne se sentait plus aucun courage.

Du salon, où il avait installé Thomas devant la télévision, lui parvenait vaguement la bande sonore d'un dessin animé. Laura autorisait un Walt Disney, au moment du goûter, et il avait laissé le petit garçon choisir lui-même avant d'aller se réfugier dans sa chambre. Là, il avait d'abord essayé de joindre Blanche, avec pour seul résultat de tomber sur son père, qui s'était montré glacial.

Il alla jusqu'à la salle de bains et se passa la tête sous l'eau, puis il avala deux cachets d'aspirine. À qui pouvait-il emprunter de l'argent ? L'huissier reviendrait s'il ne payait pas ce foutu loyer ! Et sa migraine lui ôtait l'envie d'aller tenter sa chance au club de jeu où il avait ses habitudes. D'ailleurs, *toutes* ses habitudes étaient bouleversées depuis que Laura et Thomas vivaient avec lui.

Heureusement, dans trois jours, il partait en tournage à Lausanne. Un spot publicitaire pour un shampooing, le genre de travail qui lui permettait de survivre et de continuer à tenir une caméra. Jusqu'ici, il n'avait pas réussi à trouver les fonds nécessaires pour réaliser le long métrage dont il rêvait. Peut-être n'y parviendrait-il jamais, auquel cas il devrait se contenter de tous ces petits boulots frustrants qui le désespéraient. Pourtant, il avait du talent, il en était certain, et beaucoup de choses à exprimer à travers les images, mais comment convaincre les producteurs de lui faire confiance ? Si personne ne lui donnait sa chance, il allait rater sa carrière. Déjà, à trente-trois ans, il ne comptait plus parmi les « jeunes » réalisateurs et il commençait sérieusement à s'angoisser.

L'idée de retourner chez son psy l'effleura. Il la rejeta aussitôt avec horreur. Combien ce type lui avait-il coûté durant les deux années où il était allé le voir régulièrement ? Le premier à avoir émis l'idée qu'il avait besoin d'un soutien psychologique était son père. À dix ans, il se souvenait d'avoir été conduit plusieurs fois à Périgueux, chez un médecin qui le faisait parler et dessiner tout en hochant la tête sans jamais rien dire. Blanche avait mis un terme à l'expérience, furieuse que Nils soit traité comme un enfant anormal. Elle était capable de réactions de colère – elle toujours si extraordinairement douce – quand quelque chose menaçait le bien-être de son « petit garçon ». Elle l'avait longtemps appelé comme ça, affichant à son égard un favoritisme paradoxal. Dévouée, affectueuse, elle l'avait surprotégé et lui avait donné une place à part où il ne se sentait pas forcément à l'aise. Reconnaissant, il essayait de répondre à son excès de tendresse mais, tout au fond de lui-même, une envie de rejet persistait. Elle lui avait pourtant épargné la pension, ainsi que la plupart des corvées auxquelles ses frères étaient soumis : camps scouts ou cours de rattrapage, séjours linguistiques et devoirs de vacances. Son père disait en riant qu'elle était trop gentille, mais lui non plus ne sévissait pas. Il arrivait à Nils de les provoquer rien que pour voir jusqu'où irait leur indulgence. Quand il avait expliqué tout ça au psy, l'ambiguïté de ses sentiments lui était apparue si clairement qu'il avait renoncé à poursuivre.

Il baissa les yeux sur sa montre. Le dessin animé n'allait pas tarder à s'achever. Après, il faudrait qu'il occupe Thomas en attendant le retour de Laura.

Laura… Elle ne faisait qu'ajouter à sa culpabilité, à cette impression lancinante d'être toujours en faute. Qu'ils en soient arrivés à vivre ensemble le stupéfiait. Pourquoi s'était-il laissé séduire par la femme de son frère ? Parce que, dix ans plus tôt, Victor lui avait soufflé sous le nez un certain nombre de jolies filles ? D'une beauté moins immédiate que Nils, Victor semblait tellement plus à l'aise – mieux dans sa peau, tout simplement – qu'il n'avait aucun mal à plaire et à conquérir. Même la cicatrice qui barrait sa joue lui conférait du charme. Sans en avoir vraiment conscience, Nils avait-il été jaloux de Victor au point d'éprouver un véritable besoin de revanche ?

— Non, non…, marmonna-t-il en secouant la tête, ce qui réveilla sa migraine.

Pour Laura, il n'aurait pas voulu que les choses en arrivent là. Quand elle avait décidé de quitter Victor, Nils s'était senti pris de panique. Quelle lâcheté était la pire : rejeter Laura ou poignarder son frère ? De toute façon, ne l'avait-il pas déjà trahi ? N'était-il pas coupable depuis le jour où il avait déshabillé Laura dans les collines ? Avec elle, il avait découvert l'amour facile, exaltant, et il oubliait toutes ses inhibitions quand il la tenait dans ses bras. Pourtant, de là à précipiter Victor en enfer, il existait un abîme qu'il n'aurait jamais franchi seul.

— Nils ?

Il se retourna d'un bloc vers le petit garçon qui hésitait sur le seuil. Ni oncle, ni tonton, juste Nils, Dieu merci.

— Je veux appeler papa…

Une bouffée de compassion le prit à la gorge, rendit sa voix sourde lorsqu'il répondit :

— Ton père travaille à cette heure-ci, Tom.

Victor, comme Maxime, était effectivement un bourreau de travail, il se trouvait forcément à l'étude en ce moment.

— Ta maman va bientôt rentrer. Vous appellerez papa ensemble à l'heure du dîner, d'accord ? Viens me voir, chéri.

Il s'assit au pied du lit et installa le gamin sur ses genoux.

— Tu iras en vacances à Sarlat le mois prochain, et tu verras ton père, ton grand-père, tes cousins…

— Et grand-mère ?

Nils avait oublié Blanche dans l'énumération, aussi recommença-t-il en donnant le prénom de chacun jusqu'à ce qu'il arrive à « l'oncle » Maxime, qu'il appela Max tout court.

— J'ai une nouvelle maison ? demanda Thomas en fronçant les sourcils.

— Oui, très grande, très belle.

— Tu la connais ?

— Bien sûr.

Il adressa un sourire rassurant au petit garçon tout en se demandant ce que Victor pouvait bien faire, seul dans cette baraque. Superbe, peut-être, mais tellement isolée, et tellement effrayante ! Thomas allait mourir de peur là-bas et finirait par aller se réfugier dans le lit de son père. Lui-même, enfant, n'avait jamais pu s'endormir aux Roques sans laisser la lumière allumée ou sans appeler Blanche pour qu'elle vienne lui lire une histoire. Si ses frères s'aventuraient en cachette dans le grenier, lui n'avait jamais osé les suivre.

Il sentit la tête du gamin se nicher dans le creux de son cou comme s'il cherchait un refuge, et il se sentit horriblement mal à l'aise. De quel droit avait-il bouleversé sa vie ? Pourquoi les enfants étaient-ils donc toujours les victimes des adultes ? Il s'étonna d'avoir pensé une chose pareille, mais pour lui c'était une évidence.

En sueur sous son pull à col roulé, le jean maculé de terre, Victor s'interrompit un instant pour reprendre son souffle. Replacer les pierres tombées du mur, des deux côtés du portail, représentait un plus gros effort que ce qu'il avait supposé. De plus, depuis le début de la journée, il allait de mauvaise surprise en catastrophe. Dans sa chambre, il avait voulu décrocher les rideaux pour les donner à nettoyer et l'une des tringles de cuivre s'était descellée, lui tombant sur la tête en l'assommant à moitié. Tout ça pour découvrir que les rideaux étaient hors d'usage et qu'il valait mieux les jeter. Ensuite, exaspéré par le secrétaire récalcitrant qui refusait toujours de s'ouvrir, il avait procédé à un échange en allant chercher dans une autre pièce un ravissant bureau Empire. Effacer avec de la cire à la térébenthine les traces laissées sur le parquet par les pieds des meubles déplacés lui avait pris une bonne heure. Puis ç'avait été au tour de l'antique four électrique de rendre l'âme alors que le poulet n'était qu'à moitié cuit et, en jurant copieusement, Victor avait fini par se confectionner un sandwich avant de sortir. S'il passait tous ses dimanches de manière aussi peu efficace, il n'arriverait jamais à s'installer correctement. Les devis reçus par les différents artisans s'étant révélés vertigineux, il voulait faire certaines réparations lui-même. Malheureusement, son père n'ayant pas considéré que les travaux manuels faisaient partie d'une éducation réussie, ni Max ni lui n'étaient vraiment bricoleurs. Quant à Nils, il savait à peine changer une ampoule !

Comme chaque fois qu'il y songeait, Victor écarta aussitôt son frère cadet de son esprit. Penser à Nils revenait à penser à Laura, or, si elle hantait toujours ses nuits, il souhaitait au moins l'oublier durant la journée. Il hissa un dernier bloc de pierre sur le faîte du mur et le consolida du mieux qu'il put. Il ferait vérifier le tout par un maçon. En attendant, il décida d'entreprendre le tour de la propriété afin de repérer les endroits abîmés. « Clos de murs » n'était pas un vain mot en ce qui concernait Les Roques.

Parvenu au chemin vicinal qui bordait le terrain, à l'est, fatigué de se prendre les pieds dans les ronces, il se mit à marcher sur la route. Il était en train d'allumer sa première cigarette de l'après-midi lorsqu'il entendit le moteur d'une voiture. Les promeneurs étaient plutôt rares, aussi regarda-t-il passer la petite Opel Corsa avec une curiosité qui se mua en étonnement quand il la vit s'arrêter, cent mètres plus loin, puis revenir en marche arrière jusqu'à sa hauteur. Vitre baissée, Virginie Clauzel le toisa des pieds à la tête avant de descendre.

— C'est vous ? fit-elle, surprise, en lui tendant la main. Vous tombez bien, je suis encore perdue ! Je rate toujours le même carrefour et je me retrouve immanquablement devant ce foutu mur au lieu d'être à Sainte-Nathalène.

— Vous auriez dû prendre la direction de Saint-Vincent.

— Tout se ressemble tellement ! Je crois que je déteste cet endroit... Pas vous ?

— Non, je vis là. Derrière le foutu mur.

— Ah bon ?

Sans paraître le moins du monde démontée par son impair, elle tourna la tête une seconde mais la propriété, dissimulée par les grands arbres, n'était pas visible.

— Alors nous serons voisins ? Eh bien, je connaîtrai au moins une personne ici !

Son pantalon de velours vert était râpé aux genoux, et ses petits mocassins avachis, pourtant elle conservait une sorte d'élégance naturelle. Elle suivit la direction de son regard puis se mit à rire.

— Je vais prendre des mesures, Mme Dieudonné m'a gentiment confié les clefs.

Victor attendit qu'elle soit remontée dans sa voiture pour lui lancer :

— Arrêtez-vous au retour, je vous ferai un café !

En guise de réponse, elle démarra sur les chapeaux de roues, fit demi-tour et lui passa au ras des pieds dans un nuage de poussière.

Sur la place du marché aux Trois-Oies, Blanche se demandait ce qu'elle pourrait bien acheter pour le déjeuner. Elle connaissait les meilleurs commerçants et les spécialités de chacun, pourtant, elle ne se sentait aucune inspiration ce matin. Indécise, arrêtée sur le trottoir, elle regardait distraitement le magnifique décor de tourelles, de clochers et d'escaliers d'encoignure qui l'entourait. Sarlat était une ville superbe qu'elle prenait le temps d'admirer chaque fois qu'elle sortait, mais en cet instant, elle n'éprouvait qu'une angoisse diffuse, une sorte de pressentiment impossible à formuler.

À pas lents, elle gagna la rue de la République, que tout le monde appelait la Traverse parce qu'elle coupait la ville en deux. Finalement, elle se décida à entrer chez son pâtissier favori, et tandis qu'elle attendait son tour en détaillant l'étalage de gâteaux, elle eut l'impression d'être observée. Relevant la tête, elle croisa le regard d'un homme qui la fixait d'un drôle d'air. L'espace de deux ou trois secondes, ils se dévisagèrent mutuellement, puis elle sentit son cœur s'affoler. C'était bien Jean Villeneuve, même s'il avait beaucoup changé ; lui aussi l'avait reconnue. Leur dernière rencontre, qui remontait à plus de trente ans, avait néanmoins été assez décisive pour qu'ils ne puissent l'oublier ni l'un ni l'autre. Elle fut la première à baisser les yeux. Elle se sentit rougir ; une sourde terreur accéléra son pouls. Allait-il lui adresser la parole ? Certes, il n'y aurait rien d'étrange à ce qu'ils se saluent, après tout ils étaient sarladais tous deux et s'étaient forcément déjà rencontrés, mais elle ne voulait pas lui parler. Elle tourna la tête pour échapper à son regard insistant, et quand la vendeuse lui demanda ce qu'elle désirait elle répondit n'importe quoi tant elle était pressée de sortir. Une fois dehors, sur le trottoir, elle dut s'obliger à marcher au lieu de se mettre à courir. Bien sûr, Jean était revenu à Sarlat pour l'enterrement de son oncle, et maintenant il attendait son héritage. Avait-il déjà pris contact avec l'étude ? Qui s'occupait de cette succession ? Victor ou Maxime ? Et ensuite, combien de temps resterait-il dans la région ? La perspective de le rencontrer à chaque coin de rue la rendait malade d'angoisse. Elle heurta un passant sans même songer à s'excuser et continua de s'éloigner à grands pas. Parvenue au coin de la rue, elle jeta un regard par-dessus son épaule. Non, il ne l'avait pas suivie. Pas comme ce jour-là, hélas ! De toute façon, ils n'avaient plus rien à se dire, ni l'un ni l'autre. Le secret qui les liait ne constituait-il pas leur meilleure garantie réciproque ?

Essoufflée, elle arriva rue du Présidial au moment où Martial sortait de leur maison. En hâte, elle essaya de se composer une expression affable pour aller à sa rencontre.

Il était presque quatre heures du matin quand Victor se décida à rallumer, excédé. La nuit menaçait d'être blanche s'il ne parvenait pas rapidement à vaincre son insomnie, or il avait déjà tout essayé. Chaque fois que le sommeil semblait le gagner, l'image de Laura s'imposait à lui de manière obsessionnelle. Et quand il réussissait enfin à l'écarter, un bruit quelconque le réveillait pour de bon. Maintenant qu'elle était bien chauffée, toute la maison jouait du haut en bas. Les bois, jusque-là gonflés d'humidité, se rétractaient en craquant, parfois même en se fendillant. Certaines fenêtres s'ouvraient ainsi toutes seules, provoquant des appels d'air avec les cheminées et faisant claquer les portes. Sans compter, à l'extérieur, les nombreuses branches qui heurtaient les carreaux dès que le vent se levait, ou encore la pluie, qui n'avait pas cessé depuis la veille.

Confiant en ce vieil adage paysan qui affirme que « la ruine vient du ciel », Victor avait d'abord fait vérifier la totalité des toitures par un couvreur qui s'était chargé de replacer les quelques lauzes manquantes. L'étape suivante dans la réfection des Roques consisterait à revoir toutes les huisseries, ce qui supposait des semaines de travail pour le menuisier. Fort heureusement, les volets intérieurs n'avaient pas souffert durant toutes ces années d'abandon.

En moins d'un mois, Victor s'était réhabitué aux vastes dimensions de la maison, et pour ne pas se cantonner à sa chambre et à la cuisine, il furetait partout en échafaudant des projets. La chambre de Thomas était prête, avec un nouveau papier peint aux motifs marins ainsi que l'ancien pupitre d'écolier de Victor, qu'il avait traîné tout le long de la galerie.

Il enfila un pull puis son peignoir en éponge bleu nuit. Pour les craquements, il ne pouvait rien faire, mais pour les branches, il appellerait un élagueur dès le lendemain. S'agissant de Laura, seul le temps finirait par l'apaiser, par éloigner ce désir aigu qu'il avait toujours d'elle. S'il continuait à se torturer en l'imaginant dans les bras de Nils, il deviendrait complètement fou. Autant aller se faire du café et grignoter quelque chose, maintenant qu'il était debout.

Avant de descendre, il fit une halte dans la chambre dans laquelle il avait remisé le secrétaire à rideau. Ce meuble fermé continuait à l'intriguer et il s'escrima de nouveau sur la serrure, en vain. À la fin, cédant à son exaspération, il partit chercher un tournevis pour faire levier. Son père lui avait vendu Les Roques avec les meubles, tant pis s'il abîmait celui-là ! Un prix assez dérisoire, d'ailleurs, pas vraiment aligné sur le marché immobilier de la région, mais que l'ampleur des travaux justifiait en partie. Maxime avait décrété que tout était parfait comme ça et s'était dépêché de préparer l'acte de vente.

Avec un claquement sec, le rideau de bois se souleva d'un coup. La lame du tournevis avait profondément entaillé la marqueterie. Victor se sentit coupable. Depuis qu'il habitait Les Roques, il se comportait vraiment comme un gamin. Furieux contre lui-même, il inventoria rapidement le contenu des tiroirs. Quelques rubans et épingles à cheveux, une loupe, des enveloppes vierges. Il avait bousillé un secrétaire d'époque pour ça ?

— Complètement cinglé…, marmonna-t-il.

Au moment où il rabaissait le rideau, il aperçut un morceau de papier coincé sous l'un des petits tiroirs. Il le saisit et le retourna, constatant qu'il s'agissait d'une photo en couleur. Une superbe femme blonde souriait à l'objectif, posant dans un bikini qui ne cachait quasiment rien de son anatomie sculpturale. Ce cliché avait dû déplaire à quelqu'un car il était percé de petits trous irréguliers, comme lardé rageusement par la pointe d'un compas.

Victor s'approcha de la lampe pour mieux voir. En étudiant ce qui restait du visage malgré les trous, il eut la certitude qu'il s'agissait d'Aneke. Il ne l'avait jamais vue, ni lorsqu'il était enfant ni même en photo. La maîtresse mythique de leur père, évoquée avec Maxime en chuchotant, n'avait jamais eu pour eux de réelle identité.

Perplexe, il retourna au secrétaire qu'il examina de nouveau, ôtant un à un les tiroirs de leurs logements. Trois autres photos avaient été repoussées au fond et il dut les défroisser du plat de la main. Un gros plan le conforta dans son idée car la ressemblance entre cette femme et Nils était évidente. Même regard très clair, même chevelure si blonde qu'elle paraissait blanche, même petit nez droit. Sur la dernière photo, Aneke posait seins nus, mais la tête avait été coupée par un coup de ciseaux maladroit. Était-ce leur père, fou de chagrin après sa mort, qui s'était déchaîné sur ces images ? Leur mère était beaucoup trop douce pour s'en prendre à du papier avec une telle fureur. À moins que Nils lui-même, à l'occasion de vacances passées aux Roques, n'eût découvert par hasard les photos ? À côté de Blanche, Aneke était une mère sublime que n'importe quel garçon aurait voulu avoir. Sa mort prématurée avait bouleversé le destin de Nils ;

peut-être lui en voulait-il de manière injuste et inconsciente ?

Une fois les tiroirs remis en place, Victor hésita longuement. Il avait l'impression d'être entré sans autorisation dans l'intimité de son père, dans un passé douloureux qui ne le concernait pas. Pourtant, il décida de garder les photos, peut-être pour les montrer à Maxime, et il les glissa dans une des enveloppes qu'il enfouit dans la poche de son peignoir. Imaginer son père amoureux lui avait toujours semblé étrange, mais il suffisait de voir Aneke pour le comprendre et l'absoudre. Avait-il gardé d'autres souvenirs d'elle ? Si tel était le cas, les destinait-il à Nils ou les conservait-il précieusement ? De ses quatre années passées à Cahors, il devait forcément rester des objets, des traces qu'il n'avait peut-être pas eu le courage de détruire. D'après son souvenir, lorsque son père était revenu aux Roques, après le décès d'Aneke, il semblait si triste que Maxime et lui osaient à peine lui parler. Ne sachant comment l'aider, les deux garçons l'avaient au moins soulagé de cette surveillance constante qu'il exerçait sur Nils comme s'il craignait de le voir disparaître à son tour.

Tout en descendant à la cuisine, il se demanda ce que son père avait pu ressentir lorsqu'il s'était retrouvé devant sa première épouse. Comparée à la Suédoise, Blanche était sans mystère, sans éclat, peut-être même sans charme… Il s'en voulut aussitôt de porter un tel jugement sur sa propre mère. Jusqu'à ce soir, il ne s'était pas posé ce genre de question parce qu'il n'avait pas supposé Aneke si belle, mais, après tout, il n'avait aucune raison de s'interroger sur le passé de ses parents. Le drame paternel était enterré depuis longtemps, inutile de l'exhumer à cause de quatre vieilles photos.

Avec un soupir résigné, il commença à se préparer du café. Allait-il, lui aussi, se complaire dans le souvenir de Laura et rêver de son ex-femme chaque nuit ? Réduire en lambeaux les quelques lettres d'elle qu'il avait conservées ? Fabriquer une poupée à son effigie et y planter des épingles ?

Alors qu'il souriait à cette idée stupide, un coup sec frappé au carreau le fit sursauter. Il leva les yeux vers la porte-fenêtre et discerna une ombre, avec la tache claire d'un visage, tandis qu'une voix de femme criait quelque chose. Reprenant sa respiration, il se dépêcha d'aller ouvrir.

— Je crois que je vous ai fait peur, désolée ! lui lança Virginie Clauzel en entrant.

Son ciré ruisselait de pluie, elle était tête nue, les cheveux trempés. Son mascara avait coulé, dessinant des cernes sous ses yeux sombres, et il trouva qu'elle avait une bouleversante allure de chien perdu.

— Qu'est-ce que vous faites dehors par un temps pareil et en pleine nuit ?

— Je bricole dans mon futur royaume, je nettoie, je répare. Pourtant, je crois que je me suis endormie en plein travail, hier soir !

D'un geste las, elle se débarrassa du ciré, le disposa sur le dossier d'une chaise.

— Je peux ?

— Je vous en prie. Asseyez-vous, je vais vous faire des toasts si vous voulez. Mais vous devriez m'expliquer pourquoi vous êtes venue jusqu'ici.

— Votre maison est visible depuis la route du moulin, alors quand je l'ai aperçue au-dessus de moi, illuminée du haut en bas, ça m'a donné envie… de ce café que vous m'aviez proposé l'autre jour. En fait, je ne savais pas trop où aller. C'est le désert, ici, aucune chance de trouver un bistrot, et même s'il en existait

71

un, il serait fermé à cinq heures du matin, n'est-ce pas ?

Il eut la certitude qu'elle lui racontait n'importe quoi, mais il voyait aussi qu'elle était au bord des larmes et cela le dissuada d'insister. Sous la lumière douce de la suspension, il la trouva plus séduisante que lors de leurs deux précédentes rencontres, et il s'étonna de pouvoir être sensible à l'apparence d'une femme autre que Laura. Il lui servit un bol de café qu'elle commença à boire en silence. Dehors, la pluie tombait toujours aussi dru. Tandis qu'il se penchait pour chercher du beurre dans le réfrigérateur, son peignoir s'entrouvrit et il prit conscience de sa tenue.

— Je reviens dans une seconde, déclara-t-il en posant les tranches de pain grillé devant elle.

Quatre à quatre, il grimpa jusqu'à sa chambre où il enfila un jean et des chaussures. Il devait avoir la tête de quelqu'un qui n'a pas dormi, avec une barbe naissante et les cheveux en bataille, mais tant pis. Lorsqu'il la rejoignit, il la trouva en train de manger, à même le pot, de la confiture de cerises.

— Délicieuse, marmonna-t-elle d'un air penaud. Faite maison ?

— Oui. Enfin, pas par moi.

Elle lui jeta un regard interrogateur puis soudain changea d'expression.

— Je suis désolée d'avoir débarqué sans prévenir. Je vous dérange sûrement. Peut-être que… Votre femme dort ?

— Oh, je suppose ! Mais avec quelqu'un d'autre.

Stupéfait de l'avoir dit, il haussa les épaules avant d'aller remettre du pain à griller.

— Et maintenant, déclara-t-il sans la regarder, si vous me racontiez votre histoire ?

3

— Je t'en supplie, Laura, descends de là, ça me fait peur...

La tête levée vers elle, Nils lui tendait la main comme si elle était en danger.

— Tu as le vertige, mon chéri ? s'enquit-elle avec un sourire provoquant. Eh bien, pas moi !

Par jeu, elle fit balancer un peu l'échelle en haut de laquelle elle était perchée. Toutes ses affaires étaient enfin rangées, mais elle avait mis près d'un mois à réorganiser les placards. La fantaisie de Nils, si séduisante à certains moments, avait tout de même quelque chose d'exaspérant dans la vie quotidienne. Indifférent au désordre, il ne remettait jamais rien en place, et perdait un temps fou à chercher ses affaires.

Quand elle reprit pied sur la moquette à côté de lui, elle passa un bras autour de son cou.

— Tu es mignon d'avoir peur pour moi...

Elle le trouvait attendrissant, fragile, tout le contraire de Victor. De sa main libre, elle le prit par la taille et l'attira contre elle.

— Thomas dort, chuchota-t-elle. Tu veux faire l'amour ?

Au lieu de répondre, il se pencha pour l'embrasser. C'était toujours elle qui prenait l'initiative, ravie de ce rôle que Victor ne lui avait jamais laissé. Avec Nils, elle pouvait à volonté jouer la femme fatale, l'ingénue, la garce ou la mère, il était toujours d'accord.

« Arrête de penser à Victor », songea-t-elle, étonnée de ne pas réussir à l'oublier alors qu'elle avait choisi de le quitter. Mais était-ce vraiment lui qu'elle avait quitté, ou plutôt un mode de vie qu'elle ne supportait plus ?

Elle entraîna Nils jusqu'à la chambre, le déshabilla et se débarrassa de ses propres vêtements. Avant de vivre ensemble, ils avaient toujours été obligés de se cacher, et à présent qu'ils étaient libres, ils devaient encore faire attention à Thomas car, chaque fois qu'un cauchemar le réveillait, le petit garçon débarquait en larmes dans leur chambre, les regardant d'un drôle d'air. Heureusement, les vacances de Pâques approchaient et Victor réclamait son fils, Laura allait enfin connaître quinze jours de paix.

Tout en caressant Nils, qui frissonnait sous ses doigts, elle se demanda si elle avait envie d'un autre enfant. Au moment de la naissance de Thomas, elle s'était promis qu'il ne serait pas fils unique, mais elle ne s'imaginait pas enceinte pour l'instant. Impossible d'arrêter de travailler alors qu'elle venait juste de recommencer. De plus, elle n'était pas sûre que l'idée plaise à Nils. S'il faisait un oncle – ou à la rigueur un beau-père – sympathique, il serait sans doute un père désastreux. Trop indépendant pour se charger d'un bébé, trop lunatique... Et son métier n'offrait aucune stabilité, ni matérielle ni géographique. La preuve, il arrivait à peine à payer le loyer de cet appartement, trop petit pour abriter une vraie famille. Elle prit conscience avec un certain malaise que jusque-là, tout au bonheur de l'instant présent, ils n'avaient pas évoqué l'avenir. Comptait-il la demander en mariage, une fois le divorce prononcé ? Il semblait parfois tellement tendu, perdu dans une culpabilité trop lourde pour lui, qu'elle en venait à douter. Avait-elle fait le bon choix en bouleversant sa vie ?

Le regard pâle de Nils était rivé au sien, troublé par l'approche du plaisir, et elle chassa toute autre idée de son esprit.

Médusé, Victor observait alternativement son frère, qui poursuivait sa diatribe d'un ton sec, et l'ensemble des clercs convoqués dans la salle de réunion, affichant tous le même air piteux. La disparition du testament Villeneuve mettait Maxime hors de lui, ce qui lui arrivait très rarement. Contacté par Jean, le neveu, qui avait chargé l'étude Cazals de régler la succession, il était désormais contraint de se livrer à une fastidieuse recherche d'héritiers, tout en sachant qu'il irait ainsi à l'encontre des volontés du défunt.

Après avoir tancé ses collaborateurs, il finit par les congédier et resta assis face à son frère, le visage fermé.

— Veux-tu que je me charge de Jean Villeneuve ? lui proposa Victor au bout d'un moment. Je préfère gérer le dossier que te voir fou de rage.

— Qu'est-ce que ça change ? Toi ou moi, nous nous ridiculiserons.

— Tu prends l'affaire trop à cœur. Imagine que Robert Villeneuve ait tout légué à son club de chasse ? à une secte ? Puisqu'on ne saura jamais ce qu'il y avait dans ce fichu testament, mieux vaut encore que ce soit le neveu qui en profite, non ?

— Victor !

— Bon, bon, d'accord, débrouille-toi tout seul... En fait, je voulais te rendre service parce que j'ai une faveur à te demander.

— Vas-y.

— Laisse-moi assurer la vente Clauzel-Dieudonné.

— Bien sûr, pourquoi ?

— Eh bien, comme j'ai déjà fait le compromis...

Brusquement gêné, il s'interrompit et baissa les yeux afin d'éviter le regard inquisiteur de Maxime.

— Tu comprends, marmonna-t-il, je trouve que...

— ... que Virginie Clauzel possède un certain charme, c'est ça ? Oh, mon vieux, si tu t'intéresses à une femme, rien ne peut me faire plus plaisir, je te laisse volontiers ma place !

— Non, écoute...

— Non ? Mais si, elle est très mystérieuse, très séduisante, ne me dis pas le contraire.

— Ce sera bientôt ma voisine, tenta d'expliquer Victor avec une désinvolture un peu forcée. Elle est passée me voir la semaine dernière et nous avons bu un café.

— Merveilleux ! D'autant plus que tu fais très bien le café, je suis certain qu'elle a apprécié. Elle t'a raconté sa vie ?

— Elle est architecte.

— Je sais, j'ai lu le dossier. Et alors ?

De nouveau, son frère le dévisageait avec une insistance amusée, et Victor se troubla. Il avait repensé à cette femme une bonne dizaine de fois, depuis son intrusion matinale dans la cuisine des Roques. Néanmoins, c'était quand même de Laura qu'il rêvait chaque nuit, Laura dans les bras de Nils, une insupportable vision qui ne le lâchait toujours pas. Était-il vraiment capable de s'intéresser à une autre femme ? Évidemment, il avait remarqué les grands yeux sombres de Virginie, doux comme un velours brun et dont la forme allongée remontait vers les tempes. Et aussi son adorable petit nez, ses taches de rousseur, ses cheveux couleur acajou. En plus, il ne s'était pas contenté de la regarder, il l'avait écoutée avec curiosité. Sans se faire prier, elle lui avait résumé sa situation. Une rupture malheureuse la laissait amère, frustrée, pleine de colère, et elle utilisait des mots durs pour parler de l'homme dont elle avait partagé la vie durant sept ans avant de se résoudre à le quitter. Sept ans d'amour et de travail acharné au sein d'un gros cabinet d'architectes, à Toulouse.

— Le type était le patron, il n'a pas supporté d'être plaqué. Non content de la flanquer dehors, il lui a taillé une telle réputation qu'elle n'a jamais pu retrouver un emploi. Ça dure depuis six mois et il continue à la poursuivre de sa hargne. Chaque fois qu'elle est sur le point de signer un projet, il passe derrière elle, il la casse et il récupère l'affaire. Du coup, elle a préféré quitter Toulouse.

— Pour venir s'enterrer à Sarlat ? s'étonna Maxime.

— D'après elle, nous sommes dans un trou perdu, son ex ne la retrouvera pas ici. Et les architectes ne sont pas nombreux entre Cahors et Périgueux, la concurrence n'est pas trop rude. Elle a enfin trouvé un contrat chez un particulier, une superbe maison à refaire, du côté de Beynac. Alors, pour ne pas flamber ses dernières économies, elle a décidé d'acheter une maison dans le coin.

— Pour celle qu'elle a choisi, mieux vaut être architecte, en effet, cette bicoque ne va pas tarder à s'écrouler ! railla Maxime avec un grand sourire.

— Rien d'autre n'était dans ses moyens.

Victor avait été ému par le récit de la jeune femme, mais pas seulement à cause de sa beauté. Au creux de la vague, Virginie Clauzel semblait posséder l'énergie nécessaire pour se battre et refaire surface, même si elle était seule, sans argent, sans personne à qui se confier.

— Je vois que tu es très bien renseigné, que tu as retenu le moindre détail…

— Oh, Max !

— Occupe-toi de cette vente, et invite-la donc à dîner.

Victor haussa les épaules, agacé par l'insistance de son frère. Toutefois, il y avait trop longtemps qu'il ne s'était pas retrouvé en tête à tête avec une femme. Très exactement depuis le soir où, trois mois plus tôt, Laura lui avait appris qu'elle était la maîtresse de Nils et annoncé son intention de le quitter. Pas une simple intention, d'ailleurs, une décision irrévocable, à effet immédiat. Le plafond lui était tombé sur la tête, sans compter la vague de colère qui l'avait secoué des pieds à la tête. De tout ce qu'elle avait dit ce soir-là il n'avait retenu qu'une phrase : « Je l'aime. » Elle était amoureuse de Nils, de sa silhouette dégingandée, de son air perdu, de son humour décalé. Amoureuse à tel point que la souffrance de Victor la concernait à peine. L'aveu de cette liaison l'avait poignardé, désormais il se sentait incapable de faire confiance à une femme.

— J'accepte ton offre ! lui lança Maxime en le tirant de ses réflexions. Je t'abandonne Virginie Clauzel et tu te charges de Jean Villeneuve.

Au-dessus de la table qui les séparait, Victor tendit sa main, paume ouverte.

— Marché conclu, dit-il d'un air réjoui.

Blanche ne put rien faire pour éviter Jean Ville-neuve lorsqu'elle se retrouva nez à nez avec lui au coin de la rue des Consuls. Elle avait failli le heurter et, détournant la tête, avait fait mine de passer son chemin quand il l'avait prise par le bras d'un geste ferme.

— Et alors, on ne se connaît plus ? Dis-moi au moins bonjour ! Je ne suis pas là pour te créer des ennuis…

Avec ses cheveux poivre et sel, son embonpoint, son allure de Monsieur Tout-le-monde, il n'avait rien d'effrayant vu de près, pourtant elle frissonna de dégoût.

— C'est chacun son tour et le mien a été long à venir, rappela-t-il avec une ironie glacée. Toi, tu en as profité tout de suite.

D'insupportables images, venues d'un passé lointain, assaillirent aussitôt Blanche qui faillit partir en courant. Il dut le deviner car il serra davantage son bras.

— J'espère que tes fils seront à la hauteur et qu'il n'y aura aucun problème, ajouta-t-il plus près de son oreille.

Sentir son souffle sur elle la fit se cabrer. Était-il en train de la menacer ? Elle rassembla tout son courage pour articuler :

— Lâche-moi, Jean.

Trente ans plus tôt, elle lui avait dit la même chose, du même ton suppliant, mais il ne l'avait pas lâchée à ce moment-là non plus.

Deux promeneurs arrivaient à leur hauteur, sur le trottoir étroit, et elle s'empressa d'enchaîner, à voix haute :

— J'ai vraiment été désolée, pour ton oncle…

Matois, il attendit que le couple s'éloigne puis se mit à rire doucement.

— Pas moi !

79

Il la libéra et s'écarta d'un pas.

— Tout ça ne nous rajeunit pas, hein ? Allez, sauve-toi.

Bien sûr, il ne voulait rien d'elle, plus rien aujourd'hui que son silence. Sans demander son reste, elle s'enfuit en hâte, profondément bouleversée.

Le jour déclinait. Son dictaphone à la main, Victor continuait l'inspection commencée une heure plus tôt. À une dizaine de mètres d'un pigeonnier, il scruta longuement le toit couvert de lierre.

— Nettoyage des gouttières du...

Un petit claquement sec lui apprit qu'il était arrivé au bout de la bande et il retourna la microcassette. La facture du couvreur allait s'allonger, sans compter celle de l'entreprise de jardinage. Malheureusement, la végétation avait proliféré de façon anarchique, envahissant toitures et façades. Même les dalles de pierre de l'allée, les pas de portes ou les soubassements disparaissaient sous la mousse. Déjà, Victor avait établi un planning d'environ deux années, sachant très bien que dans l'immédiat il devrait se contenter de parer au plus pressé. Les gouttières faisaient partie de l'urgence, aussi enregistra-t-il la fin de sa phrase avant de ranger le dictaphone dans sa poche. Les Roques allaient devenir un gouffre financier qui commençait à lui donner le vertige. La veille, il avait passé commande d'une tondeuse autoportée pour raser les pelouses, d'une débroussailleuse, d'un taille-haie et d'une grande échelle en aluminium, ainsi que de quelques outils de base, fourches ou râteaux, car la plupart de ceux découverts au fond de la grange étaient soit rouillés, soit hors d'usage. La fosse septique venait d'être curée, mais le plombier lui avait annoncé qu'un nouveau puisard devrait être creusé pour permettre l'évacuation des machines telles que lave-linge ou lave-vaisselle. Le programme des travaux prenait vraiment des proportions effrayantes.

Avec un petit soupir accablé, il regagna la maison. La nuit tombait, il ne pourrait rien faire de plus ce soir. Lorsqu'il habitait sa villa moderne, c'était Laura qui s'amusait à tondre le gazon et à tailler les rosiers de leur petit jardin, mais ici, sur près de trois hectares, il doutait de pouvoir y suffire lui-même lorsque le parc serait à peu près redessiné. Son père avait négligé Les Roques, probablement découragé à l'idée de ne jamais pouvoir en profiter, et ce qu'il appelait l'entretien annuel se révélait bien dérisoire.

Au milieu de la vaste entrée rectangulaire, Victor s'arrêta une seconde pour regarder autour de lui. Certes, la maison valait largement le mal qu'il se donnait, toutefois, s'il devait y vivre seul, fallait-il vraiment qu'il y consacre une telle énergie et un tel budget ? Pour l'instant, il passait l'essentiel de son temps dans la cuisine ou dans sa chambre, ne mettait jamais les pieds dans les salons, encore moins dans le bureau du rez-de-chaussée, où il avait cru pouvoir travailler sur les dossiers qu'il rapportait le soir. En fait, dès qu'il rentrait il ne faisait que nettoyer, ranger, étudier des devis. Maxime avait fini par lui offrir une encyclopédie du bricolage, avec des croquis détaillés à chaque page, qu'il avait à peine ouverte.

De temps à autre, quand il s'énervait à raccorder deux fils électriques ou à huiler les gonds des portes, il pensait à Virginie Clauzel qui connaissait probablement le même genre de mésaventures et qui n'avait pas les moyens de se faire aider. Devait-il lui proposer un coup de main ? Ce serait une bonne occasion de la revoir, un dérivatif à sa solitude.

« Tu n'as aucun besoin de distraction, tu refuses toutes les invitations, tu t'enterres ici par plaisir... »

Du moins, sans aucun déplaisir. Jamais il n'aurait cru pouvoir se consacrer à une maison, or celle-ci monopolisait son attention. Était-ce l'absence de Thomas et de Laura qui le précipitait dans cette folle activité ? En tout cas, son père avait eu raison sur un point précis : impossible de ressasser son chagrin avec autant de choses à faire ! D'ici quelques jours, Thomas arriverait enfin pour les vacances de Pâques et Victor voulait absolument que son petit garçon tombe sous le charme des Roques. S'il s'y plaisait, il viendrait volontiers y passer un week-end sur deux et une bonne partie de l'été. S'habituait-il à vivre dans l'appartement de Nils, lui qui avait toujours eu un jardin pour jouer ? Au téléphone, il disait qu'il n'aimait pas sa nouvelle école, qu'il avait peur de s'endormir le soir parce qu'il faisait des cauchemars, qu'il s'embêtait le mercredi. Pleurnichait-il pour attirer l'attention de son père, ainsi que Laura le prétendait, ou bien était-il réellement malheureux ?

Perturbé par cette idée, Victor gagna la cuisine. Le crépuscule le rendait toujours un peu mélancolique, et savoir que Nils était celui qui câlinait Thomas le soir ou qui lui lisait une histoire avait de quoi l'accabler. Dans l'office, il ouvrit les placards et contempla d'un œil morne les provisions qu'il y avait accumulées depuis quelques semaines. Essentiellement des boîtes de conserve, des plats tout prêts auxquels il suffisait d'ajouter de l'eau bouillante, et deux cartons de bouteilles de champagne qu'il hésitait à transporter à la cave tant celle-ci avait besoin d'être nettoyée d'abord. Sur la dernière étagère, tout en haut, une pile de livres de recettes attira son attention. Il ne les avait pas encore remarqués, et il approcha un tabouret pour pouvoir les examiner de plus près. Sa mère était une excellente cuisinière, il se souvenait de l'avoir souvent vue avec un recueil ouvert ou bien une fiche posée à côté d'elle quand elle se lançait dans des préparations compliquées. Parmi les différents volumes, il trouva un classeur dans lequel elle avait répertorié des plats exotiques, ainsi qu'un cahier d'écolier qu'il feuilleta machinalement. Intrigué par ce qu'il lisait, il descendit du tabouret, le cahier à la main, et alla s'installer près d'une lampe. Le même mot se répétait invariablement au fil des cent pages, recto verso : *Non, non, non, non...* L'écriture ne lui était pas familière, tellement appuyée qu'elle tremblait et avait déchiré le papier à certains endroits. Qui avait bien pu se livrer à un exercice aussi stupide et pourquoi avait-on jugé bon de conserver ce cahier ?

Mal à l'aise, Victor retourna inspecter le placard sans rien découvrir d'autre. Ces milliers de négations acharnées avaient quelque chose de troublant. Les Roques appartenaient aux Cazals depuis assez longtemps pour que l'auteur de ce long délire obsessionnel soit forcément un membre de la famille. Ses grands-parents paternels, qu'il n'avait pas connus, étaient morts de maladie à quelques mois d'intervalle ; il n'était guère concevable qu'il se soit agi de l'un d'eux. Cela aurait été d'autant plus étrange qu'il ne subsistait quasiment aucun souvenir d'eux dans la maison, sinon un portrait conventionnel dans le petit salon. En s'installant aux Roques, jeune mariée, Blanche avait tout rangé, avec sa minutie coutumière, elle s'en était vantée à plusieurs reprises devant ses enfants. Elle racontait volontiers que cette période était la plus belle de sa vie. À vingt-deux ans, elle s'était senti l'âme d'une châtelaine en prenant possession des lieux, puis la naissance de ses deux fils l'avait comblée. Jusqu'à ce que Martial la quitte, elle prétendait avoir été la plus heureuse des femmes. Ensuite, elle avait dû être la plus malheureuse, mais elle n'en parlait jamais : du jour où son mari était revenu, elle semblait avoir tout oublié.

Un craquement résonna brusquement dans le silence, faisant sursauter Victor. Il n'était pas encore habitué à tous les bruits de la maison, en particulier ces craquements sinistres qui provenaient des poutres ou des planchers. Il sortit de l'office et jeta un coup d'œil circulaire dans la cuisine. Il pensait rarement à fermer les portes à clef, ce qui l'obligeait à se relever la nuit pour descendre vérifier. Peut-être devrait-il songer à se munir d'une arme ? Les fenêtres des Roques n'étaient défendues que par des volets intérieurs, qui protégeaient davantage du soleil que d'éventuels cambrioleurs ; quant aux portes, elles étaient équipées de verrous dérisoires. Du temps où ses parents habitaient là, la région était sûrement assez paisible pour justifier une telle désinvolture, mais l'époque n'était plus la même. Si son assureur se déplaçait jusqu'ici, il exigerait sûrement d'autres fermetures. En attendant, Victor était sans défense, à la merci de n'importe quel rôdeur.

Il éprouva le besoin d'allumer le plafonnier et ce faisant se sentit ridicule. De toute façon, illuminer toute la maison était impossible, il resterait toujours des coins sombres.

— C'est ce cahier qui m'a foutu la trouille, marmonna-t-il à mi-voix.

« Non » à qui, à quoi ? De nouveau, il scruta l'écriture rageuse. Combien de temps fallait-il pour noircir autant de pages ? Apparemment, la colère de celui ou celle qui tenait le stylo n'avait jamais faibli.

Vaguement inquiet, il décida de monter le cahier pour le conserver dans sa chambre, avec les photos découvertes au fond du secrétaire à rideau. Allait-il encore faire beaucoup de trouvailles de ce genre ? Il était loin d'avoir exploré la maison ! Parce qu'il avait vécu là dans son enfance, il croyait tout savoir des Roques, mais, à ce train-là, ne risquait-il pas d'avoir des surprises ? Le plus simple consistait à procéder par ordre, une pièce après l'autre, en examinant le contenu de chaque meuble, chaque placard. Et pour finir, il irait faire un tour au grenier.

Pas ce soir, en tout cas... Pour l'instant, il devait penser à dîner. Quand il eut installé une assiette et un verre sur la table, il resta perplexe un moment, navré par le spectacle de ce couvert unique qui semblait perdu. S'il devait manger seul chaque soir, il finirait neurasthénique. L'idée de se préparer un plateau pour grignoter devant la télé ne l'emballait pas non plus, mais ce serait quand même moins triste. Ou alors il pouvait prendre sa voiture et retourner à Sarlat, Maxime l'accueillerait à bras ouverts et la cuisine de Cathie valait toujours le déplacement. Baissant les yeux vers sa montre, il constata qu'il était à peine huit heures. La soirée ne faisait que commencer.

Nils vit la jeune femme blonde se lever et jeter de la monnaie sur sa table d'un geste nerveux. Elle quitta le bistrot sans se retourner, alors qu'elle n'avait pas bu sa bière, probablement effrayée par l'insistance avec laquelle il l'observait depuis cinq minutes. Le serveur vint ramasser l'argent, et en débarrassant le verre jeta un coup d'œil réprobateur à Nils qui lui adressa un sourire d'excuse en retour. Comment aurait-il pu expliquer qu'un certain type de femmes le fascinait tout en le plongeant dans une infinie mélancolie ? À travers chaque blonde élancée, il cherchait encore l'image de sa mère, son psy le lui avait expliqué cent fois. Était-ce la raison de son attirance pour Laura ?

Malgré lui, il suivit la jeune femme des yeux, tandis qu'elle se hâtait sur le trottoir, de l'autre côté de la vitre. Soudain, elle trébucha et disparut brutalement de son champ de vision. Il repoussa sa chaise et se précipita dehors le cœur battant, mais un passant aidait déjà la jolie blonde à se relever. En la voyant indemne, Nils éprouva une bouffée de soulagement tout à fait disproportionnée.

— Qu'est-ce que vous avez avec cette femme ? grommela le serveur qui l'avait suivi. Vous la connaissez ?

— Non...

— Alors foutez-lui donc la paix ! En plus, vous êtes parti sans payer.

Nils lui tendit un billet de dix euros, lui abandonna la monnaie et s'éloigna dans la direction opposée. La chute banale de cette inconnue l'avait secoué de manière incompréhensible, provoquant en lui un début de panique. Il fallait qu'il se calme d'abord, et ensuite qu'il songe à se faire soigner pour de bon car cet incident n'était pas le premier. Deux ou trois ans plus tôt, sur un plateau de tournage, il avait vu une assistante dégringoler d'un échafaudage et il en avait fait toute une histoire. Était-elle blonde aussi ? Il ne conservait que le souvenir de sa propre terreur lorsqu'elle était tombée. Pouvait-on appeler ça un trouble du comportement, une obsession, une phobie ? Évidemment, sa mère était morte de cette manière, en basculant de l'échelle en haut de laquelle elle nettoyait ses carreaux. La chute sur les pavés de la cour, trois étages plus bas, ne lui avait laissé aucune chance. Y penser lui faisait horreur ; toutefois, il ne possédait aucune image consciente de la scène, bien qu'il ait été présent dans la pièce, sans doute occupé à jouer. Deux gendarmes étaient venus le chercher là, quelques minutes après l'accident. Ensuite, il avait dû attendre son père dans le studio d'une voisine, au rez-de-chaussée, dont l'unique fenêtre donnait sur la cour où s'affairaient des ambulanciers – pourtant il ne se le rappelait pas non plus. Plus tard, Martial lui avait raconté le drame avec des mots simples, mais il ne l'avait fait qu'une fois. Malgré toutes les questions de Nils, il s'était refusé à aborder le sujet, comme si la mémoire d'Aneke n'appartenait qu'à lui. « Tu as peu connu ta mère, se bornait-il à dire, il vaut mieux que tu l'oublies. Souviens-toi seulement que c'était la plus belle et la plus merveilleuse femme qui soit. » Lui n'oubliait pas, non, il suffisait de parler de la Suède devant lui pour que son visage se ferme.

Nils ne possédait qu'une seule photo d'Aneke, assez impersonnelle et prise lors d'un défilé de mode à Paris. Deux ans plus tôt, il s'était décidé à en faire tirer un agrandissement qui se trouvait accroché dans son salon. Aucun de ses copains n'avait omis de lui demander qui était cette somptueuse Nordique moulée dans un fourreau noir Chanel. Il répondait avec fierté qu'il s'agissait de sa mère et, la première surprise passée, les autres découvraient l'évidente ressemblance. C'était à elle que Nils devait sa blondeur, son allure élancée, ses gestes gracieux. Presque trop pour un homme, on lui en faisait parfois le reproche, excepté Laura, bien sûr, qui prétendait au contraire avoir été séduite par sa fragilité. Si c'était vraiment ce qui l'émouvait, comment avait-elle pu tomber amoureuse de Victor ? Viril, sûr de lui, protecteur, il n'avait rien d'un homme qu'on pouvait espérer materner !

Penser à son frère était la dernière chose dont Nils avait besoin, ce soir. Pour la millième fois, il essaya de se persuader que Victor reconstruirait sa vie sans problème dès qu'il aurait surmonté cette difficile période du divorce.

« Comment ai-je pu lui faire ça ? »

S'arrêtant en plein milieu du trottoir, il se sentit soudain écrasé de culpabilité, de tristesse, de regrets. Ses deux frères auraient dû lui être sacrés, ils s'étaient toujours montrés d'une formidable gentillesse à son égard, l'entourant d'une tendresse dont il avait un besoin crucial. Jamais ils ne protestaient, adolescents, lorsque Nils prétendait les suivre partout et ne faisait que les encombrer. Il leur en avait gâché, des sorties ou des soirées dans lesquelles un gamin n'avait pas sa place, désespérément accroché à leurs basques !

Indifférent aux passants qui le contournaient, il se laissa submerger par tous les souvenirs d'enfance qui lui revenaient en désordre. Un jour, alors qu'il avait sept ans, il avait cru drôle de donner un chewing-gum au chat siamois de Blanche qui avait failli s'étouffer. Maxime s'était fait sauvagement griffer en essayant de le lui retirer de la gueule, et c'était lui qui avait eu droit au sermon de leurs parents. Parmi toutes les bêtises que Nils inventait, enfant, la pire avait été de vouloir s'amuser avec la voiture de leur père, garée dans la cour de l'étude. Il n'avait que treize ans mais se croyait assez grand pour commencer à conduire, ou au moins tenter quelques manœuvres. Bien entendu, il avait fini par cabosser une aile. Même s'il n'avait pas grand-chose à craindre de son père, qui lui passait tout, l'énormité de la catastrophe l'avait paniqué et, en larmes, il était allé chercher du secours auprès de Victor. Comme celui-ci venait juste de s'inscrire dans une auto-école, il pouvait prétexter qu'il avait voulu s'entraîner à conduire, cela serait plus acceptable que de la part du cadet. Compréhensif, Victor était allé se dénoncer à la place de Nils, et pour le punir Martial l'avait privé de sorties. Or, le soir même, il devait se rendre à une fête de fin d'année organisée par tous ses camarades de terminale. Consigné dans sa chambre, Victor s'était résigné difficilement, cependant il n'avait pas trahi son petit frère.

Depuis ce jour-là, Nils se sentait débiteur. D'un geste brusque, il sortit son portable de la poche de sa veste. Il ne voulait pas attendre une seconde de plus, il fallait qu'il parle à Victor, maintenant. Il fit défiler son répertoire jusqu'au numéro des Roques et appuya sur la touche. Au bout de quatre sonneries, son frère répondit.

— C'est Nils, Vic, s'il te plaît ne raccroche pas, ne…

— Il est arrivé quelque chose à Thomas ?

— Non ! Non, tout le monde va bien, désolé de t'avoir fait peur… Je voulais juste te dire que…

Il dut avaler sa salive tant il avait la gorge serrée. S'être fait un ennemi de Victor lui devenait insupportable, il fallait qu'il trouve un moyen pour se réconcilier avec lui.

— Max refuse de m'écouter, papa m'engueule chaque fois que je l'appelle, et aucun des deux ne veut me donner de tes nouvelles. Je vis tout ça très mal. Quand je pense à toi, je…

— Tu veux quoi, au juste, Nils ? Ma bénédiction ? Allez, baise Laura en paix, je finirai par m'en foutre !

Le ton rageur prouvait que son frère souffrait toujours et que sa rancune restait intacte.

— Sincèrement, Vic, je ne sais pas quoi faire. J'aimerais qu'on puisse se voir, s'expliquer, et…

— Tu crois que tu vas réussir à m'expliquer pourquoi tu m'as pris ma femme ? Tu plaisantes ? De toute façon, tu es la dernière personne que j'aie envie de voir.

— Mais on ne peut pas se brouiller pour l'éternité !
plaida Nils d'une voix désespérée.

— Pourquoi pas ? Qu'est-ce qui nous en empêche ?

— Tu m'enfonces, là...

Il y eut un court silence puis Victor, au lieu de se
radoucir, dut couper la communication car la tonalité
résonna soudain en continu. Hébété, Nils reprit
conscience du mouvement de la foule autour de lui.
Les gens se pressaient sur le trottoir, c'était sans doute
l'heure où les spectacles allaient commencer. Le début
de la séance de vingt heures pour les salles de cinéma,
où Nils ne verrait probablement jamais son nom en
grosses lettres.

Malheureux, il ne voulait pas rentrer chez lui pour
retrouver Laura, et il chercha un bistrot du regard. Il
allait se saouler, essayer d'oublier dans quel pétrin il
s'était mis. Avait-il vraiment espéré que son frère
pourrait l'absoudre ? Il l'imaginait sans peine, seul
dans l'immense maison des Roques, exaspéré par ce
coup de téléphone maladroit qui raviverait sa jalousie
comme sa douleur. Qui haïssait-il davantage,
désormais, Laura ou Nils ?

« Il m'en voudra toute sa vie et il aura raison ! »

Ne plus pouvoir compter sur l'aide de Victor, ni sur
son affection, l'angoissait de manière aiguë. Était-il
interdit de séjour à Sarlat, aux Roques, et même rue
du Présidial ? En acceptant la folie dans laquelle Laura
l'avait entraîné, il avait coupé les ponts avec toute sa
famille, personne ne voudrait plus le voir. Jusqu'ici,
il avait confusément espéré que la tempête se calme-
rait peu à peu, que le temps effacerait ce qui n'était,
après tout, qu'une banale histoire d'adultère. Et s'il
s'était trompé, si ses parents et ses frères lui tour-
naient le dos définitivement ? Il n'avait pas l'intention
d'épouser Laura, de devenir le beau-père de Thomas,

d'avoir des enfants et de se recréer ainsi un nouvel univers. Il ne désirait pas que les choses changent, il détestait les bouleversements !

Il s'installa au comptoir dans le premier bar venu et commanda un double whisky. À force d'être lâche, il se retrouvait dans un piège infernal dont il ne savait plus comment sortir. Et avouer à Laura qu'ils avaient commis une énorme bêtise n'arrangerait pas la situation, ce serait aussi cruel qu'inutile.

Il vida son verre d'un trait, grimaça sous la brûlure de l'alcool puis en réclama aussitôt un autre. C'était le seul remède qu'il connaissait, lorsqu'il était trop mal dans sa peau : boire jusqu'à l'oubli.

Virginie réfléchissait, son porte-mine coincé entre les dents. Les plans qu'elle venait d'achever ne risquaient-ils pas de paraître trop ambitieux, voire fantaisistes, à son client ? Certes, celui-ci avait affirmé à plusieurs reprises qu'il voulait quelque chose d'exceptionnel, « qui en flanque plein la vue à tout le monde », d'après son expression peu élégante, mais elle craignait d'être allée un peu loin dans la démesure. Aucun des murs d'origine ne subsisterait car en redessinant la maison, elle l'avait considérée comme une coquille vide à l'intérieur de laquelle son imagination s'était déchaînée. Niveaux décalés, volumes impressionnants et lumière ruisselante. *Plein la vue*, oui, surtout quand elle aurait fini de chiffrer le coût de la réalisation.

Pour s'écarter de la table à dessin, elle donna une poussée à son haut tabouret sur roulettes. Mme Dieudonné s'était montrée très compréhensive en lui permettant de s'installer avant la vente officielle, au moins avait-elle un toit au-dessus de la tête, un endroit où travailler. Et, avec un peu de chance, Pierre ne viendrait pas la chercher ici. Quand se lasserait-il de la poursuivre et de lui gâcher l'existence ? Quelques jours plus tôt, une de ses amies l'avait avertie par téléphone qu'il continuait à dire pis que pendre à son sujet dans les milieux professionnels. Entre autres vacheries, il n'hésitait pas à la traiter d'arriviste et d'incapable. Pourtant, il était mieux placé que quiconque pour savoir qu'elle avait du talent. Il le savait si bien que du temps où elle travaillait dans son cabinet, il n'hésitait pas à s'approprier certains des plans qu'elle dessinait, ou à lui demander un coup de main sur ses propres projets. Au début, lorsqu'il l'avait embauchée, il l'avait bluffée. Beau parleur, il n'avait pas son pareil pour décrocher un contrat, remporter un marché, convaincre les clients de dépasser leur budget. Mais il manquait de créativité, peut-être même d'envergure. Malheureusement, elle était tombée amoureuse de lui. Avec le recul, elle considérait ça plus comme une catastrophe que comme une aubaine. Autour d'eux, tout le monde pensait que la petite Virginie se servait du patron alors qu'il s'agissait du contraire. Sachant qu'elle travaillait vite et bien, Pierre ne lui laissait aucun répit, l'exploitant sans états d'âme sous prétexte de la « former ». Et bien sûr, quand la jeune femme avait commencé à lui parler de son désir d'enfant, il avait levé les yeux au ciel. Pour la faire patienter, il s'était retranché derrière de grands mots creux, refusant de « rentrer dans le rang » ou de « faire une fin ». En ce qui la concernait, elle imaginait un bébé comme un début, pas comme une fin. Au bout du compte, se décider à quitter Pierre avait été moins difficile que prévu : sans le savoir, elle ne l'aimait déjà plus.

Au-dehors il faisait nuit et la fenêtre du séjour était noire, accentuant la sensation de froid qui régnait dans la maison. Appuyée au mur, une tringle en cuivre attendait d'être posée mais Virginie ne possédait pas les outils nécessaires. Peut-être son voisin des Roques lui en prêterait-il ? Elle le trouvait plutôt sympathique, loin de l'idée qu'elle avait pu se faire des notaires jusqu'ici, mais, si elle lui demandait de l'aide, n'irait-il pas s'imaginer n'importe quoi ? La dernière chose qu'elle souhaitait, en ce moment, était qu'un homme la harcèle.

Elle se leva, engourdie d'être restée assise trop long-temps, et fut parcourue d'un frisson. Le petit radia-teur électrique, réglé sur la position « maximum », ne suffisait pas à chauffer la pièce, d'autant plus que ce mois de mars était plutôt froid. Alors qu'elle enfilait un gilet par-dessus son gros col roulé, le bruit d'une voiture attira son attention. Elle entendit un petit coup de klaxon, puis le moteur s'éteignit et une portière claqua. Juste après, la sonnette retentit. L'espace d'une seconde, elle se demanda, affolée, s'il pouvait s'agir de Pierre. Était-il capable de l'avoir retrouvée dans ce trou perdu ? D'un geste néanmoins décidé, elle ouvrit en grand et découvrit Victor Cazals sur le seuil, une bouteille de champagne dans une main et un bocal de foie gras dans l'autre.

— Je vous dérange ?

— Non…

Regardant par-dessus son épaule, il avait dû remar-quer la table à dessin, les plans étalés et la lampe d'architecte allumée au-dessus.

— Vous étiez en train de travailler, je suis navré.

— Entrez, je vous en prie, j'avais fini. C'est drôle, j'ai pensé à vous il y a cinq minutes ! Je voulais vous demander de me prêter des outils, j'ai plein de trucs à accrocher.

— Je peux retourner les chercher.

— Ce n'est pas urgent, vraiment.

Ils se dévisagèrent avant d'échanger un sourire.

— Si vous avez du pain, déclara Victor, j'ai apporté le reste du dîner.

— J'en ai. Et aussi une laitue.

Elle le précéda vers la petite cuisine dans laquelle elle avait réussi à caser un guéridon de bistrot en marbre flanqué de deux tabourets.

— Bien sûr, c'est moins spacieux que chez vous ! ironisa-t-elle. Je prépare une vinaigrette, si pendant ce temps-là, vous pouviez faire du feu... D'après Mme Dieudonné, la cheminée tire très bien.

Sans répondre, il regagna le séjour et elle l'entendit sortir. Il avait certainement vu le tas de bûches qui se trouvait à l'entrée du jardin. Elle prit un grand plateau et commença à s'affairer. Pourquoi Victor Cazals débarquait-il chez elle à neuf heures du soir ? Par désœuvrement, par sympathie, ou bien avec une idée derrière la tête ? Les hommes étaient tellement prévisibles ! Elle allait devoir mettre les choses au point avant qu'il ne cherche à flirter – si toutefois il était venu dans ce but.

Un quart d'heure plus tard, ils étaient assis par terre, sur le vieux tapis de coco, le plateau entre eux. La flambée dispensait une telle chaleur que Virginie avait abandonné son gilet et mis le champagne à rafraîchir dans un seau isotherme.

— Je ne sais pas si je finirai par me plaire ici, déclara-t-elle entre deux bouchées. L'impression d'isolement est très forte, surtout la nuit.

— En d'autres termes, vous avez peur ? Je comprends ça très bien, il m'arrive de me sentir mal à l'aise aux Roques aussi. Vous devriez vous acheter un chien ou un fusil.

— C'est ce que vous allez faire ?

— Peut-être bien !

Elle vida sa coupe et la lui tendit pour qu'il la remplisse.

— J'apprécie beaucoup votre champagne… et aussi votre visite. Maintenant, je vais être franche, en ce moment je ne souhaite rien d'autre qu'un peu de compagnie ou d'amitié. Si ce n'est pas ce que vous espériez, vous vous êtes trompé de porte et vous avez perdu votre temps.

Interloqué, il la regarda d'abord en fronçant les sourcils, puis il finit par se mettre à rire.

— Me voilà averti, mais je n'étais pas venu pour ça. Est-ce que j'ai tellement l'air d'un…

— … dragueur et d'un macho ? Oui.

Elle lui trouvait même la tête d'un vrai séducteur, avec son regard bleu azur et l'attendrissante cicatrice qui barrait sa joue. À une autre époque de sa vie, il aurait pu lui plaire, mais désormais elle fuyait ce type d'hommes.

— Dragueur ? répéta-t-il. Je l'étais avant de me marier, ensuite j'ai été fidèle à ma femme, mais pas elle. Et pour le « macho », je vous trouve injuste, vous me connaissez à peine. Franchement, je ne me sens supérieur à personne, ni homme ni femme.

— Pourtant, vous semblez très sûr de vous, très protecteur.

— Ah bon ? J'aurais dû faire la vinaigrette et vous laisser porter les bûches ?

— Vous voyez très bien ce que je veux dire.

— Non ! Je suis arrivé ici un peu gêné, pas persuadé du tout que vous seriez ravie de me recevoir… Pour ne rien vous cacher, j'ai eu un début de soirée difficile.

En l'avouant, il eut soudain l'air fatigué et elle regretta son agressivité.

— Eh bien, dit-elle en souriant, c'est chacun son tour ! La dernière fois, c'est moi qui suis allée me réfugier chez vous. Je peux faire quelque chose pour vous ?

— Pas vraiment. J'ai reçu un coup de téléphone désagréable qui m'a mis de mauvaise humeur...

Elle pensa qu'il allait ajouter quelque chose, il se contenta de hausser les épaules. S'il avait eu envie de se confier, elle n'avait rien fait jusqu'ici pour le mettre à l'aise.

— Votre femme ? hasarda-t-elle.

— Mon frère. Mais c'est tout comme puisqu'ils vivent ensemble.

Cet aveu, fait du bout des lèvres, devait lui coûter. Pour ne pas l'embarrasser davantage, elle tourna la tête et s'absorba dans la contemplation des flammes. Quand elle lui avait raconté sa propre histoire, il s'était montré attentif, patient, et à présent elle comprenait pourquoi.

— Un sale coup, finit-elle par murmurer.

— Dans ces cas-là, les responsabilités sont toujours partagées, non ? Ce n'est pas arrivé par hasard, ça ne s'est pas fait en une fois, et pourtant je n'ai rien vu, il a fallu qu'elle me le dise. Le mari est toujours le dernier informé, c'est bien connu. Je devais être obnubilé par mon boulot...

— Vous n'allez pas vous culpabiliser, quand même ! protesta-t-elle, indignée. Non, je ne suis pas d'accord ! On ne mérite pas forcément les vacheries que les autres vous infligent.

Elle le vit sourire et éprouva un élan de sympathie envers lui. Ils sortaient tous deux d'une histoire qui s'était mal terminée, au moins pouvaient-ils se réconforter mutuellement l'espace d'une soirée.

— En ce qui me concerne, reprit-il, je savais que Laura rêvait de retourner à Paris, qu'elle étouffait d'ennui ici. Elle s'est vite aperçue qu'elle avait épousé un petit notaire de province et…

— Pourquoi « petit » ? Après tout, elle vous avait choisi !

— Sur un coup de tête, un été où elle passait des vacances dans la région. Je ne l'ai pas laissée réfléchir, j'étais vraiment fou amoureux.

Sa voix venait de trembler sur les deux derniers mots, mais il domina son émotion en se levant brusquement.

— Il est tard, je vous ai assez ennuyée ! Je vous aide à ranger ?

— Non, inutile, je le ferai avant d'aller me coucher. Je veux d'abord finir mes plans.

Comme le feu brûlait toujours, il ajouta une bûche avant de lui tendre la main.

— Merci de m'avoir accueilli.

Soudain, il se sentait pressé de partir, gêné d'avoir fait des confidences à une femme qu'il connaissait à peine. Se plaindre n'était sûrement pas la meilleure tactique pour séduire.

« De toute façon, je ne lui plais pas ! » songea-t-il avec lassitude.

La nuit était sombre, sans lune ni étoiles, et une fois rentré aux Roques il quitta la chaleur de sa voiture à regret. Comme toujours, il avait oublié de fermer à clef, il le constata en bataillant inutilement avec la serrure. Comparée à celle qu'il venait de quitter, sa maison lui parut froide, gigantesque, désespérément silencieuse.

Avant de monter dans sa chambre, il récupéra le cahier sur la table de la cuisine puis partit faire le tour du rez-de-chaussée en vérifiant tous les verrous. Son père pourrait lui prêter un fusil, il en possédait une impressionnante collection pour la chasse. D'ailleurs, il avait enseigné le tir à ses fils dès l'âge de treize ans, jusqu'à ce qu'ils deviennent imbattables au ball-trap. Victor n'avait jamais eu envie de viser autre chose que des assiettes d'argile, mais Maxime aimait bien chasser le canard ou le lièvre à l'occasion. Quant à Nils, bien entendu, l'idée de tuer un animal le révulsait.

« Tu m'enfonces, là... », avait-il dit d'un ton plaintif. Croyait-il encore que Victor serait toujours là pour lui tendre la main ?

Il posa le cahier sur le secrétaire à rideau puis, alors qu'il allait s'éloigner, il se ravisa et le rangea dans le tiroir qui contenait déjà les photos d'Aneke. Nils avait-il jeté son dévolu sur Laura uniquement parce qu'elle était blonde, grande et élégante ? Depuis sa première conquête, toutes ses maîtresses étaient blondes ! Connaître ainsi les goûts et fantasmes de son frère avait été une torture supplémentaire pour Victor durant toutes ces nuits où il l'avait imaginé tenant Laura dans ses bras.

La salle de bains était glaciale, pourtant il renonça à aller remonter la chaudière et se força à prendre une douche rapide. Virginie Clauzel avait beaucoup de charme, il pourrait toujours s'endormir en songeant à elle. Dix ans plus tôt, il se serait endormi *avec* elle.

Il se glissa sous sa couette, éteignit la lumière, mais resta longtemps éveillé à écouter les bruits de la maison. Pourquoi ne parvenait-il pas à se sentir bien aux Roques, pourquoi y était-il assailli par toutes les peurs de son enfance ?

4

— D'après nos recherches, vous êtes l'unique parent de Robert Villeneuve et, en l'absence de testament, son seul héritier légitime, conclut Victor.

Face à lui, le neveu, Jean, l'écoutait avec une certaine nervosité, croisant et décroisant sans cesse ses jambes.

— Bien, très bien, marmonna-t-il. Quelles sont les formalités ?

— L'étude s'en charge.

— Parfait ! Dites-moi, a-t-on une idée de… euh… l'actif ?

Devenir riche d'un coup, à cinquante-cinq ans, avait de quoi lui monter à la tête, d'autant plus que sa situation financière n'était pas florissante, ainsi qu'il l'avouait complaisamment.

— Des biens mobiliers, énonça Victor, un portefeuille d'actions, des placements dans l'assurance, le tout pour une valeur d'environ trois millions d'euros. Nous vous fournirons un inventaire détaillé d'ici quelques jours. Dans le cas présent, vous le savez sans doute, les droits de succession seront élevés.

Comme s'il n'avait pas entendu la dernière phrase, Jean Villeneuve souriait d'un air réjoui. Ayant rompu tout rapport avec son oncle depuis de nombreuses années, il ne pouvait pas savoir si celui-ci avait été économe ou dépensier, et le chiffre cité par Victor venait manifestement de le rassurer.

— Il existe aussi quelques liquidités sur les différents comptes bancaires, ainsi qu'un coffre dont nous procéderons à l'ouverture ensemble. Si vous le souhaitez, je vais vous remettre les clefs de la maison, dont vous pouvez prendre possession.

— Aujourd'hui ?

Sa jubilation, qu'il ne cherchait plus à dissimuler, avait quelque chose de provoquant qui exaspéra Victor.

— Absolument ! répondit celui-ci d'un ton sec.

Comme convenu, Maxime lui avait abandonné le dossier Villeneuve et il commençait à le regretter. Au moment où il relevait la tête, il s'aperçut que Jean Villeneuve l'observait avec beaucoup de curiosité.

— Je me dois tout de même de vous signaler un incident assez regrettable, poursuivit-il posément. Il semblerait qu'il ait existé un testament, déposé chez nous il y a trente-sept ans, puisqu'il figure sur nos registres, mais que nous n'avons pas retrouvé dans nos archives.

— Oh ! s'écria Villeneuve, trente-sept ans, ça fait un bail !

— Pas pour la loi.

— De toute façon, mon oncle Robert m'avait sans aucun doute désigné comme son légataire, j'étais sa seule famille.

— Vous vous entendiez bien ?

— À l'époque ? Très bien ! Ensuite, on s'est perdus de vue, c'est vrai.

Il mentait sans vergogne, Victor le savait. En réalité, son oncle l'avait flanqué à la porte le jour de sa majorité et, même si le neveu ne s'en était jamais vanté, il existait encore des gens pour s'en souvenir.

— Il faudra me donner quelques conseils, ajouta-t-il gaiement, je ne peux pas gérer seul toute cette fortune !

Son impatience gênée du début de l'entretien avait à présent complètement disparu.

— Les notaires s'occupent-ils aussi de ce genre de choses ? insista-t-il.

— Oui, admit Victor avec réticence.

L'homme lui était de plus en plus antipathique, néanmoins il parvint à conserver une attitude neutre, ses états d'âme ne pouvant entrer en ligne de compte quand il s'agissait de traiter des affaires. Si Jean Villeneuve souhaitait charger l'étude de ses placements, Victor n'avait aucune raison valable de s'y opposer. Il prit le trousseau de clefs qui se trouvait à côté du dossier et le poussa vers son client.

— Ma secrétaire va vous fixer un nouveau rendez-vous, mais les démarches administratives prendront un certain temps, alors soyez patient.

— Et si j'ai besoin d'argent d'ici là ?

— Je pourrai vous faire débloquer une partie des fonds.

— Magnifique !

Victor se leva pour raccompagner Jean Villeneuve jusqu'à l'accueil, bavarda encore trois minutes avec lui par politesse, puis regagna son bureau. À peine la porte refermée, il appela son frère par l'interphone.

— Tu es seul, Max ?

— Oui, vas-y.

— Villeneuve n'a pas paru très contrarié par l'histoire du testament…

— Tu penses ! Il sait où est son intérêt.

— Il le sait même tellement bien que, juste avant de partir, il m'a glissé une allusion perfide sur le fait que l'étude Cazals avait changé plusieurs fois de mains à l'époque de ce maudit testament, ce qui expliquerait qu'il ait été égaré.

— Les locaux n'ont jamais changé, les archives n'ont pas bougé !

— Je le lui ai dit et il s'en fout, bien entendu. Tant mieux pour nous, non ?

— Ah, je déteste ce genre de types !

— Il est un peu paumé et pas très agréable, d'accord, mais il va nous charger de gérer sa fortune.

— C'est vrai ?

La stupeur exprimée par la voix de son frère fit sourire Victor.

— Tu croyais quoi, Max, qu'il allait nous faire un procès ?

— Papa nous aurait arraché les yeux...

— Ou pire !

Amusé, Victor relâcha le bouton de l'interphone puis jeta un coup d'œil à son agenda. Ses rendez-vous de l'après-midi se succédaient sans interruption, et il soupira. Travailler lui pesait davantage que quelques mois plus tôt, lorsqu'il était encore un homme marié et heureux. Avait-il vraiment, sans même s'en rendre compte, sacrifié sa vie privée à son métier ? Seule avec Thomas du matin au soir, Laura avait dû mourir d'ennui. Mais jamais elle n'avait manifesté le désir de le rejoindre à Sarlat pour déjeuner avec lui, prétextant que leur petit garçon était insupportable au restaurant. S'il suggérait de le confier à ses parents, elle s'arrangeait toujours pour refuser. Pourquoi n'avait-il pas senti le danger qui planait sur leur couple ? Quelle dose d'aveuglement fallait-il pour se croire à l'abri de l'usure du quotidien ?

Comme il était presque midi, Victor décida qu'il avait le temps de passer voir son père. Depuis quelques semaines, accaparé par Les Roques, il l'avait un peu négligé et n'échapperait sans doute pas à un sermon. Lorsqu'il arriva rue du Présidial, dix minutes plus tard, il trouva sa mère seule dans la cuisine.

— Tu viens déjeuner avec nous, mon chéri ? lui lança-t-elle d'un ton un peu contraint. Ton père ne va sûrement plus tarder...

— Je ne veux pas te déranger, dit-il en se penchant pour l'embrasser.

— Bien sûr que non !

Sourcils froncés, elle le détailla des pieds à la tête avant de maugréer :

— Tu as maigri, n'est-ce pas ?

Elle voyait forcément qu'il flottait dans son blazer et que ses joues s'étaient creusées.

— J'ai une belle grillade et je vais te faire sauter des pommes de terre, décida-t-elle.

— Ah, lui, il y a droit ! tonna Martial depuis la porte.

Victor se retourna au moment où son père lui tapait joyeusement dans le dos.

— Si tu n'étais pas venu, je n'aurais eu que deux feuilles de salade. Comment vas-tu ? Tu as toujours aussi mauvaise mine, il faut vraiment que tu te reprennes en main. Viens donc boire un verre...

Il semblait si gai que Victor se sentit vaguement gêné. À quoi sa mère attribuait-elle une humeur si radieuse ? Fermait-elle les yeux sur les infidélités de son mari ou était-elle assez naïve pour les ignorer ?

— Parle-moi des Roques, Maxime me flanque le vertige quand il m'explique tes travaux.

— Passe me voir, tu constateras toi-même.

— Tu cherches à me dire que je t'ai fait un cadeau empoisonné ? s'esclaffa Martial.

— Non… Au fond, je m'y plais beaucoup.

— Au fond ?

— Oh, c'est juste que…

— … que c'est sinistre ! l'interrompit Blanche. Cette maison rendrait fou n'importe qui. Surtout l'hiver, je m'en souviens très bien !

Elle déposa une assiette de charcuterie devant eux et repartit aussitôt vers sa cuisine tandis que Martial haussait les épaules avec agacement.

— Tu m'invites à dîner ce soir ? demanda-t-il à mi-voix. Ta mère va à une réunion au comité des fêtes, je suis seul.

— Bien sûr, papa, mais je ne rentrerai pas avant huit heures.

D'un geste spontané, Victor prit ses clefs dans sa poche et les mit dans la main de son père.

— N'y va pas trop tard si tu veux tout voir.

— D'accord. Je t'apporte une pizza ?

Apparemment, il sautait sur l'occasion pour manger ce qui lui était interdit.

— Est-ce que tu t'en sors avec ces nouvelles lois à propos du conjoint survivant ? enchaîna-t-il en voyant Blanche revenir.

— Elles modifient pas mal de modalités sur les donations et les successions, admit Victor. Tu connais Max, il a tout appris par cœur pour pouvoir le seriner à nos clients.

— Pas toi ?

— Écoute, je n'ai pas la tête à…

— Remets-la vite sur tes épaules, alors.

Son père ne plaisantait plus, soudain, comme chaque fois qu'il était question de l'étude. Au lieu de se sentir agacé par la remontrance, proférée d'un ton plutôt sec, Victor éprouva un élan de reconnaissance. Sans l'éducation stricte qu'il avait reçue, sans le goût du travail et le sens des responsabilités inculqués par Martial, le départ de Laura aurait pu le détruire. Saurait-il, à son tour, être un aussi bon père pour Thomas ? Et quel poids allait-il conserver face au libéralisme brouillon de Nils, qui aurait fatalement une influence considérable sur son fils ?

Il chassa cette idée désagréable en acceptant le whisky que Martial lui tendait.

Le printemps se manifestait enfin, à quelques jours de Pâques, dans une après-midi radieuse. Assise sur l'herbe, Virginie profitait du soleil tandis que son client continuait à réfléchir, à quelques mètres de là, les plans toujours étalés sur le capot de sa voiture. Elle les lui avait expliqués en détail, et maintenant elle attendait sereinement son verdict. C'était du bon travail, aussi original que séduisant, elle le savait. Peut-être tenait-elle enfin sa chance ? Si tout se passait comme elle l'espérait, Pierre ne serait bientôt plus qu'un accident de parcours dans sa vie, une erreur de jugement chèrement payée.

Face à elle, la grande maison blanche, pour laquelle elle s'était creusé la tête durant tant de soirées, semblait abandonnée dans la lumière trop crue, et Virginie savourait d'avance le plaisir de la réhabiliter, de lui donner une autre apparence. Combien de projets avait-elle ainsi réalisés, avec le même enthousiasme à l'égard de chacun ? Elle aimait tellement son métier que, au début, elle ne pensait pas à prendre ombrage de l'attitude de Pierre. Pourtant, il s'arrangeait systématiquement pour laisser entendre qu'il avait donné les bonnes idées, insinuait qu'il avait supervisé l'ensemble, même quand il n'avait pas mis les pieds sur le chantier. De cette façon, il récoltait toujours les compliments.

D'abord, elle avait cru à une question de préséance, parce qu'il était le patron, puis à un orgueil mal placé d'homme amoureux, sans s'apercevoir qu'il ne supportait tout simplement pas d'être en rivalité avec elle.

Les yeux mi-clos, elle observa son client tandis qu'il revenait vers elle, tête basse, l'air hésitant.

— Désolé, mais je ne peux pas me décider aujourd'hui, déclara-t-il avec un embarras évident.

— Quelque chose ne vous plaît pas ?

— Non, ce n'est pas ça... En fait, je... Oh, comment vous dire ça ? Je n'ai pas eu d'échos très favorables à votre sujet, voilà.

Abasourdie, elle le dévisagea avant de se relever. Elle fit tomber quelques brins d'herbe de sa jupe d'un geste machinal, essayant de maîtriser la colère froide qui la secouait.

— Je vois. Vous avez eu Pierre Batailler au téléphone, je suppose ? Que vous a-t-il raconté ?

— Qu'il est votre ancien patron et qu'il vous juge incompétente. Il m'a conseillé de ne pas me fier à vos plans, il paraît que vous avez l'art d'exploser les devis, sans parler des délais... Bref, pour ne rien vous cacher, il m'a averti que j'allais me faire avoir comme dans un bois.

— Est-ce qu'il vous a aussi expliqué pourquoi il se donne autant de mal pour me démolir ? lui lança-t-elle d'un ton furieux.

Tout en sachant qu'elle avait tort de perdre son sang-froid, elle tourna les talons et partit à grandes enjambées. Discuter ne servirait pas à grand-chose, Pierre était tellement convaincant quand il le voulait ! Elle ne croyait pas une seconde qu'il ait pu retrouver sa trace ici ; sans aucun doute était-ce cet abruti de client qui avait voulu se renseigner... Les années passées dans le cabinet Batailler figuraient sur le CV qu'elle avait eu la sottise de lui remettre, et à présent, grâce à lui, Pierre savait où elle était ! Allait-elle être obligée de changer de métier ou de pays pour lui échapper ? Pourquoi la poursuivait-il d'une telle haine, grands dieux !

Ivre de rage, elle arriva à sa voiture tout essoufflée. Elle pouvait encore attendre le client là, s'excuser pour son éclat, essayer d'argumenter... Alors qu'elle prenait une profonde inspiration, elle l'entendit claquer sa portière puis démarrer dans la direction opposée.

Quand le silence fut revenu, elle se tourna vers la façade blanche, au bord des larmes. Pourquoi avait-elle cédé sans se battre, jugeant la partie perdue d'avance ? Elle avait désespérément besoin d'argent et aucun autre projet en vue. Le temps de démarcher d'hypothétiques clients, elle serait aux abois. Acheter cette petite maison avait été stupide, elle s'en apercevait trop tard. Au lieu de se mettre à l'abri, comme elle l'avait cru, elle allait se noyer dans les difficultés financières. Pourtant, en arrivant dans la région, elle s'était persuadée qu'il lui fallait un toit bien à elle, que le modeste capital dont elle disposait devait être investi et non pas dilapidé peu à peu. Elle avait été certaine de trouver du travail, s'était même prise à rêver d'éventuelles transformations, imaginant faire un jour de cette bicoque sans intérêt un petit joyau qu'elle revendrait avec un bénéfice appréciable.

— Quelle bêtise, ma pauvre vieille... Perrette et le pot au lait !

Le soleil disparaissait derrière les arbres et elle frissonna. Maintenant qu'il savait où elle vivait, Pierre aurait-il le culot de venir la harceler ? Cent fois, il lui avait réclamé un dernier dîner en tête à tête, une ultime explication, mais elle le connaissait trop bien pour lui céder. À cause de lui elle avait déjà perdu une grande partie de sa jeunesse, s'était même fâchée avec ses parents. Incapables de comprendre l'amour de leur fille pour un homme comme Pierre – qu'ils estimaient trop âgé pour elle et qui la faisait travailler au lieu de l'épouser –, ils avaient fini par prendre leurs distances. Virginie ne leur téléphonait que rarement, et eux n'appelaient jamais. Deux ans plus tôt, arrivés à l'âge de la retraite, ils étaient partis s'installer à Perpignan où ils ne l'avaient jamais invitée. Devait-elle leur apprendre qu'elle avait enfin quitté Pierre ? Cette nouvelle leur permettrait-elle de renouer des liens ?

— Non, pas maintenant, marmonna-t-elle en montant dans sa voiture.

Leur froideur restait sans excuse, elle ne pouvait pas s'empêcher de leur en vouloir. Ce n'était pas à eux qu'elle irait demander de l'aide : avant de les affronter, elle devait d'abord se sentir en paix avec elle-même.

— Et pour ça il me faut du boulot...

Une fois encore, elle allait tout recommencer de zéro. Chercher des clients, passer des annonces dans les revues professionnelles, démarcher les rares cabinets d'architectes de la région. Pierre finirait bien par se lasser, ou par trouver une autre femme pour l'occuper. Après tout, il était encore très séduisant avec son allure de beau brun aux yeux bleus un peu trop sûr de lui. Exactement le même genre d'homme que Victor Cazals ! Et cette vague ressemblance suffisait à la braquer, à lui enlever toute envie de sympathiser davantage avec son voisin. Pour les clients, elle était prête à accepter n'importe qui, mais dans sa vie privée, elle ne voulait plus personne.

— L'appartement que j'avais loué à Cahors ne me semblait ni petit ni moche, à côté d'ici, parce que je ne le voyais tout simplement pas... À l'époque, je ne voyais rien d'autre qu'Aneke. Ne me demande pas où j'ai travaillé ni comment, je n'en ai quasiment aucun souvenir ! Je ne sais pas à quel point tu as aimé Laura, mais en ce qui me concerne j'étais fou amoureux. Vraiment cinglé et content de l'être. Quand je venais vous voir ici, ton frère et toi, j'avais bien conscience de vous avoir abandonnés, sans parler de la tête que me faisait ta mère, mais je n'arrivais même pas à me sentir coupable, j'étais beaucoup trop heureux pour ça !

En veine de confidences, à la grande surprise de Victor, Martial soupira puis jeta un regard circulaire. Ils avaient dîné dans la salle à manger, que Victor n'utilisait jamais, et dont le décor était inchangé depuis trente ans : papier peint à grandes fleurs de lys sur fond bleu roi, rideaux de velours crème, meubles d'acajou.

— Blanche était un reproche vivant, reprit-il. Amaigrie, sinistre… Que pouvais-je y faire ? Je vous aurais volontiers emmenés avec moi à Cahors. Là-bas, on riait tout le temps, Aneke et moi.

— Tu venais souvent ? s'enquit Victor avec curiosité. Je ne m'en souviens pas.

— Non. Pour être franc, pas souvent. Et à partir de la naissance de Nils, presque plus.

L'aveu devait être difficile car son père haussa les épaules avec agacement.

— Je réglais les factures que ta mère me présentait d'un air pincé, je signais vos carnets de notes et j'étais pressé de repartir. Sur la route, je me disais qu'elle allait vous rendre tristes, Max et toi, que ce n'était pas une vie pour des gamins de rester cloîtrés là… À côté de ça, tout était ma faute, alors je me rassurais en pensant qu'elle vous élevait bien, que vous n'étiez pas malheureux ici avec toute cette place pour jouer et pour recevoir vos copains… Tu sais, j'ai toujours adoré Les Roques, je supposais donc que vous aussi.

— On était morts de peur, papa ! plaisanta Victor.

Il voulait faire sourire son père, le distraire de souvenirs qui semblaient toujours le désespérer malgré les années, mais il n'obtint qu'un nouveau soupir.

— Tu veux du café ? proposa-t-il.

— Oui, mais allons le prendre à la cuisine, finalement, cette pièce n'est pas si confortable que ça... Tu fais des économies de chauffage ?

Victor éclata de rire avant de désigner un gros radiateur de fonte.

— Tu connais l'âge de la chaudière ?

— Non...

— Le plombier non plus, et il veut absolument l'expédier à la casse.

— Bon, bon, d'accord, grommela Martial, tout n'est pas neuf, mais...

— Tout est hors d'âge, tu veux dire !

— Eh bien, tu prendras le temps qu'il faudra pour refaire les choses.

Dans l'entrée, Victor s'arrêta une seconde.

— Tu as vu la chambre de Thomas ?

— Non, je suis resté dehors en t'attendant, à admirer le parc. Tu as déjà fait du bon boulot.

Ils montèrent à l'étage et Martial s'extasia sur la chambre prévue pour son petit-fils, puis il marqua un temps d'arrêt devant celle qui avait été la sienne.

— C'est resté tel quel, déclara Victor, tu me diras si tu veux récupérer des meubles ou...

— Rien du tout ! répondit son père d'un ton un peu sec.

Ils repartirent côte à côte, le long de la galerie, mais Victor s'arrêta soudain.

— Je voudrais te montrer quelque chose, papa.

Il l'entraîna jusqu'à la chambre, où se trouvait le secrétaire et en sortit d'abord les photos.

— Je suppose qu'elles t'appartiennent ?

Dès que ses yeux se posèrent sur les clichés, Martial devint livide.

— Où as-tu trouvé ça ?

— Ici...

Incapable de détacher son regard du visage d'Aneke, il eut besoin de plusieurs minutes avant de pouvoir relever la tête.

— Dans cet état-là ?

— Oui... Elles étaient coincées sous un des tiroirs, j'ai pensé que toi ou Nils...

— Nils ? Non, sûrement pas. Je les garde, tu permets ?

Sa voix était devenue si tranchante que Victor se sentit brusquement ramené à l'époque du collège, quand il rapportait de mauvais résultats scolaires, et il se contenta de hocher la tête.

— Il y a autre chose, finit-il par ajouter, mais ça je l'ai déniché dans l'office.

Son père prit le cahier que Victor lui tendait, le feuilleta d'un air intrigué avant de le lui rendre.

— C'est quoi, ce délire ?

— Je pensais que tu pourrais me le dire.

— Non, l'écriture ne m'évoque rien. Il faut être complètement malade pour écrire le même mot aussi souvent ! C'était dans l'office ? Je ne sais pas... Peut-être une employée ? Au début de notre mariage, ta mère n'avait pas la main heureuse avec le personnel, un certain nombre de domestiques se sont succédé, ça n'allait jamais.

Avec beaucoup de soin, il rangea les photos dans la poche intérieure de sa veste.

— Alors, ce café ?

Ils descendirent en silence à la cuisine où Martial réclama un digestif qu'il but d'un trait.

— Est-ce que tu sors un peu, Vic ?

— Pas vraiment, non.

— Tu devrais. Des tas de gens me demandent où tu es passé. Va dîner avec des amis, arrange-toi pour rencontrer des femmes, il y en aura forcément une qui te plaira.

— Tu parles d'expérience ? risqua Victor avec un petit sourire amusé.

— Oui… Tu verras, une vie c'est très court, il n'y a pas de temps à perdre. Même à mon âge, je m'amuse encore, je ne comprends pas que tu te morfondes.

Sur le point de protester, Victor hésita et choisit de se taire. Son père voyait-il toujours cette femme médecin, ou avait-il déjà changé de maîtresse ? De toute façon, il n'avait sûrement pas envie d'en parler, il avait fait assez d'aveux pour la soirée.

— Je vais rentrer, soupira Martial, il est tard.

Alors qu'ils se levaient, un grincement sinistre, en provenance de l'office, les fit s'immobiliser. Un peu crispé, Victor partit en reconnaissance et referma le grand placard qui s'était ouvert tout seul.

— La maison a toujours craqué, lui fit remarquer son père lorsqu'il revint dans la cuisine.

— Je sais…

Dehors il faisait froid, avec un vent d'est qui soufflait en rafales.

— Tu crois aux fantômes, papa ?

— Quelle question idiote ! Tu plaisantes, j'espère ?

Martial ouvrit sa portière et, à la lumière du plafonnier, dévisagea son fils d'un air curieux.

— Non, je n'y crois pas, dit-il lentement. Et toi non plus.

Il se pencha, ouvrit la boîte à gants d'où il sortit un revolver.

— Pose une demande officielle de permis, et en attendant prends ça. La seule chose à redouter, aux Roques, ce sont les cambrioleurs. Tiens, voilà un chargeur... Et ne fais pas n'importe quoi, c'est un gros calibre !

La spontanéité avec laquelle il venait de lui donner cette arme inquiéta vaguement Victor qui ne fit aucun commentaire. Il recula un peu pour laisser démarrer son père, le revolver à la main.

— Bonne nuit, mon grand !

Longtemps après que les feux arrière de la voiture eurent disparu, Victor resta debout dans l'allée, à se demander depuis combien de temps son père ne l'avait pas appelé « mon grand ».

Nils raccrocha, aux anges. La nouvelle que venait de lui donner son agent était la meilleure qu'il ait entendue depuis des années. Même s'il s'était promis de ne jamais faire de télévision, le contrat proposé pour la réalisation de ce téléfilm était alléchant. De toute façon, il y avait trop longtemps qu'il ne travaillait pas, les plateaux, l'ambiance des tournages, le contact avec les comédiens lui manquaient et, surtout, son compte en banque était une fois encore largement à découvert.

Il rejoignit Laura qui s'affairait dans la chambre de Thomas. Volubile, il lui expliqua qu'il s'agissait d'une proposition inespérée, mais quand il voulut la prendre dans ses bras, il la sentit se raidir.

— Tu seras absent combien de temps ? lui demanda-t-elle froidement.

— Un mois, à peine ! Je récupère le film au pied levé, ils n'ont personne sous la main qui soit libre immédiatement. Je dois partir demain matin, ma place est réservée dans l'avion.

Laura se dégagea d'un mouvement un peu sec et Nils comprit qu'il l'avait blessée.

— Tu pourras venir me rejoindre les week-ends, s'empressa-t-il de suggérer, il fait très beau à Nice en ce moment...

Sans répondre, elle lui tourna le dos et s'acharna sur les fermetures de la valise qu'elle venait de remplir. Il avait oublié le départ de Thomas, qui prenait un train l'après-midi même pour Sarlat. Brusquement il comprit le dépit de Laura, qui avait dû se réjouir par avance de leur tête-à-tête d'amoureux et allait se retrouver seule à Paris.

— Tu ne peux pas t'absenter quelques jours du bureau ? proposa-t-il sans conviction.

— Sûrement pas ! J'ai un travail fou et Andy ne m'a pas engagée depuis assez longtemps pour m'accorder des vacances !

L'amertume de sa voix contraria Nils, pourtant il n'envisagea pas un instant de renoncer à son film.

— Je suis désolé, Laura, dit-il le plus gentiment possible, mais j'ai besoin d'argent, tu comprends ?

« Et aussi de liberté », s'avoua-t-il avec un certain malaise.

— Après avoir mis Thomas dans le train, nous irons dîner tous les deux où tu veux...

— Tu t'imagines qu'il voyage tout seul, à son âge ? Je te rappelle que Victor vient le chercher !

Quelques jours plus tôt, Laura lui avait précisé qu'elle avait rendez-vous à la gare et qu'elle redoutait cette rencontre malheureusement inévitable.

— Alors, retrouvons-nous directement dans un restaurant, proposa-t-il, déstabilisé comme chaque fois qu'il entendait Laura prononcer le nom de Victor.

La présence de son frère à Paris lui faisait beaucoup plus peur qu'à Laura. Il aurait dû avoir le courage de s'expliquer en face plutôt que par téléphone, car il désirait réellement se réconcilier avec lui, mais pas en présence de Laura ni du petit garçon.

Quand elle passa devant lui, droite et raide, il lui prit la valise des mains et proposa d'appeler un taxi.

À l'idée de revoir son père, Thomas ne tenait plus en place. Il n'avait mangé que la moitié de sa glace et, à présent, le nez écrasé contre la vitre du bar, il scrutait la foule qui se pressait dans la gare, sans cesser de babiller.

Laura l'écoutait distraitement, plongée dans ses pensées. La désinvolture avec laquelle Nils l'abandonnait pour tout un mois la plongeait dans une angoisse nouvelle pour elle. Ils ne vivaient pas ensemble depuis assez longtemps pour être déjà lassés l'un de l'autre, et elle commençait à se demander si elle ne s'était pas trompée sur son compte. Sur le leur, en fait. Sur ce qu'elle avait pris, à tort, pour une grande histoire d'amour. N'avait-elle pas été forcée de constater que, certains soirs, Nils rentrait tard et à moitié ivre ? Il lui faisait moins souvent l'amour, semblait toujours surpris de découvrir Thomas sur son canapé…

Angoissée, elle baissa les yeux sur sa montre. Victor était toujours ponctuel, il n'allait donc pas tarder à arriver. Devant lui, elle ne voulait pas avoir l'air d'une femme inquiète ou malheureuse, pas question de lui donner cette satisfaction. En hâte, elle sortit son poudrier pour se remettre du rouge à lèvres et, en relevant les yeux, elle l'aperçut. Bien que très amaigri, il était toujours le même, et pourtant elle le trouva différent. Peut-être parce qu'il avait les cheveux coupés plus court que d'habitude et l'air un peu moins sûr de lui. Elle répétait si souvent à Andy, sur un ton de plaisanterie : « Pourquoi diable ai-je épousé un petit notaire de province ? » qu'elle avait fini par croire à cette image. Or, son ex-mari était sûrement l'un des hommes les plus séduisants de toute la gare, constata-t-elle avec agacement.

À dix mètres, Victor repéra le petit visage de Thomas, toujours collé à la vitre. Quand il se mit à sourire, une fossette se creusa sous sa cicatrice. Il portait une chemise blanche, un jean et un imperméable noirs, pas de cravate.

— Papa ! trépigna Thomas.

Laura n'eut pas le temps de le retenir, déjà il traversait la salle du bar en courant pour se jeter contre les jambes de son père. Victor le souleva de terre, l'embrassa plusieurs fois, puis il chercha Laura du regard et la rejoignit. Debout à côté de la table, son fils dans les bras, il hésita une seconde avant de la saluer d'un simple signe de tête.

— C'était vraiment parce que ça l'amuse, mais le train n'est pas la meilleure solution, dit-il d'une voix tendue. Il y a des avions pour Brive ou Périgueux, on fera ça la prochaine fois, si tu veux bien.

Elle remarqua qu'il avait pâli en lui parlant. Il l'aimait toujours, elle en eut la certitude, mais au lieu d'être émue elle se sentit seulement contrariée.

— Tu… reprends quelque chose ? demanda-t-il en s'asseyant.

Thomas se cramponnait à son cou et Victor lui caressait doucement les cheveux. Il avait eu le même geste avec elle pendant des années. À quel moment s'était-elle détachée de lui ? Au bout d'un an de mariage ? deux ? Tout en chuchotant des mots tendres au petit garçon, il ne la quittait pas des yeux. Combien de femmes se seraient damnées pour être regardées ainsi ou, mieux encore, pour épouser un homme comme lui ?

— Tu vas bien ? dit-elle pour rompre le silence.

— Je... Oui.

Il commanda deux cafés et un chocolat tandis qu'elle faisait glisser la valise vers lui.

— Je t'ai mis du sirop, il tousse un peu la nuit. Ne le laisse pas aller dehors sans son blouson et ne lui donne pas n'importe quoi à manger.

Elle le vit se raidir, comme s'il avait du mal à accepter ses conseils, mais il ne fit aucun commentaire. Dès que le serveur eut déposé les tasses devant eux, elle avala une gorgée brûlante et se leva.

— Je dois partir, j'ai rendez-vous.

— Avec Nils, au restaurant ! clama Thomas.

Gênée, elle esquissa un sourire d'excuse, espérant que leur fils n'allait pas parler de Nils à son père pendant toutes les vacances. Elle se pencha pour embrasser le petit garçon et frôla Victor malgré elle. Quand elle se redressa, elle croisa son regard bleu azur qui semblait bouleversé.

— Au revoir, Vic. Appelle-moi s'il y a quoi que ce soit.

Avec l'impression désagréable de fuir, elle quitta le bar sans se retourner.

Max n'avait eu aucun mal à convaincre sa femme de passer le week-end de Pâques aux Roques avec leurs enfants. Il avait prétexté l'arrivée de Thomas, et le fait qu'il risquait de se sentir seul, mais Cathie savait très bien qu'il mourait d'envie de se retrouver dans la maison de son enfance. Depuis que son frère était installé là-bas, il inventait un jour sur deux une raison de passer le voir.

Le samedi soir, Martial et Blanche étaient venus les rejoindre pour dîner, et le dimanche matin, Cathie avait laissé tout le monde dormir tandis qu'elle rangeait la cuisine dévastée. Thomas était descendu le premier, suivi cinq minutes plus tard de son père.

— Oh, mon Dieu ! s'écria Victor. Tu aurais dû me réveiller, ce n'est pas à toi de faire ça !

Il lui retira un plat sale des mains, la faisant éclater de rire.

— Tu es devenu un homme d'intérieur, Vic ? Mais c'est merveilleux, donne donc l'exemple à ton frère !

Quand elle s'amusait, tout son visage s'illuminait. C'était une femme gaie, sereine et sans complexes. Plutôt petite, un peu potelée, pas vraiment jolie mais terriblement attirante.

— C'est pas les garçons qui font la vaisselle, leur déclara Thomas très sérieusement. Nils, il aime pas ça. Maman dit qu'il est désordre.

En guise de réponse, Victor n'émit qu'un vague murmure. La veille, dans le train, son fils avait souvent fait référence à Nils avec une sorte d'affection admirative exaspérante.

— Tu vas finir ton petit déjeuner, suggéra Cathie, et aller sortir tes cousins du lit. Quand vous serez tous habillés, vous irez voir si les cloches sont passées, d'accord ?

La veille, une fois les enfants endormis, Maxime et Victor avaient caché des œufs un peu partout dans le parc, à la lueur d'une torche, en riant comme des gamins.

— Nils, il a jamais d'argent, mais quand même, il m'a acheté du chocolat !

Victor se tourna vers l'évier pour dissimuler à son fils un mouvement d'humeur. Quand il l'entendit quitter la cuisine en courant, son bol de corn-flakes à peine englouti, il poussa un long soupir.

— Nils est paresseux, bordélique et fauché, on le savait déjà, murmura Cathie d'un ton apaisant. Ne fais pas cette tête-là, Vic, Thomas est trop petit pour comprendre.

— Je sais... Ça me rend malade, je n'y peux rien !

Une bonne partie de la nuit, il avait pensé à Laura de manière obsessionnelle, furieux de se sentir encore si vulnérable et si désespéré.

— Tout ça ne serait pas arrivé si...

— Si quoi ? Si j'avais été moins con ? Moins aveugle ? explosa-t-il.

— Non. Si vos parents n'avaient pas fait de Nils un enfant gâté, un irresponsable.

Il la dévisagea sans répondre, brusquement calmé.

— Écoute, Vic, je les aime beaucoup, mais je n'ai jamais compris leur attitude. Même quand vous étiez petits, il y avait vraiment deux poids, deux mesures. Ils lui ont tout passé, c'était la septième merveille du monde. Pour ton père, encore, ça s'explique, mais Blanche ?

Cathie était une amie d'enfance dont Maxime avait déjà été amoureux à douze ans, et elle connaissait les Cazals depuis l'école primaire.

— Ta mère l'a chouchouté que c'en était dément... Maintenant, elle déchante. Elle en est même arrivée à me dire des horreurs sur lui, l'autre jour. Comme quoi on brûle toujours ce qu'on a adoré !

L'idée que Nils soit rejeté par toute la famille à la fois mit paradoxalement Victor mal à l'aise. Nils avait beau l'avoir trahi, il restait toujours son petit frère.

— Arrête, Cathie, je suis fatigué d'entendre parler de lui !

Fatigué aussi de se reprocher inlassablement de lui avoir raccroché au nez. Il aurait pu l'engueuler et l'écouter ensuite. Nils avait un tel besoin d'être écouté ! « Tu m'enfonces, là… », avait-il protesté d'une voix pitoyable, presque attendrissante.

Dès qu'il eut fini d'aider sa belle-sœur à tout mettre en ordre, il monta prendre une douche, enfila un jean et un col roulé puis partit à la recherche de son frère. Tant que les enfants s'amuseraient dans le jardin à chercher leurs œufs, il voulait en profiter pour explorer le grenier avec Maxime, une corvée qu'il n'aurait jamais le courage d'accomplir seul.

Ensemble, ils montèrent au second où Victor n'avait mis les pieds qu'en compagnie du couvreur lorsqu'ils avaient vérifié la charpente, quelques semaines auparavant.

— Qu'est-ce que tu cherches, ici ? grogna Maxime en écartant une toile d'araignée.

— Rien de particulier, j'aimerais juste faire une sorte de… d'inventaire. Il doit y avoir des montagnes de choses à jeter et je veux profiter des travaux pour envoyer les vieilleries à la décharge.

Maxime leva les yeux au ciel puis s'arrêta à l'entrée du long couloir qui desservait les mansardes autrefois réservées aux domestiques.

— On commence par quoi ? Les chambres ou le grenier ?

Sans attendre la réponse, il ouvrit la première porte et contempla la petite pièce à l'abandon. Un matelas roulé sur un sommier, une antique coiffeuse surmontée d'un pot à eau fêlé constituaient tout le mobilier.

— Rien à voir ici, tu peux balancer ces horreurs, marmonna-t-il en passant à la suivante.

Seule la dernière des chambres portait des signes plus récents d'occupation. Assez large, elle possédait deux chiens-assis par lesquels on apercevait les grands arbres du parc.

— Pour le majordome, je suppose ? railla Max.

Le couvre-lit de coton écru avait été grignoté à plusieurs endroits par les souris, mais l'armoire, la table et la chaise composaient un assez bel ensemble Louis XV.

— Je ferai venir un brocanteur, décida Victor.

Il tendit machinalement la main vers un foulard abandonné sur le dossier de la chaise. En le soulevant, il resta médusé.

— Tu as vu ça ?

Toute la soie avait été découpée en fines lanières qui s'éparpillaient dans sa main. Ce n'était pas l'œuvre des souris, la marque de ciseaux crantés se distinguait très nettement. Après quelques instants de silence, Victor murmura :

— Tu sais, Max, je fais de drôles de découvertes, un peu partout dans la maison !

Il regardait fixement le tissu lacéré.

— Je finis par me demander si un fou furieux n'a pas habité ici en notre absence. Aucune porte ne ferme vraiment, n'importe qui aurait pu passer un hiver à l'abri…

Alors qu'il s'apprêtait à sortir, Maxime le prit par le bras pour l'arrêter.

— Qu'est-ce qui t'arrive ?

— À moi ? Rien ! Juste une impression désagréable.

Il sourit à son frère puis se dirigea d'un pas décidé vers le bout du couloir. Le temps de leurs expéditions nocturnes était loin, mais Thomas et ses cousins auraient peut-être un jour la même idée.

Dans le grenier, sur le sol de tomettes anciennes, décolorées et cassées par endroits, une bonne dizaine de malles s'alignaient le long des murs.

— La journée n'y suffira pas, soupira Max. Tu veux vraiment tout ouvrir ?

Mais la curiosité lui avait déjà fait soulever le premier couvercle. Une odeur de naphtaline les prit à la gorge tandis qu'ils se penchaient ensemble sur un tas de vêtements hors d'âge, soigneusement pliés.

Durant l'heure qui suivit, ils découvrirent tour à tour un uniforme de la guerre de 14, ayant sans doute appartenu à leur grand-père, deux robes de bal du début du siècle, en parfait état, toute une collection de photos sépia représentant des gens qu'ils ne connaissaient pas, et plusieurs manteaux de fourrure démodés. Des objets hétéroclites tapissaient le fond de toutes les malles : bibelots cassés, chapelets en ivoire jauni, éventails de dentelle. Dans la dernière, une énorme panière d'osier, ils trouvèrent la robe de mariée de leur mère, avec de nombreux télégrammes de félicitations. En dessous, Blanche avait rangé la correspondance échangée avec Martial au moment de leurs fiançailles et son livre de messe.

— Toujours maniaque de l'ordre, maman ! plaisanta Maxime.

Il s'était redressé, mais Victor retint le couvercle d'une main en apercevant, pris dans le tulle du voile, un petit objet brillant. C'était un anneau d'or tout simple, coupé à un endroit comme si on avait voulu l'agrandir.

— On le lui rapporte ? proposa-t-il en examinant le bijou de plus près.

À l'intérieur, la gravure *Blanche – Martial* était encore lisible. Le métal avait été sectionné maladroitement, sans doute à l'aide d'une pince coupante.

— Elle a dû grossir à une époque de sa vie, peut-être quand elle était enceinte ? hasarda-t-il.

Glissant l'anneau dans la poche de son jean, il se releva. Leur mère portait une alliance en diamants, il ne se souvenait pas d'avoir jamais vu autre chose à son doigt.

— Quelle heure est-il ? demanda-t-il à son frère.

Il avait l'impression d'être resté trop longtemps dans ce grenier où aucun bruit extérieur ne leur parvenait.

— Tard, mais il faut encore s'occuper de ça !

Maxime désignait, au fond de la pièce, un fatras d'objets hors d'usage, relégués sous les tabatières aux vitres crasseuses. La vue d'un rocking-chair bancal et d'une psyché fendue au milieu découragea complètement Victor.

— Là, j'en ai marre. Une autre fois...

Une vague sensation de malaise, désormais familière, l'assaillait de nouveau.

— Allons voir ce que font les enfants, décida-t-il en passant devant son frère.

Consterné, Nils s'aperçut qu'il était plus de minuit et qu'il avait totalement oublié d'appeler Laura. L'ambiance du tournage lui procurait un plaisir inouï malgré toutes sortes de difficultés qui allaient fatalement provoquer un dépassement de budget. Il n'avait pas l'habitude des impératifs de l'audiovisuel, coutumier qu'il était de la démesure du cinéma, et il rendait fou le producteur délégué.

Le soir, il ne rentrait que très tard à son hôtel où il était heureux de se retrouver seul pour penser aux scènes du lendemain, à ses effets de caméra, à la façon dont il dirigerait les acteurs. Et, sans qu'il s'en aperçoive, Laura était passée au second plan. Non seulement elle, d'ailleurs, mais la plupart de ses problèmes. Il buvait s'il en avait envie, dépensait sans compter un argent qui n'était pas le sien, vivait dans un univers de fiction qui le sauvait de la réalité. Ce film représentait pour lui, comme chaque fois, un moment où il pouvait mettre son existence entre parenthèses. Soutenu par les assistants, les techniciens, tous ces gens occupés à le satisfaire, il ne se sentait plus seul au monde. Ni coupable de rien, sinon au pire d'une séquence ratée qu'il pouvait toujours recommencer. Avec Laura, en revanche, aucun retour en arrière n'était possible, elle l'avait piégé dans une réalité qu'il affrontait de plus en plus difficilement. Comment avait-il pu être assez stupide pour confondre plaisir et grand amour ? Il désirait Laura, éprouvait beaucoup de tendresse pour elle, mais se sentait bien loin de la passion. Il n'arrivait pas à imaginer leur avenir sans frémir, et il avait sauté sur la première occasion de s'éloigner d'elle. Dormait-elle ou pensait-elle à lui, en ce moment ? Que faisait-elle de ses soirées, sans même la présence de Thomas pour la distraire ? Regrettait-elle parfois Victor ?

Renonçant à l'appeler, il se fit couler un bain et, une fois allongé dans l'eau chaude, essaya de se concentrer sur les scènes du lendemain. Cinq minutes plus tard, il avait tout à fait oublié Laura.

Blanche releva brusquement la tête et planta son regard dans celui de Victor.

— Où as-tu trouvé ça ?

Un peu surpris par la dureté de sa voix, il lui sourit gentiment.

— Au grenier, maman. Avec ta robe de mariée.

Il la vit se troubler, puis baisser les yeux vers l'anneau qu'il venait de lui remettre.

— Tu es allé fouiller là-haut... Quelle idée stupide ! Tu n'as vraiment rien d'autre à faire ?

Il l'avait si rarement entendue s'exprimer avec une telle hargne qu'il resta désemparé tandis qu'elle lui tournait le dos et s'éloignait vers l'escalier.

— C'était quoi ? s'enquit Martial.

Aussi étonné que son fils, il le regardait d'un air interrogateur.

— Une alliance. Je suis désolé.

— De quoi ? Ce n'est qu'un mouvement d'humeur, Vic !

Les états d'âme de sa femme le laissaient apparemment indifférent, même si cet éclat inattendu avait de quoi surprendre.

— Tu veux boire quelque chose ?

— Non, je ne m'attarde pas, j'ai rendez-vous. J'étais juste passé pour… Je croyais lui faire plaisir, je suis navré.

— Oh, bon sang, explosa Martial, arrête de t'excuser tout le temps ! Tu te sens coupable ? Tu cherches la rédemption ? Oublie ta mère, elle n'est pas dans son assiette ces temps-ci. Pour ne rien te cacher, elle a reçu une lettre de Nils qui l'a complètement déboussolée. J'ignore ce qu'elle contenait, parce qu'elle l'a jetée au feu, très en colère, mais si tu veux mon avis, elle n'est pas près de lui pardonner ce qu'il t'a fait.

Victor voulut protester. Son père leva la main en poursuivant, un ton plus haut :

— Et je suis d'accord avec elle ! Moi, la seule chose que je veux, c'est qu'on n'en parle plus. Ni de lui, ni de ta garce de bonne femme…

En ce qui concernait Laura, Victor n'avait aucune envie de discuter, mais que sa mère s'obstine à rejeter Nils le stupéfiait. Après autant d'années d'un favoritisme affiché, son revirement prouvait sans doute l'étendue de sa déception.

Préoccupé, il regagna l'étude où il travailla d'arrache-pied tout le reste de l'après-midi pour se débarrasser des dossiers en retard. Vers dix-neuf heures, la secrétaire annonça qu'elle partait, puis ce fut au tour de Maxime. Dix minutes après, quand le téléphone sonna, il décrocha lui-même.

— Office notarial Cazals, bonsoir, marmonna-t-il par habitude.

— Victor Cazals ?

— Oui.

— Virginie Clauzel. Je vous dérange ?

— Pas du tout.

Au contraire, entendre sa voix lui procurait une étrange satisfaction.

— C'est vous qui m'avez recommandée à Mme Massabot ? Écoutez, c'est très gentil à vous, mais franchement, vous n'avez aucune idée de mes compétences !

Stupéfait, Victor sentit la moutarde lui monter au nez.

— J'ai dit à ma cliente que je *connaissais* un architecte, c'est tout. On se connaît, non ? Vous n'êtes pas obligée de la rencontrer si vous avez trop de travail.

— Trop ? Non, pas vraiment… En fait, mon client de Beynac m'a lâchée.

— Alors, où est le problème ?

— Il n'y en a pas…

Après un court silence elle reprit, d'un ton embarrassé :

— Vous devez me trouver bien ingrate. Vous comprenez, je n'aime pas qu'on parle de moi dans mon dos, j'ai été suffisamment échaudée…

— Je n'y suis pour rien ! répondit-il sèchement.

Il ajouta une vague formule de politesse avant de raccrocher, furieux. Tout le monde semblait s'être donné le mot pour le rembarrer ou lui faire la morale. « Arrête de t'excuser ! » lui avait ordonné son père. Parfait, désormais il allait se montrer plus agressif, il en avait assez d'être gentil ! En parlant de Virginie à

Cécile Massabot, il avait cru bien faire, mais à l'évidence sa voisine n'aimait pas qu'on l'aide et il saurait s'en souvenir.

Virginie regarda le téléphone, consternée, en mordillant le capuchon de son stylo. Pourquoi s'en était-elle prise à Victor Cazals ? Parce qu'il ressemblait à Pierre ? C'était ridicule, injuste, stupide. Néanmoins, après avoir subi durant des années une certaine forme de fausse bienveillance, elle n'en voulait plus. Combien de fois Pierre l'avait-il présentée comme une « fille formidable et bourrée de talent » ? Tout ça pour s'approprier ses réussites, avant de chercher à la détruire professionnellement.

Mécontente d'elle-même, elle décida d'aller faire un tour jusqu'à Malevergne, où se trouvait la propriété de Cécile Massabot. Elle voulait voir la maison de nuit, pour achever de s'en faire une idée. Elle imaginait déjà comment elle allait tirer parti des grands corps de bâtiment qui entouraient la vieille ferme, pour donner à l'ensemble une tout autre allure. La proposition, inespérée, tombait tout de même à pic, elle aurait dû se sentir reconnaissante vis-à-vis de son gentil notaire. Allait-elle faire payer les autres hommes à la place de Pierre ? Pourquoi n'avait-elle pas eu le courage de l'appeler et de lui dire ce qu'elle avait sur le cœur ? Mais si elle le faisait, il en profiterait à coup sûr pour la harceler davantage. Il n'avait toujours pas encaissé leur séparation et sa blessure d'orgueil le faisait encore souffrir au point de le rendre méchant.

— Si tu as peur de lui, il le sentira forcément et il ne te lâchera jamais...

Comment n'aurait-elle pas eu peur en lisant son relevé bancaire, en rentrant le soir dans cette affreuse petite baraque isolée, en constatant qu'elle n'avait strictement personne vers qui se tourner, ni famille ni amis ? À son insu, Pierre avait fait le vide autour d'elle bien avant qu'elle décide de le quitter.

Le moteur de la Corsa peinait dans une montée. Accablée, elle pensa que si sa voiture la lâchait, elle n'aurait même pas les moyens de la faire réparer.

Pour une fois que Martial se montrait attentionné, Blanche aurait dû être aux anges, mais tout au contraire elle se sentait glacée, au bord de la panique.

— Si tu y tiens, ajouta-t-il, un bijoutier la réparera sans problème. Et l'agrandira, au besoin !

Il faisait distraitement sauter l'alliance dans sa paume, tout en considérant Blanche d'un air attendri.

— Non, mon chéri, je ne veux pas la porter, je ne me séparerai pour rien au monde de la mienne.

Elle baissa les yeux sur l'anneau serti de diamants qui ne la quittait jamais. Un cadeau qu'il lui avait offert peu de temps après son retour aux Roques, trente ans plus tôt. À la fois pour sceller leurs retrouvailles et la remercier d'accepter ce petit garçon blond qu'il ramenait avec lui.

— Je vais la ranger dans mon coffret, dit-elle en tendant la main.

Elle se souvenait parfaitement du soir où, désespérée, malade de rage, elle avait sectionné cette alliance d'un coup de pince maladroit. Elle croyait Martial parti pour toujours et ne voulait plus de ce symbole à son doigt.

— À l'époque, tu m'avais dit que tu l'avais perdue, rappela-t-il avec un gentil sourire.

À en croire son attitude soudain presque tendre, il s'imaginait sans doute qu'elle avait voulu l'agrandir elle-même, n'osant pas avouer qu'elle avait grossi, et ce geste puéril devait l'émouvoir. Il ne pouvait évidemment pas savoir avec quelle violence elle s'était acharnée sur les branches de la pince coupante, ni comment elle avait ensuite piétiné l'alliance avant d'aller la jeter dans la malle contenant sa robe de mariée. Pas dans la poubelle, elle en aurait été incapable, elle avait toujours scrupuleusement conservé tout ce qui se rapportait à Martial.

Il prit la main qu'elle tendait toujours vers lui et embrassa le bout de ses doigts, la faisant tressaillir. Elle dut se retenir pour ne pas se jeter à son cou, le serrer dans ses bras et se blottir contre lui. Si seulement il avait pu deviner à quel point elle avait besoin de lui ! Depuis qu'elle avait rencontré Jean Villeneuve, une insupportable angoisse la tenaillait nuit et jour, mais Martial était bien le dernier à qui elle aurait pu se confier. Lui mentir était devenu une habitude avec le temps, elle devait continuer.

— Il y a trop longtemps que je ne t'ai pas offert de bijou, je te ferai une surprise pour ton anniversaire, ajouta-t-il en lui adressant un nouveau sourire.

Pour son anniversaire, dans quatre mois ? D'ici là, combien de bracelets ou de bagues achèterait-il à ses maîtresses ? « Votre mari vous gâte ! » lui avait murmuré avec déférence le joaillier de la place de la Liberté, la dernière fois qu'elle était allée changer la pile de sa montre. Martial ne se donnait même pas la peine de se cacher ! Il aurait pu se rendre à Brive ou à Périgueux pour ses libéralités ; après tout, il n'était pas en peine de prétextes quand il voulait s'absenter toute une journée. Et que choisirait-il pour elle – si toutefois il se souvenait de sa promesse –, quelque chose de discret convenant à une dame d'âge mûr ?

Amère, elle le regarda quitter la chambre, déjà plongé dans d'autres pensées où elle n'avait sans doute aucune place. Pourquoi continuait-elle donc à l'aimer avec une telle force, une telle violence ?

— Qu'y avait-il dans la lettre de Nils ?

Il était revenu sur ses pas et se tenait appuyé au chambranle, l'air soucieux.

— Rien que tu aies envie de savoir, répondit-elle prudemment.

— C'est-à-dire ?

— Il s'apitoie sur son sort, tu le connais…

Un nouveau mensonge, qui lui était venu spontanément. En réalité, si Martial avait lu ce qu'écrivait son fils, il se serait peut-être déjà réconcilié avec lui. Le courrier était adressé à Blanche, pourtant le mot qui revenait le plus souvent dans ces trois pages était « papa ». Nils adorait son père, ses deux demi-frères, mais qu'éprouvait-il au juste vis-à-vis de sa seconde mère ? Elle doutait de ses sentiments, alors qu'elle s'était donné un mal fou pour se faire aimer. L'avait-elle assez cajolé, bercé, bordé ! Forçant l'admiration et la reconnaissance de Martial, elle s'était comportée comme une sainte avec ce garçon.

— Je finis par me demander s'il ne s'est pas laissé manipuler par Laura, hasarda-t-il.

Sous peu, il allait s'attendrir. Il avait résisté plus longtemps que prévu à la tentation de pardonner, mais son indulgence pour Nils serait la plus forte, au bout du compte.

— Ne lui cherche pas d'excuses, dit-elle d'une voix très douce, pense plutôt à Victor.

En ce qui la concernait, et contrairement à ce que tout le monde croyait, elle avait toujours pensé à ses deux fils d'abord. L'autre n'était qu'un intrus, elle l'avait toujours haï.

5

Victor ne voulait plus revoir Laura et pour rien au monde revivre la scène de la gare où son indifférence l'avait glacé. En conséquence, à la fin des vacances de Pâques, il prit un billet d'avion pour Thomas et le confia à l'une des hôtesses.

Quitter son fils après s'être occupé de lui quotidiennement durant deux semaines lui sembla très dur. Si chaque séparation était aussi douloureuse, il n'avait pas fini de souffrir. Seule consolation, il n'entendrait plus parler de Nils à tout bout de champ.

Afin de se consacrer à Thomas, il n'avait travaillé à l'étude qu'à mi-temps depuis quinze jours, et les dossiers s'accumulaient sur son bureau. Lorsqu'il prit connaissance de son planning, le mardi matin, il découvrit qu'il était censé recevoir Jean Villeneuve à onze heures et conclure la vente Dieudonné-Clauzel en début d'après-midi. Sa secrétaire lui apprit que Virginie avait cherché à le joindre deux fois mais n'avait pas souhaité parler à un clerc. Il la rappela aussitôt, persuadé qu'il s'agissait d'un problème d'argent. Elle était chez elle et parut soulagée de l'entendre. Contre toute attente, elle commença par s'excuser.

— Navrée pour l'autre jour, j'aurais dû vous remercier, c'est évident.

— Peu importe, dit-il un peu trop sèchement.

— Si, c'est important, parce que je viens de tomber d'accord avec Cécile Massabot, je dois lui remettre des plans à la fin du mois.

— Je suis ravi d'avoir pu vous être utile. Vraiment... Vous désiriez autre chose ?

Cette fois, il s'était exprimé avec davantage de gentillesse et il l'entendit soupirer.

— Oui. Au sujet de vos, euh... des frais de notaire.

— L'étude vous a adressé un relevé détaillé, je suppose ?

— J'ai seulement regardé le montant. Dois-je régler le tout aujourd'hui ?

Sa voix trahissait un tel désarroi que Victor se sentit ému.

— Le montant des frais se verse au moment de la signature de l'acte, c'est la loi. Je n'ai pas le droit de vous faire crédit, même pas pour les honoraires de l'étude. Plus exactement, ce sont des émoluments et ils sont fixés par décret. Mais l'essentiel de ce que vous devez payer est un droit de mutation qui revient au fisc.

Il s'interrompit, patienta quelques instants tandis que Virginie restait obstinément muette.

— Vous avez un problème ?

— Eh bien, je... Non, ça devrait aller. Vous encaisserez le chèque tout de suite ?

— Celui de la vente, oui, pour le donner à Mme Dieudonné. Quant à l'autre, je suppose que l'administration, avec les lenteurs qu'on lui connaît, pourra patienter deux ou trois semaines si je l'oublie dans un tiroir de mon bureau.

— C'est illégal ?

— Non, mais ce n'est pas rentable pour l'étude.

Il se mit à rire, afin de ne pas l'embarrasser davantage. Jamais il n'avait fait une proposition de ce genre à un client, et il se demanda ce que Maxime allait penser de sa façon de traiter les affaires.

— Vous me rendez service pour la deuxième fois, je ne sais pas si je pourrai m'acquitter…, dit-elle d'une toute petite voix.

— Je vous le rappellerai, comptez sur moi, plaisanta-t-il.

L'inviter à dîner risquait de passer pour du chantage et il s'en abstint malgré son envie. En raccrochant, il se sentit soudain beaucoup mieux qu'une heure plus tôt. C'était évidemment très puéril, mais avoir pu aider Virginie Clauzel le rendait content de lui. « Ton insupportable côté protecteur ! » n'aurait pas manqué de dire Laura. Néanmoins, Virginie lui plaisait, il avait envie d'être gentil avec elle, même s'il s'était juré le contraire deux semaines auparavant.

Concentré sur son travail, il avait complètement oublié Jean Villeneuve lorsque sa secrétaire lui annonça son arrivée. Il le reçut quelques minutes plus tard, courtois mais distant, curieux de connaître le but de cette visite. La succession était loin d'être achevée mais il n'avait rien de nouveau à lui apprendre.

— Je sais, je sais, soupira Villeneuve en s'asseyant, tout ça prend du temps… Pourtant, il va me falloir de l'argent, et vous m'aviez fait comprendre que vous pourriez en débloquer…

— Absolument, admit Victor, mais là encore, il vous faudra un peu de patience.

— Pourquoi ? Est-ce qu'il y a un problème ?

— Non, aucun. À quel genre de problème faites-vous allusion ?

Nerveux, Villeneuve s'agita un peu dans son fauteuil. Dès leur première entrevue, il avait senti les réticences de Victor et il se méfiait de lui. Peut-être aurait-il eu davantage de chance avec le frère aîné, Maxime, qui paraissait plus débonnaire, mais il n'avait pas pu choisir entre les deux. De toute façon, l'étude Cazals était forcément perturbée par cette histoire de testament perdu et il devait rester prudent.

Il soutint le regard inquisiteur de Victor tout en se demandant à quoi pouvait bien ressembler le troisième fils, celui qui n'était pas de Blanche.

— De quelle somme désireriez-vous disposer ?

Le conditionnel était délibéré, le ton plutôt cassant, et il répondit du tac au tac :

— Le maximum de ce que vous pouvez m'obtenir tout de suite. Je ne tiens pas à ce que les fonds transitent chez vous trop longtemps, même si c'est la tradition !

S'il lui était impossible de forcer la sympathie de Victor, il pouvait au moins lui faire comprendre qu'il ne se laisserait pas impressionner. Que ce notaire n'aille pas s'imaginer qu'il pourrait gagner quoi que ce soit en faisant traîner les choses ! Toutefois, il fallait également l'appâter, et Villeneuve y réfléchissait depuis des semaines. Installé dans la grande maison de son oncle, située à une dizaine de kilomètres de Sarlat, sur une rive de la Dordogne, il se sentait comme un coq en pâte, cependant il restait encore à la merci du moindre incident susceptible de bloquer la succession. À force de se creuser la tête, il avait eu une illumination, un vrai trait de génie. Pour endormir la vigilance des Cazals, il avait déjà laissé entendre qu'il leur confierait la gestion de sa fortune, mais c'était insuffisant. En revanche, s'il prétendait vouloir investir une partie de son capital dans l'industrie du cinéma, il leur offrait une opportunité qui ne pouvait pas les laisser indifférents. De tout ce qu'il avait pu glaner comme renseignements sur la famille, depuis qu'il était de retour dans la région, il ressortait que le cadet, Nils, parti faire carrière à Paris, y végétait sans succès en attendant de pouvoir réaliser le film de sa vie.

Souriant à Victor – alors qu'il n'en avait nulle envie –, Villeneuve se lança dans un discours mûrement préparé. Avec juste ce qu'il fallait d'hésitations, il déclara être un cinéphile convaincu, amoureux du septième art et fasciné par certaines réussites fracassantes, dont les producteurs engrangeaient des bénéfices vertigineux. Tout aussi hasardeux que la Bourse, mais infiniment plus exaltant, un placement de cet ordre le tentait, et aujourd'hui qu'il était riche – ou allait l'être incessamment – il était prêt à participer au financement d'un long métrage. Bien entendu, il ne savait pas comment s'y prendre et comptait sur son notaire pour tout arranger.

Son exposé n'eut pas le succès qu'il attendait. Au lieu de saisir la perche tendue, Victor Cazals restait de marbre, se contentant de le dévisager avec une curiosité accrue.

— D'une part, c'est tout à fait hors du cadre des compétences de l'étude, finit-il par laisser tomber d'une voix froide. D'autre part, votre demande est prématurée.

— Pourquoi ? Toutes ces formalités ne vont pas durer cent ans, j'espère ! Et quand l'argent arrivera, il ne sera plus temps de discuter, il faudra savoir où le mettre. J'ai entendu dire que quelqu'un de votre famille est dans le cinéma, vous devez bien avoir des tuyaux ?

À voir le visage de Victor se fermer d'un coup, il se demanda s'il ne venait pas de commettre une irréparable gaffe.

Jamais elle n'aurait dû le faire, mais Laura n'avait pas pu s'empêcher d'ouvrir le courrier de la banque adressé à Nils. Parmi la pile d'enveloppes qui attendaient son retour, celle-ci était barrée d'un tampon rouge « Urgent », qui justifiait en partie son indiscrétion. Le compte courant de Nils était débiteur d'une somme importante, apparemment depuis longtemps au vu des agios, et une note comminatoire accompagnait le relevé, avec injonction de payer dans les plus brefs délais, sous peine de ne plus pouvoir disposer de ses chéquiers ni de ses cartes de crédit.

Nils lui avait bien laissé entendre qu'il avait des problèmes d'argent, sans toutefois évoquer aucun chiffre. Elle-même n'avait quasiment plus rien sur son compte personnel. Comment s'y prenait-elle pour se retrouver à sec le quinze du mois ? Feuilletant ses talons de chèques, elle constata qu'elle avait réglé les honoraires de son avocat pour le divorce, presque toutes les notes de l'épicier qui les livrait, le salaire de la baby-sitter qui s'occupait de Thomas en attendant qu'elle rentre du travail, et même la facture d'électricité.

Atterrée, elle regarda autour d'elle comme si elle découvrait l'appartement où elle vivait pourtant depuis plusieurs mois. Finiraient-ils par se retrouver à la rue ? C'était tellement inconcevable que l'idée lui arracha un sourire amer. Non, Nils allait toucher un bon cachet pour son téléfilm, ils auraient un sursis.

En posant le relevé avec le reste du courrier, elle observa ses mains. La bague qu'elle portait valait très cher, combien pourrait-elle en tirer si elle décidait de la vendre ? D'occasion, les bijoux perdaient au moins la moitié de leur valeur. Heureusement, Victor lui en avait offert un certain nombre, elle pouvait en sacrifier quelques-uns.

Penser à Victor la mit mal à l'aise. Leur fils était rentré de Sarlat en pleine forme, ébloui par Les Roques qu'il décrivait inlassablement dans les moindres détails. Laura connaissait la propriété et la trouvait horriblement triste, démesurée, impossible à vivre. Pourquoi Victor avait-il eu l'idée farfelue d'habiter là ? Venant de lui, elle jugeait cette fantaisie plutôt surprenante, mais le connaissait-elle vraiment ? Tout le temps qu'avait duré leur mariage, il avait fait passer les goûts de Laura avant les siens sans exprimer ses préférences. Macho, peut-être, mais très attentif aux désirs de sa femme. Nils, lui, n'avait jamais l'air de savoir ce qu'elle souhaitait. Quelqu'un l'intéressait-il, en dehors de lui-même ? Lui et sa fichue famille Cazals, qui semblait tant lui manquer.

— Pas à moi ! lança-t-elle à haute voix.

Qui cherchait-elle à convaincre ? Bien sûr, elle s'était terriblement ennuyée en compagnie de ses beaux-parents, de Maxime et sa sainte-nitouche d'épouse, toutefois elle ne pouvait pas prétendre s'être « ennuyée » dans les bras de Victor.

« Continue comme ça et tu vas le regretter, ma parole ! »

C'est de Nils qu'elle était amoureuse, Nils qui lui avait permis de retrouver Paris, qui l'émouvait avec sa fragilité d'éternel adolescent, qui la faisait rêver.

« À quoi ? À l'avenir ? »

Elle ne pouvait pas faire comme lui en ne s'occupant que d'elle-même, elle avait la responsabilité de Thomas.

— Mon Dieu, dans quelle galère t'es-tu embarquée...

Le formuler clairement pour la première fois lui fit prendre conscience de l'angoisse sourde qu'elle refoulait depuis des mois. Nils avait peut-être été une erreur... Ou alors seulement un moyen. Si c'était le cas, tout était à recommencer.

Dehors, il semblait faire beau, mais l'appartement, mal exposé, n'était pas très clair et elle ne voyait pas le soleil. Thomas dormait encore, profitant de sa grasse matinée du mercredi. Lorsqu'il se réveillerait, il voudrait probablement aller déjeuner au McDo ou au Quick, ensuite, elle ne saurait plus quoi faire de lui. Andy n'appréciait pas qu'elle prenne ses mercredis, or c'était le troisième qu'elle lui demandait depuis le départ de Nils sur son tournage.

Gagnant la baie vitrée du séjour, elle s'aventura sur le balcon minuscule et leva la tête pour regarder le ciel au-dessus de l'immeuble d'en face. Le temps était effectivement radieux. Qu'aurait-elle fait un jour comme celui-ci, un an plus tôt, à Sarlat ?

Elle n'avait aucune envie de s'appesantir sur cette question et décida d'appeler Nils sur son portable rien que pour entendre le son de sa voix.

— Si vous me le demandiez, affirma Virginie, je vous bâtirais un projet en quelques jours. Les architectes sont rarement en peine d'imagination, et ici c'est difficile de ne pas se sentir inspiré ! Par exemple, je vous suggérerais d'abattre certains murs, peut-être même des planchers – bref, vous ne reconnaîtriez plus votre maison. Mais d'une certaine manière, ce serait dommage, car ses proportions sont aussi parfaites à l'intérieur qu'à l'extérieur... Et c'est plus rare qu'on ne le croit !

Volubile, elle avait suivi Victor de la cave au grenier, exigeant de tout visiter.

— Évidemment, la taille des pièces correspond toujours à une fonction, et les besoins ne sont plus les mêmes aujourd'hui qu'au siècle dernier. Vos chambres de bonnes, au second, vous pourriez très bien les transformer en une seule salle de jeux, ou bien en deux petits appartements indépendants, et en bas vous pourriez aussi réunir la cuisine avec la lingerie pour faire un grand truc à l'américaine, mais franchement, ce sont des modifications minimes et...

— À l'américaine ? répéta-t-il avec ironie. Ici ? Nous sommes en Périgord, vous savez...

Elle éclata de rire et il lui fut reconnaissant de son accès de gaieté. Au moins, avec elle, il pouvait afficher son amour pour sa région sans se faire taxer de « provincial », qualificatif dont Laura l'avait souvent gratifié.

— Vous avez raison, admit-elle en reprenant son sérieux. La Dordogne est un endroit magique.

— Mieux que Toulouse ?

— Plus sauvage, plus varié. Tenez, expliquez-moi pourquoi on dit Périgord noir, blanc, vert ?

— Le blanc pour le blé, les sols calcaires, ou même les fameux veaux blancs du côté de Ribérac. Le vert pour les cultures et le parc régional. Le noir pour les chênes au feuillage sombre, les noyers, les truffes.

— J'essaierai de m'en souvenir. Après tout, je suis des vôtres, maintenant ! Je compte sur vous pour m'indiquer tous les sites importants, et aussi me raconter les légendes.

— Vous ne préféreriez pas une liste de bons restaurants ?

Ils étaient revenus au rez-de-chaussée, dans ce trop vaste hall d'entrée qui ne servait à rien mais dont la place perdue constituait l'un des charmes de la maison. Elle désigna les volets intérieurs puis le dallage rouge sombre.

— Une merveille…, soupira-t-elle d'un air d'envie. Vous devez beaucoup vous plaire, ici ?

— Je ne sais pas. Les Roques sont dans la famille depuis longtemps, je ne me pose pas la question.

Sa réponse pouvait paraître ambiguë mais il ne voulait pas lui avouer qu'il se sentait parfois assez mal dans la maison de son enfance.

— On va dîner ? proposa-t-il.

Quelques jours après la vente, il n'avait pas pu résister à la tentation de l'inviter, espérant qu'elle ne s'en ferait pas une obligation.

— Je suppose qu'il s'agit d'un repas froid ? s'enquit-elle d'un ton moqueur. Je n'ai pas vu grand-chose en préparation dans la cuisine !

— Non, je vous emmène au château de Puy-Robert, à Montignac, ça vaut mieux pour nous deux, je n'ai rien d'un grand chef.

À son expression contrariée, il devina sa déception, pourtant il avait pris soin de choisir l'une des meilleures tables de la région. Craignait-elle que la soirée soit trop longue dans un établissement de ce genre, ou bien ne souhaitait-elle pas qu'il se fasse des illusions sur la suite de leur relation ? Pour la séduire, il fallait sûrement autre chose qu'un bon dîner.

— Si vous préférez rester ici, je dois avoir un paquet de spaghettis et quelques boîtes de sardines…

— Bien sûr que non. Mais prenons votre voiture, la mienne est un peu fatiguée ces temps-ci !

En arrivant aux Roques, sa petite Opel avait calé deux fois de suite dans l'allée, et elle n'était même pas certaine de pouvoir la faire redémarrer lorsqu'elle voudrait rentrer chez elle. Heureusement, Cécile

Massabot venait de lui donner un premier chèque d'acompte, l'Opel aurait droit à une révision dès le lendemain.

Elle s'installa dans la Rover de Victor en souriant, décidée à profiter de l'instant présent. Son mouvement d'humeur était passé, elle n'allait pas continuer à se gâcher la vie à cause de Pierre. Lui aussi affectionnait les grands restaurants ; n'ayant rien d'un gourmet, c'était par pur snobisme ou pour le plaisir de se montrer dans les endroits à la mode. Mais elle devait absolument arrêter de comparer tous les hommes à Pierre.

Elle jeta un rapide coup d'œil à Victor qui conduisait en silence. S'était-il vexé de son peu d'enthousiasme ? Elle n'était pas naïve au point de croire qu'il l'avait invitée sans raison, juste à titre amical. À l'évidence, il se remettait mal de son divorce et cherchait sans doute des consolations. Qu'elle n'était pas du tout disposée à lui offrir, elle le lui avait déjà fait comprendre.

Néanmoins, une fois attablée devant un croustillant de pommes de terre et foie gras, elle sentit sa bonne humeur ressusciter. Elle avait trouvé du travail – grâce à lui –, elle était devenue propriétaire de sa maison – avec son aide –, et dîner dans un ravissant petit château XIXe n'avait vraiment rien d'une corvée.

— Cul de lapin à la moutarde de Brive, annonça pompeusement le maître d'hôtel.

Deux serveurs disposèrent devant eux des assiettes surmontées de cloches d'argent, qu'ils ôtèrent simultanément, tandis que le maître d'hôtel se penchait vers Victor pour lui murmurer quelques mots à l'oreille. Virginie le vit se tourner une seconde vers le fond de la salle, l'air surpris.

— Un problème ? lui demanda-t-elle à mi-voix.

— Non, heureusement... Regardez la table à gauche de la fenêtre.

— Le couple ?

— Lui, c'est mon père...

— Vous n'allez pas saluer vos parents ?

— ... mais elle, ce n'est pas ma mère.

— Ah... Il sait que vous êtes là ?

— Le maître d'hôtel a fait son travail dans les deux sens, il connaît bien la plupart des gens de la région.

— Si vous voulez qu'on s'en aille...

— Pas du tout ! Je suis au courant depuis longtemps. Je croyais juste qu'il serait un peu plus discret, nous ne sommes jamais qu'à vingt-cinq kilomètres de Sarlat.

— Parce que, pour vous, c'est une question de distance ? Tromper, c'est toujours tromper, ici ou là.

Elle l'avait dit de manière trop catégorique, comme si elle voulait lui donner une leçon de morale et, pour se racheter, elle ajouta aussitôt, beaucoup plus gentiment :

— Sincèrement, Victor, vous aimeriez que votre femme vous...

Consternée, elle s'arrêta net, incapable de rattraper sa gaffe.

— Je suis désolée, murmura-t-elle.

— Ne le soyez pas. Après tout, vous avez raison, je devrais être le premier à condamner l'infidélité conjugale. Mais c'est mon père et je l'adore, et...

Sans achever, il esquissa un geste d'impuissance. Elle le trouva soudain très émouvant, fort différent de ce qu'elle croyait savoir de lui.

— Vous lui ressemblez, vous avez le même regard, déclara-t-elle en souriant.

— Merci de l'avoir remarqué, je prends ça comme un compliment.

Il réagissait vite et elle eut envie de rire, persuadée qu'il allait en profiter pour entamer un numéro de charme, mais il se contenta de lui demander si elle voulait un dessert.

Deux heures plus tard, ils étaient de retour aux Roques. Victor évita stoïquement de lui proposer le fatidique « dernier verre », et il réussit à démarrer la Corsa sans trop de difficultés. Il avait très bien compris qu'il ne finirait pas la soirée avec Virginie, sans être pour autant déçu. Il prendrait tout le temps nécessaire pour arriver à lui plaire, et peut-être n'y parviendrait-il jamais, mais cette femme valait décidément mieux que l'aventure d'une seule nuit. Ses rares tentatives de conquête, depuis le départ de Laura, s'étaient soldées par des victoires trop faciles qui ne lui avaient apporté qu'un plaisir un peu amer et sans lendemain. À présent, il avait envie d'aimer de nouveau, pas seulement de désirer.

Quand il pénétra dans la maison, il eut immédiatement la sensation que quelque chose n'allait pas. Il fit lentement du regard le tour du vaste hall, sans rien découvrir d'anormal. Cependant il resta un moment aux aguets. Un détail l'avait alerté inconsciemment, mais lequel ? Reculant d'un pas, il posa sa main sur l'interrupteur et éteignit. Au lieu de se retrouver plongé dans l'obscurité, ainsi qu'il s'y attendait, une vague lueur persistait, dont il ne parvint pas à localiser la provenance. Très inquiet, il se dirigea vers l'escalier et, au pied des marches, resta un moment immobile, la tête levée.

Au premier étage, la galerie n'était pas allumée, d'ailleurs *rien* n'aurait dû l'être. Lorsqu'il avait fait visiter la maison à Virginie, quelques heures plus tôt, il faisait grand jour, ils n'avaient eu besoin d'électricité nulle part, il en était certain. Le revolver prêté par son père se trouvait dans sa table de chevet, avec le

143

chargeur, et il se résigna à monter lentement, en évitant de faire le moindre bruit. De toute façon, si un cambrioleur, un rôdeur ou n'importe qui d'autre était là, il avait déjà largement signalé sa présence.

À l'entrée de la galerie, il s'arrêta une nouvelle fois, le cœur battant, scrutant la pénombre. La lumière venait de l'escalier du deuxième étage. Fermé par une lourde porte, qui était restée entrouverte, cet escalier n'était pas exactement dans le prolongement du premier. Il hésita une seconde puis choisit d'avancer vers sa chambre pour récupérer d'abord l'arme.

Dès qu'il sentit le contact du métal dans sa paume, il éprouva un soulagement intense, remercia mentalement son père de lui avoir donné ce revolver et, surtout, de lui avoir appris à s'en servir. De retour dans la galerie, il s'approcha de la porte entrouverte qu'il poussa de sa main libre avant de s'engager dans l'escalier du second.

En arrivant dans le couloir qui desservait les petites mansardes, il prit une profonde inspiration et commença à les ouvrir l'une après l'autre. Dans chacune, il allumait le plafonnier, jetait un rapide coup d'œil sans y entrer. Parvenu à la dernière, la plus grande, il crut sentir une odeur inhabituelle, bien que vaguement familière, mais l'effluve était à peine perceptible et il se demanda s'il ne se faisait pas des idées. C'était là, lors de son inspection avec Maxime, qu'il avait trouvé le foulard en lambeaux. Une de ces découvertes qui avaient fini par le rendre nerveux, et les événements de ce soir n'allaient sans doute pas arranger son malaise…

Perplexe, il s'attarda un moment, essayant de se souvenir exactement des gestes qu'il avait faits en compagnie de Virginie. « Vous pourriez les transformer en une salle de jeux ou en deux appartements indépendants. » Ils descendaient à ce moment-là et il se revit très nettement refermer la porte de l'escalier. Donc, depuis, quelqu'un l'avait ouverte et avait allumé.

Pas à pas, il avança vers le grenier. À l'entrée, il abaissa le vieil interrupteur de porcelaine, mais les deux ampoules de faible voltage qui s'allumèrent ne suffirent pas à le rassurer. Apparemment, le grenier était désert et il laissa échapper un soupir. Il se força à entrer carrément, regrettant de n'avoir pas songé à prendre une torche pour éclairer les coins sombres.

Alors qu'il arrivait au bout de la rangée de malles, il s'arrêta net. Incrédule, il considéra la grande panière d'osier dont le couvercle était levé. À l'intérieur, la robe de mariée de sa mère était toute chiffonnée, et le reste des objets sens dessus dessous. Il se retourna d'un bloc et refit des yeux le tour de la pièce. Il n'était pas fou, Maxime et lui n'avaient pas pu laisser les choses dans cet état-là !

La crosse du revolver glissait dans sa main crispée et il s'aperçut qu'il était en sueur. Au prix d'un gros effort de volonté, il se domina pour achever d'inspecter méticuleusement le reste du grenier. S'il ne le faisait pas, il serait incapable de dormir cette nuit. Il regarda même derrière le rocking-chair et la psyché, souleva tous les couvercles des autres malles, passa derrière les grosses poutres maîtresses qui soutenaient la charpente.

— Bon, arrête de paniquer, tu es tout seul...

Le son de sa voix lui parut plat et sans timbre, ce qui lui arracha un sourire. Décidément, il arrivait à se faire peur tout aussi bien que lorsqu'il avait huit ans. Sauf que, à l'évidence, un visiteur s'était introduit aux Roques pendant qu'il dînait à Montignac. Sans doute parti depuis longtemps, mais il devait en avoir le cœur net...

Il redescendit au premier, éteignit l'escalier, ferma la porte et donna un tour de clef. Ensuite il parcourut toutes les pièces en ouvrant chaque placard et chaque armoire, puis gagna le rez-de-chaussée qu'il fouilla avec le même soin. Très bien, il n'y avait personne d'autre que lui dans la maison, il pouvait poser ce revolver. Allait-il être obligé de se livrer au même cirque chaque fois qu'il rentrerait ? Son mystérieux visiteur l'avait forcément entendu arriver et s'était dépêché de décamper. Par acquit de conscience, il alla vérifier la porte de la cuisine qui donnait sur l'extérieur. Elle était ouverte, bien qu'il fût certain de l'avoir fermée à clef.

Excédé, il se servit un whisky bien tassé et se laissa tomber sur un tabouret. En tout cas, il n'avait pas été cambriolé au sens propre du terme car rien ne semblait manquer. Un rôdeur aurait emporté les objets de valeur, au moins son ordinateur portable ou le magnétoscope dernier cri qu'il avait acheté le mois précédent pour Thomas. Celui qui s'était introduit aux Roques y cherchait quelque chose de précis. Quelque chose qui avait une chance de se trouver au grenier ?

La sonnerie du téléphone le fit sursauter au point qu'il faillit renverser son verre en se jetant sur l'appareil.

— Victor ? Je ne vous dérange pas, je suppose ? J'ai vu que vous faisiez un vrai son et lumière...

La voix moqueuse de Virginie le débarrassa d'un seul coup de son angoisse.

— Je voulais vous remercier, enchaîna-t-elle, c'était une bonne soirée.

— Vous m'en accorderez bien une autre, alors ? Mais dites-moi, on ne peut pas voir Les Roques de chez vous, comment diable...

— Ma voiture a rendu l'âme à mi-chemin, j'ai fait tout le reste à pied.

— Vous auriez dû m'appeler !

— Non, j'aime bien marcher, même la nuit. Et votre spectacle était très réussi, ça m'a tenu compagnie, vous avez le chic pour les illuminations !

Il l'entendit rire, puis elle raccrocha sans lui laisser le temps de s'expliquer. Qu'aurait-il pu lui dire, d'ailleurs ? Qu'il traquait des voleurs fantômes ? En deux gorgées, il vida son verre et alla le déposer dans l'évier. Était-il en train de tomber amoureux ? S'il pensait à la souffrance aiguë ressentie devant Laura, à la gare, il avait du mal à le croire. À moins de pouvoir aimer deux femmes à la fois. La fin et le début, pourquoi pas ?

Récupérant le revolver abandonné sur la table, il en ôta le chargeur. Demain, à la lumière du jour, il essaierait de comprendre ce qui s'était produit, à présent il était trop fatigué pour songer à quoi que ce soit d'autre qu'aller se coucher.

La tête entre les mains, Nils continuait à pleurer comme un gosse. L'alcool y était pour beaucoup, il avait carrément forcé la dose, ce qui lui arrivait de plus en plus souvent.

Selon la coutume, le tournage s'était terminé par un grand pot d'adieu organisé par la production, car, dès le lendemain matin, toute l'équipe reprenait l'avion pour Paris. Cette nuit serait donc la dernière que Nils passerait seul, ensuite il allait se retrouver face à Laura, et il n'aurait plus d'échappatoire.

Le film n'était, à son avis, ni bon ni mauvais, mais comme il avait su respecter les délais, peut-être ferait-on encore appel à lui ? En être réduit à espérer une nouvelle proposition pour la télévision signifiait vraiment la fin de ses grands rêves de cinéma. Néanmoins, à trente-trois ans, il fallait bien qu'il mûrisse un peu ! Sa vie n'avait pas du tout pris le chemin prévu, qu'il avait longtemps cru encore accessible. Mais depuis dix ans – depuis toujours, en réalité – il n'avait rien mené à bien, même pas sa thérapie ! Et le pire qu'il ait fait, de loin, concernait Laura, Thomas et Victor. Rien que pour se débarrasser de sa culpabilité, il était prêt à retourner chez son psy. En finir une bonne fois avec ses vieux malaises, affronter toutes ces choses refoulées au plus profond de lui-même, ne plus se sentir rongé en permanence…

Il ne restait plus qu'un fond de vodka dans la bouteille, qu'il but au goulot. Les premières rasades l'avaient anesthésié, ensuite il avait eu son accès de lucidité, maintenant il espérait s'assommer suffisamment pour dormir. Que faire d'autre, à trois heures du matin, avec une tête d'alcoolique pleurnichard ? Errer dans les couloirs de l'hôtel ? De toute façon, le bar était fermé.

Ni son père ni Blanche n'avaient jugé bon de répondre à la longue lettre qu'il leur avait adressée trois semaines plus tôt, où il reconnaissait tous ses torts. Que Blanche le boude – après toutes ces années de tendresse excessive – ne le chagrinait pas vraiment, mais le silence de son père le consternait. Lui qui avait été si longtemps le fils préféré, il était aujourd'hui devenu le paria. Évidemment, c'était sa faute, bien fait pour lui !

Pris de nausée, il se leva en titubant et se précipita vers la salle de bains. Penché au-dessus de la cuvette des toilettes, secoué de spasmes, il pleura.

Martial marchait de long en large, comme toujours lorsqu'il était contrarié. De quelque façon qu'il aborde le problème, il n'y trouvait aucune solution. D'abord, il avait soixante-quatre ans, et ce chiffre suffisait pour le confronter à une réalité désagréable : il n'avait plus l'âge. Quoi que sa maîtresse puisse dire ou faire, il était trop vieux pour tomber amoureux, trop vieux pour les bêtises, sans compter qu'il avait donné à Blanche sa promesse solennelle de ne plus jamais partir. Même si ce serment remontait à trente ans, rien ne pourrait jamais l'en délier. Les premières années, il n'en avait pas eu envie. D'une part il n'arrivait pas à faire son deuil d'Aneke, d'autre part il était terriblement soulagé de voir Blanche se comporter comme une véritable mère avec Nils. Elle avait rempli son rôle au-delà de toute espérance, il n'abandonnerait pas le sien.

Bien sûr, la tentation existait. Comme il ne s'était pas engagé à être fidèle, mais seulement à rester avec elle, il l'avait toujours trompée sans remords ni états d'âme. D'abord pour oublier Aneke, ensuite par simple plaisir, enfin par habitude, conservant le goût de séduire et refusant de vieillir. Néanmoins, l'âge était là, avec des analyses qui n'étaient plus celles d'un jeune homme, et un régime strict qu'il refusait de suivre.

Il avait rencontré Julie par hasard, parce que le tour de garde des médecins était tombé sur elle ce dimanche-là et qu'il avait quarante de fièvre, cloué au lit par une mauvaise grippe. Deux semaines plus tard, il changeait de médecin, abandonnant le généraliste qui le suivait depuis plus de vingt ans pour aller se faire soigner à dix kilomètres de Sarlat, à Carsac, où elle était installée. Si elle lui avait plu au premier coup d'œil, faire sa conquête tenait pourtant de la gageure…

Et voilà qu'elle se prétendait amoureuse, parlait de quitter son mari. Quelle folie ! Même quinze ans plus tôt, il ne s'y serait pas risqué, et de surcroît, il y avait Blanche. Ce lien, pesant comme une chaîne, qu'il avait rompu une première fois puis renoué en s'humiliant, il n'était plus possible de le défaire.

Mais comment résister à ce que lui offrait Julie ? Il savait d'expérience que bon nombre des femmes qu'il avait séduites ne lui avaient cédé que parce qu'elles étaient seules, ou désœuvrées, ou encore en mal d'affection. Ce n'était pas le cas de Julie qui adorait son métier, avait deux grands enfants, une vie trépidante et un époux charmant.

« Qu'est-ce qu'elle me trouve ? Je la fais rire ? Je la rassure ? Elle devrait plutôt s'inquiéter, d'ici peu je serai un vieillard ! »

Il ne le pensait pas vraiment, néanmoins il lui fallait trouver une raison à son refus de saisir cette dernière chance. Il n'en aurait plus d'autre, Julie était déjà un miracle. Un miracle qui le rendait imprudent, lui qui s'était toujours appliqué à sauver les apparences. Apercevoir Victor au château de Puy-Robert, dînant à quelques tables de lui, l'avait brutalement ramené à la raison. Si Victor était en âge de refaire sa vie, pas lui ! Quel genre d'exemple donnait-il à ses fils et quel jugement portaient-ils sur lui ? Nils provoquant un adultère devenait un monstre, et pas lui ? Comment les garçons réagiraient-ils s'il abandonnait leur mère une deuxième fois ? Jusqu'ici, ils avaient eu une attitude plutôt complice, celle de la solidarité masculine qui absout toujours le plaisir, mais il s'était montré discret. Julie, au contraire, n'avait plus envie de se cacher, elle le mettait au pied du mur, bientôt elle le contraindrait à faire un choix.

— Mon Dieu…, murmura-t-il, soudain accablé.

Où allait-il trouver le courage de se condamner lui-même ? Dans la morne satisfaction de tenir sa parole ? Vivre aux côtés de Blanche le crucifiait d'ennui, surtout depuis qu'il avait laissé l'étude à ses fils aînés.

La manière dont elle le regardait dans le miroir de sa coiffeuse, chaque soir, croyant l'observer sans être vue, lui faisait grincer des dents.

La mort dans l'âme, il décida qu'il allait rompre.

Assis face à Victor, les deux jeunes gens écoutaient avec une attention touchante la lecture de l'acte de séparation de biens qu'ils s'apprêtaient à signer. À la fin, le garçon fronça les sourcils, perplexe, et demanda ce qu'il adviendrait pour chacun au moment du décès de l'autre.

— Vous vous mariez la semaine prochaine et vous pensez déjà à la mort ? plaisanta gentiment Victor.

D'un geste furtif, la jeune fille prit aussitôt la main de son fiancé, comme pour conjurer le mauvais sort, et Victor réprima un sourire.

— Vous pourrez prendre toutes les dispositions nécessaires pour vous protéger mutuellement, ne vous inquiétez pas. Une loi récente accorde au conjoint survivant des droits plus importants. Si vous le désirez, revenez me voir avec votre certificat de mariage et je vous expliquerai tout en détail.

Il leur fit signer chaque page de l'acte puis les accompagna jusqu'à la porte en formulant des vœux de bonheur. Après leur départ, au lieu d'appeler la secrétaire pour qu'elle introduise le client suivant, il resta un moment songeur, les yeux dans le vague. À tous ceux qui lui posaient la question, il recommandait systématiquement les avantages de la séparation de biens, or il avait bien failli ne pas y souscrire avec Laura. Sans l'irritante insistance de son père, il n'aurait jamais eu le courage de lui en parler. C'était Martial lui-même qui avait froidement abordé le sujet, un soir à table, et sur le moment Victor lui en avait beaucoup voulu. À quelques semaines d'épouser Laura, il planait littéralement, fou amoureux et tout à fait inconséquent. Présentée par son futur beau-père, la requête semblait logique. Laura n'avait trouvé aucune raison valable de s'y opposer. L'aimait-elle pour de bon, à ce moment-là ? Jamais il n'aurait la réponse à cette question, jamais il ne saurait à quel moment elle avait cessé de le regarder pour s'intéresser à Nils. Ni si elle aurait été capable, en l'absence de contrat, de lui réclamer la moitié de ses biens. Dans ce cas-là il n'aurait pas pu acheter Les Roques, même au prix ridiculement bas fixé par Martial. Au-delà d'une certaine limite, la vente aurait été taxée de fictive par le fisc.

En signant – il s'en souvenait parfaitement –, Laura lui avait demandé d'un ton un peu acide pourquoi les histoires d'amour devaient être codifiées d'avance par des actes officiels, où chacun semblait déjà se méfier de l'autre. Il avait été incapable de lui répondre, alors qu'il connaissait par cœur d'excellents arguments.

Aujourd'hui, Laura n'avait rien d'autre que son salaire pour vivre. Devait-il pour autant se sentir responsable d'elle ? Nils était sans doute incapable de l'aider, lui qui traînait des dettes depuis des années, et elle devait avoir des difficultés financières. Thomas ne finirait-il pas par en pâtir ?

Il existait peut-être une réponse à toutes ces questions... Malgré l'antipathie de Victor envers Jean Villeneuve, sa proposition d'investir des capitaux dans le cinéma constituait une sorte d'opportunité. Que Victor avait rejetée un peu vite. Même si Nils l'avait trahi, pouvait-il froidement lui refuser cette chance ?

La pendulette de son bureau indiquait dix-sept heures, il commençait à avoir du retard, ce dont il avait horreur. Cependant, de la décision qu'il était en train de prendre dépendait l'avenir de son petit frère et, par conséquent, de Laura.

— Sors d'ici, je suis chez moi ! s'écria Virginie d'une voix tremblante de rage.

La présence de Pierre dans sa maison la révoltait, et en même temps l'effrayait. Elle avait entendu la voiture s'arrêter devant chez elle, le coup frappé à la porte qui n'était pas fermée à clef, puis il était entré tandis qu'elle restait muette de stupeur.

— Tu as bien cinq minutes ? Que je n'aie pas fait tout ce chemin pour rien...

Elle eut l'impression qu'il la narguait, jouant de sa peur, et elle fit un effort pour se dominer.

— Cinq minutes utilisées comment ? Tu viens t'excuser ?

— De quoi ? interrogea-t-il avec un cynisme insupportable.

— Oh, laisse tomber le masque ! Tu vas t'acharner longtemps ? Je ne sais même pas pourquoi tu veux tellement me démolir, m'empêcher de travailler ! Tu n'as rien d'autre à faire que me poursuivre ?

— Je t'aime toujours, Virginie.

En prononçant ces mots, il avait brusquement changé d'expression, et elle devina que sa déclaration était à la fois le prétexte et la vraie raison de ses agissements.

— Tu me manques...

— Où ça ? À l'agence, pour faire ton travail à ta place ?

Elle ne voulait ni transiger ni s'attendrir. Pierre l'avait exploitée pendant des années et de bien des manières ; dorénavant, elle n'aurait plus la naïveté de se laisser convaincre.

153

— Tu as tort de le prendre sur ce ton-là ! répliqua-t-il sèchement. Que tu le veuilles ou non, c'est moi qui t'ai faite. Tu ne savais pas grand-chose quand je t'ai engagée. Mais je ne suis pas venu parler boulot…

Avançant de deux pas, il regarda autour de lui avec curiosité.

— Qu'est-ce que tu fabriques dans ce trou ? Je me suis perdu dix fois sur la route… Tu as vraiment acheté cette bicoque ? Et tu y vis seule ? Quel gâchis !

Il tendit la main vers elle, la prit par l'épaule avant qu'elle ait le temps de reculer.

— N'aie pas peur, je veux juste te tenir dans mes bras une seconde.

D'un geste brusque, elle lui fit lâcher prise.

— Si tu ne t'en vas pas, Pierre, c'est moi qui pars.

Levant les yeux au ciel, il s'écarta un peu puis désigna la table à dessin.

— Tu as réussi à trouver du boulot ?

Au lieu de répondre, elle marcha vers la porte d'un pas décidé, l'ouvrit en grand. Sur les plans qu'elle peaufinait depuis plusieurs jours, le nom de Cécile Massabot n'apparaissait nulle part, Pierre pouvait toujours y jeter un coup d'œil, il n'apprendrait rien. Elle le vit hésiter mais il se résigna finalement à la rejoindre et ils sortirent ensemble. À la lumière du soleil couchant, il avait très bonne mine pour un homme désespéré.

— Allons dîner quelque part et ensuite je te laisserai tranquille, je te le jure.

Combien de fois avait-elle failli le quitter, durant les deux dernières années de leur liaison, sans pouvoir s'y résoudre ? Elle l'avait énormément aimé – à présent, c'était fini, elle n'éprouvait plus rien en le regardant.

— Non, Pierre, c'est inutile. Je t'ai déjà tout dit, je n'ai pas changé d'avis.

154

— Bon sang, Virginie ! explosa-t-il soudain. Tu veux vraiment me faire croire que tu es bien ici ? Bien dans ta peau, bien sans moi ?

Son arrogance avait quelque chose d'insupportable et elle le toisa sans aucune indulgence.

— Oui, je me sens très bien, dit-elle lentement. Désolée, tu n'es pas irremplaçable, personne ne l'est.

Le blesser dans son orgueil une nouvelle fois était assez maladroit, mais quel autre moyen avait-elle de s'en débarrasser ? Et pourquoi le ménager alors qu'il faisait tout pour lui gâcher l'existence ?

— Espèce de garce…, commença-t-il.

L'arrivée d'une voiture l'interrompit net. En reconnaissant la Rover noire de Victor, Virginie eut la certitude qu'un incident était inévitable.

— C'est un voisin, annonça-t-elle pour devancer la question de Pierre.

Tandis que Victor venait vers eux, souriant, elle comprit pourquoi elle n'avait pas cessé de le comparer à Pierre. Ils étaient grands tous les deux, bruns aux yeux bleus, sûrs d'eux. Néanmoins, la ressemblance s'arrêtait là et le charme de Victor, qu'elle avait ignoré jusqu'ici, lui parut soudain évident.

— Bonsoir, dit-il en lui tendant la main. Je vous ai apporté la perceuse, mais je ne veux pas vous déranger, je m'en vais tout de suite.

— Non, je vous en prie, Pierre partait. Euh… Pierre Batailler, Victor Cazals.

Les deux hommes se dévisagèrent une seconde puis Pierre s'adressa à Virginie :

— Je ne m'en vais pas du tout, je t'ai invitée à dîner.

Sa tactique préférée, elle s'en souvenait, consistait à mettre les gens dans l'embarras pour obtenir leur accord malgré eux. S'imaginait-il vraiment que, pour ne pas provoquer d'esclandre devant un tiers, elle allait le suivre ?

— C'est définitivement non, Pierre, articula-t-elle d'une voix claire.

— Pourquoi ? À cause de lui ? C'est mon successeur ?

La provocation faisait également partie des stratégies qu'il appréciait. Victor se taisait, observant Pierre avec curiosité.

— Tu t'es recasée bien vite, ma chérie ! Il est du métier ? Tu vas l'exploiter aussi ?

Virginie se sentit pâlir de rage, incapable de trouver une repartie assez cinglante pour le faire taire.

— Vous devriez partir, intervint Victor d'une voix posée.

— Vous ne savez pas à qui vous avez affaire, mon pauvre vieux ! Vous allez voir que…

— Bien, ça suffit.

Calmement, Victor s'approcha de Pierre, s'interposant entre lui et Virginie.

— Je vous raccompagne ?

Il lui laissait le choix implicite de regagner sa voiture ou bien de provoquer une bagarre. Après une courte hésitation, Pierre renonça et s'éloigna à grandes enjambées. Il démarra dans un nuage de poussière, heurta volontairement l'avant de la Rover en manœuvrant, puis s'élança sur la route dans un hurlement de moteur malmené.

— Il est très désagréable, laissa tomber Victor.

— Quel con ! Vous avez vu votre pare-chocs ?

— Oui… C'est sans importance.

— Mais si ! En plus, il ne va jamais vous pardonner ce que vous venez de faire… Il est violent, il s'est déjà battu plusieurs fois et il est mauvais perdant.

Insouciant, Victor haussa les épaules et agita la perceuse qu'il tenait toujours dans la main.

— Il a dû avoir peur que je l'assomme avec ça ! Prenez-la, elle pourra toujours vous servir à vous défendre s'il revient.

— Oh, il reviendra, soupira-t-elle. Maintenant qu'il connaît le chemin...

Elle le débarrassa de l'outil et désigna la maison.

— Voulez-vous boire quelque chose ?

— Non merci. Je suis persuadé que vous avez envie d'être seule.

Son sourire était d'une telle gentillesse qu'elle faillit le retenir, cependant il avait raison, la visite de Pierre l'avait secouée et elle voulait pouvoir y réfléchir en paix.

— Je serais contente de vous avoir à dîner demain ou après-demain, dit-elle spontanément.

— Après-demain, avec plaisir. J'apporterai à boire.

Tandis qu'il s'éloignait vers sa Rover cabossée, elle le suivit des yeux, toujours immobile, à la même place.

— Et toi, tu trouves ça normal ? s'écria Maxime, furieux.

— Connaissant Victor, cela ne me paraît pas incroyable, en tout cas.

Négligemment assis sur le coin du bureau de son fils – qui avait été le sien durant de longues années –, Martial laissait passer l'orage avec une sourde satisfaction.

— Enfin, papa, arrête de t'aveugler ! Nils s'est comporté comme une ordure, point final. Quant à l'attitude de Jean Villeneuve, elle ne te surprend pas non plus ? Ce type est trop bien renseigné, il ne nous a pas proposé de faire un placement dans le cinéma par hasard. Et Victor lui donne carrément les coordonnées de Nils ! On nage en plein délire, non ?

— Calme-toi, Max. Je ne comprends pas qu'un homme aussi raisonnable que toi se mette dans un état pareil. Victor a des défauts, mais il n'est pas rancunier, voilà tout.

— Et ça t'arrange ! Parce que si Victor passe l'éponge, tu ne seras plus obligé de bouder Nils.

— Tu l'as rayé de ton existence, toi ?

— Je l'ai mis au placard pour un bon moment, crois-moi !

Après un petit silence, Martial abandonna le bureau et alla s'asseoir dans un fauteuil pour pouvoir regarder son fils bien en face.

— Tu vas me répondre franchement, Max. Est-ce que tu m'en veux ?

— De quoi ?

— D'avoir préféré Nils. Ce ne sont pas des choses faciles à dire, mais je pense qu'il s'agit d'une évidence pour tout le monde.

— Non, pas du tout, je ne t'en ai jamais voulu... je l'ai adoré aussi, c'était un gamin craquant. C'est lui qui m'a fait aimer les enfants, qui m'a donné envie d'en avoir... Ne me fais pas ce procès-là, papa. Victor et moi, on ne s'est pas forcés, on avait vraiment envie de le chouchouter, et même si c'est ridicule, nous étions un peu ses dieux, ses deux héros.

— Je sais, soupira Martial.

Il espéra que Maxime allait s'en tenir là. Déjà, il subissait chez lui les attaques de Blanche, qui semblait elle aussi incapable de pardonner à Nils, alors il ne voulait pas entendre la suite mais son fils enchaîna :

— Depuis qu'il est installé à Paris, chaque fois qu'il est venu ici, il nous a emprunté du fric, à l'un ou à l'autre, et je suppose qu'il ne t'a pas épargné non plus ? Mais ce n'était pas grave, on continuait à tout lui passer par habitude, on se persuadait qu'il finirait par faire quelque chose de sa vie. Eh bien, ce qu'il a fait de plus spectaculaire, c'est bousiller l'existence de Victor ! Et tu vois, je suis vraiment naïf, parce que je ne l'aurais jamais cru capable d'un truc aussi ignoble...

— Victor finira par oublier.

— Tu crois ? Quand Thomas lui parle de Nils à longueur de journée, ça me paraît difficile. Tu imagines qu'il ressent quoi, Victor, tout seul dans son lit, aux Roques ?

— Je suis moins pessimiste que toi, je pense même qu'il est en train de tomber amoureux.

— Ah bon ?

Brusquement calmé, Maxime esquissa un sourire.

— Je le lui souhaite... Virginie Clauzel ?

— Je ne sais pas qui c'est, je peux juste te dire qu'elle a de grands yeux sombres, des cheveux auburn et beaucoup d'allure.

— Oui, c'est elle. Tant mieux, alors... Et d'après toi, ça justifie la stupidité de Victor ?

— Victor pardonnera un jour ou l'autre, c'est dans son caractère, et qui sait, ce jour est peut-être arrivé ? Tu ne peux pas être plus rancunier que lui, Max ! De l'eau a coulé sous les ponts, ça fait quatre mois qu'elle est partie...

Martial s'obstinait, se raccrochait à l'idée que tout finirait par rentrer dans l'ordre entre ses trois fils. Si Victor avait spontanément parlé de Nils à cet abruti de Jean Villeneuve – qui ne devait pas savoir comment dépenser l'argent de son héritage ! –, c'était bien la preuve que les choses n'allaient plus tarder à s'arranger.

— Bon, d'accord, grogna Maxime, je m'en fous... Au moins, je ne suis pas obligé de m'occuper de la succession Villeneuve, Vic n'a qu'à se débrouiller. Je lui dirai quand même ma façon de penser, et après je m'en lave les mains.

Le connaissant, Martial devina qu'il ferait néanmoins son possible pour convaincre son frère de ne pas s'aventurer dans cette histoire de placement hasardeux, de ne pas tendre ainsi la main à Nils. De toute la famille, Maxime risquait d'être le dernier à pardonner, c'était exaspérant.

— Si tu ne passais pas ton temps à tout chambouler dans les archives, si tu ne rendais pas tes clercs fous avec ta manie du classement, vous n'en seriez pas là, Jean Villeneuve n'aurait pas un sou à investir dans quoi que ce soit. Robert avait déshérité son neveu, j'en donnerais ma main à couper... Je n'ai évidemment pas lu ses volontés, puisqu'il s'agissait d'un testament mystique. Entre parenthèses, heureusement pour vous, parce que sinon il y aurait eu un enregistrement au greffe et là, vous étiez coincés ! Ce genre d'incident n'est jamais arrivé à l'étude de mon temps, jamais... Alors, ne t'en prends qu'à toi.

Ulcéré, Maxime faillit répliquer vertement, mais quelque chose dans l'attitude de son père l'en dissuada. Il lui trouvait soudain l'air sombre, fatigué, et il remarqua que, contrairement à son habitude, il se tenait un peu voûté, accusant son âge. Peut-être était-ce difficile pour lui d'être assis en visiteur dans ce bureau où il avait tellement travaillé ? Et carrément insupportable d'entendre son fils aîné lui expliquer qu'il ferait tout pour que le deuxième ne se réconcilie pas avec le cadet. Nils avait longtemps été sa principale raison de vivre, Maxime le savait très bien.

— De toute façon, c'est Victor que ça regarde, il peut décider ce qu'il veut, dit-il d'un ton conciliant.

Son père se redressa pour lui adresser un sourire radieux.

En sortant du pressing où il venait de déposer ses chemises, Victor aperçut sa mère qui remontait la rue Victor-Hugo, lourdement chargée. Il la rattrapa en trois enjambées et lui prit son panier des mains, la faisant sursauter.

— Oh, c'est toi ! Tu m'as fait peur…

Un peu pâle, elle reprenait difficilement son souffle.

— Peur de quoi ? s'étonna-t-il.

— De nos jours, on se fait attaquer n'importe où, arracher son sac…

— Viens, je te raccompagne, c'est trop lourd pour toi.

Elle glissa son bras sous celui de Victor, heureuse de pouvoir s'appuyer sur lui. Sa frayeur était ridicule mais, depuis sa dernière rencontre avec Jean Villeneuve, elle vivait dans la crainte de tomber encore une fois sur lui. Du coin de l'œil, elle observa son fils qui lui parut moins maigre, moins triste que quelques semaines plus tôt.

— Ton père m'a raconté, pour Nils, dit-elle d'une voix tendue. Je te trouve bien gentil… Vois-tu, c'est toujours pareil, quand on est gentil, tout le monde vous exploite sans scrupules !

Comme il ne répondait rien, elle ajouta, plus doucement :

— À ta place, je ne sais pas si j'arriverais à être aussi altruiste. Mais c'est bien, tu as raison… D'ailleurs, plutôt que d'en vouloir à ton frère, tu pourrais t'en prendre à moi ! Je l'ai trop gâté, j'ai été trop bonne avec lui, et le résultat est là, c'est devenu quelqu'un de terriblement… égoïste.

— Il est surtout très mal dans sa peau, marmonna Victor.

— Et voilà, tu lui trouves des excuses ! s'écria-t-elle, J'ai fait ça pendant vingt ans, ton père aussi, ton frère, toi… Du coup, il t'a piétiné sans même y penser, avec un cynisme qui me fait froid dans le dos.

— Maman…

— Il faut bien se décider à regarder la vérité en face ! Il t'a pris ta femme, ton fils, et toi tu es prêt à dire : « Pauvre Nils » !

Elle remuait le couteau dans la plaie, mais c'était plus fort qu'elle. Est-ce qu'ils allaient tous tomber d'accord pour remettre le fils de la Suédoise sur son piédestal, comme si rien ne s'était passé ? En trahissant Victor, Nils lui avait enfin offert une raison valable de le rejeter ouvertement, elle comptait s'y accrocher.

— Maman, soupira-t-il, ne te crois pas obligée d'en faire des tonnes. Je sais que tu m'aimes et que tu as eu beaucoup de peine, mais je sais aussi que tu rêves d'une réconciliation, comme papa.

Il ne savait rien du tout, le pauvre ! Sauf que oui, bien sûr, elle l'aimait, sans doute davantage que ce qu'il imaginait.

— Je te le monte ou ça ira ?

— C'est parfait, mon chéri, je te remercie de m'avoir aidée. Va-t'en vite, tu dois avoir du travail…

Arrêtés devant la porte de la maison, ils restèrent face à face une seconde, puis il se pencha pour l'embrasser. Il avait exactement le même regard bleu que Martial et elle éprouva un élan de tendresse presque désespéré en le serrant contre elle.

6

— Pour une fois, plaida Laura, il aurait ses parents réunis, comme les autres enfants. Je crois que ça lui ferait vraiment plaisir, et puis c'est important à son âge, cette première fête de l'école...

Victor tourna les pages de son agenda jusqu'à la date du 6 juin et constata qu'il pouvait remettre la plupart de ses rendez-vous.

— Si tu penses que c'est mieux, je me libérerai, dit-il prudemment.

Le ton aimable de Laura le déroutait tout en lui procurant un réel plaisir.

— Je serai contente de te voir, ajouta-t-elle plus bas.

Il serrait un peu plus fort le téléphone dans sa main, trop sensible à la voix qu'elle venait de prendre.

— Moi aussi, répondit-il malgré lui.

Même si c'était la vérité, il n'avait aucun intérêt à la dire. Leur divorce n'allait pas tarder à être prononcé, Laura ne faisait plus partie de son existence.

— Je dois t'avouer quelque chose, reprit-elle. Ce qui est fait est fait, mais parfois... tu me manques.

Il eut l'impression de recevoir un coup de poing dans l'estomac, sans parvenir à déterminer s'il était furieux ou ravi.

163

— Je t'embrasse, chuchota-t-elle avant de raccrocher.

C'était bien la première fois, depuis des mois, qu'une de leurs conversations téléphoniques se terminait sur ces mots. La première fois, aussi, qu'elle réclamait sa présence. Il sortit un stylo de la poche de sa veste et raya la page du 6 juin sur son agenda. Allait-il se mettre à attendre ce jour-là avec impatience ? Lui qui commençait à se croire guéri d'elle ! Pourquoi n'allait-elle pas à cette fête de l'école avec Nils ? Thomas l'aimait beaucoup, il l'avait assez proclamé.

« Tu te laisses manipuler.... Qu'est-ce qu'elle te veut ? »

Si c'était de l'argent, elle n'avait pas besoin de le faire venir à Paris pour ça. Avait-elle réellement envie de le voir, lui ? La manière dont elle venait de prononcer ce *tu me manques* évoquait des souvenirs qu'il valait mieux laisser enfouis. D'autant plus qu'il attendait Virginie pour dîner. Il remit l'agenda et le stylo dans sa poche puis regarda autour de lui avec inquiétude. Le filet mignon aux morilles était dans le four, attendant d'être réchauffé à feu doux selon les conseils du traiteur. Restait à mettre le couvert, mais il n'avait toujours pas choisi entre la salle à manger et la cuisine. Cinq minutes plus tôt, la perspective de cette soirée le réjouissait encore, mais l'appel de Laura venait de modifier radicalement son état d'esprit. Souhaitait-il vraiment qu'une autre femme entre dans sa vie ?

Le coup de sonnette le prit au dépourvu, alors qu'il ne s'était même pas changé. Pourtant, il avait prévu de mettre un jean et un pull, à la place de son costume strict. Il n'eut que le temps de retirer sa cravate en traversant l'entrée. Virginie, elle, portait un pantalon de toile, des tennis et un tee-shirt blanc.

— C'était tenue de soirée exigée ? demanda-t-elle avec un grand sourire.

— Désolé, je... Des coups de téléphone m'ont retenu.

— Vous faites très sérieux comme ça.

— Je suis sérieux, soupira-t-il.

Trop sérieux, pas drôle, dénué de fantaisie : des jugements dont Laura l'avait accablé sans qu'il veuille les entendre.

— Tenez...

Elle lui tendait un petit panier d'osier fermé, et il essaya de plaisanter :

— Vous avez apporté le pique-nique ?

— Non, ça ne se mange pas. Pas en Europe, en tout cas.

Il souleva le couvercle, regarda à l'intérieur et resta interloqué par ce qu'il découvrit.

— Vous en aviez parlé, je me suis dit que ce serait une façon de vous remercier pour tout, parce que vous me rendez trop souvent service, y compris pour Pierre l'autre jour...

Prenant le chiot dans ses mains, il laissa tomber le panier.

— C'est un beauceron, précisa-t-elle. Un mâle, et il s'appelle Léo.

— Est-ce qu'il va... beaucoup grandir ?

— Jusqu'à quarante-cinq kilos au moins si vous le nourrissez convenablement. Ces chiens-là adorent les enfants, ça devrait bien se passer avec votre fils.

Trop embarrassé pour trouver quelque chose à dire, il se baissa et déposa délicatement Léo sur le dallage rouge.

— Je suis vraiment très... touché.

Comme banalité, il ne pouvait pas trouver pire. Pourquoi pas « qu'il est mignon ! » tant qu'il y était ?

Lorsqu'il se redressa, il constata qu'elle le regardait d'un drôle d'air alors, ne sachant que faire, il la prit par la taille, l'attira contre lui et l'embrassa sur la joue.

— Merci, lui dit-il à l'oreille.

La tenir dans ses bras aurait dû dissiper son malaise, ou au moins réveiller le désir qu'il éprouvait pour elle depuis quelque temps, mais il se sentait glacé et il la lâcha, très gêné.

— Quelque chose ne va pas, Victor ?

Elle lui posait la question avec une réelle sollicitude, ce qui acheva de le consterner.

— Rien, excusez-moi. Allons boire un verre de champagne. Tu viens, Léo ?

Il se retourna pour vérifier que le chiot les suivait, et il eut au moins la certitude rassurante qu'il allait aimer cette boule de poils noirs.

— Si, si, répéta Nils, c'est une bonne idée, Thomas sera content.

Laura avait vaguement espéré qu'il aurait une réaction d'inquiétude ou de jalousie, mais il n'en était rien. Qu'elle fasse venir Victor à Paris ne l'intriguait même pas.

— Je suis fatigué, dit-il en se laissant aller contre le dossier du canapé.

Le montage du film semblait l'exaspérer, il répétait sur tous les tons qu'il ne pourrait jamais se faire aux impératifs de la télévision : quatre-vingt-dix minutes et pas une de plus, avec une coupure à quarante-cinq pour la pub. Pouvait-on encore parler d'une œuvre artistique ?

— Moi aussi ! lâcha-t-elle d'un ton sec.

Comment avaient-ils pu en arriver là ? Pourquoi n'étaient-ils pas, main dans la main et yeux dans les yeux, en train de se dire des mots d'amour ? Un mois de séparation n'avait pas ravivé leur passion, bien au contraire, une distance s'était installée entre eux. Cette constatation quotidienne la déprimait, l'angoissait à un point tel que pour la première fois elle se demandait si elle n'avait pas lâché la proie pour l'ombre. Même le fait de vivre à Paris n'avait rien d'exaltant, fauchée comme elle l'était. À quoi bon toutes ces boutiques, ces tentations à chaque coin de rue si elle ne pouvait pas en profiter ? Comble de la dérision, à l'époque où elle vivait à Sarlat, elle avait eu tout l'argent qu'elle voulait et aucun magasin où le dépenser ! Victor l'aimait sans se poser de questions, la désirait, la protégeait, et elle étouffait d'ennui en rêvant à l'émouvante fragilité de Nils. À présent, elle découvrait la difficulté d'avoir pris en charge quelqu'un d'aussi vulnérable, torturé et monstrueusement égoïste. Car c'était bien elle qui s'occupait de lui, pas le contraire. Quant à la fantaisie qu'elle lui avait prêtée, elle se manifestait surtout dans son irresponsabilité d'enfant gâté.

— Il paraît qu'un drôle de type veut absolument me rencontrer, c'est quelqu'un de chez nous qui cherche à investir dans le cinéma…

Chez nous. Sarlat, le Périgord, l'endroit sacro-saint que Victor n'avait pas voulu quitter, Nils l'appelait « chez nous » ?

— J'ai du mal à y croire, ça me paraît un peu farfelu, mais mon agent me donnera plus de détails demain.

Pourquoi ne parlait-il que de lui, sans s'intéresser à elle ? *Son* film, *son* agent, *son* psy et *ses* problèmes… Même quand il était question de Victor, c'était *son* frère !

Elle contourna la table basse, s'arrêta devant le canapé où il avait fini par s'allonger carrément. Alors qu'elle était sur le point de lui dire des choses désagréables, il tendit le bras vers elle.

— Viens, ma chérie. C'est vrai que tu as mauvaise mine…

Ce n'était pas précisément un compliment, mais au moins il s'était décidé à la regarder pour de bon.

— Viens, répéta-t-il, plus bas.

Quand il avait cet air d'enfant égaré, elle se sentait fondre. Sa chemise était largement déboutonnée et elle eut immédiatement envie de toucher sa peau lisse. Malgré tous ses doutes, il lui restait une certitude : elle avait toujours la même envie de faire l'amour avec lui.

Cessant net sa marche de lion en cage, Victor resta un instant immobile devant l'une des fenêtres. Au-dehors, le parc était plongé dans l'obscurité épaisse d'une nuit sans lune et il n'y avait strictement rien à voir. Il se retourna pour observer Léo, qui dormait comme un bienheureux au pied du lit, la truffe sur la queue. Trop petit pour garder quoi que ce soit, trop craquant pour se retrouver confiné dans la cuisine.

Il était presque deux heures du matin ; Victor aurait dû se coucher depuis longtemps mais il en était incapable. Virginie était partie peu avant minuit. Elle avait été adorable avec lui, et lui s'était montré au-dessous de tout ! Au point de se sentir humilié comme il l'avait rarement été avec une femme. Sauf la sienne, bien sûr. C'était encore à Laura qu'il devait son comportement aberrant de ce soir. Sans son coup de téléphone inopportun, il aurait pu profiter en toute quiétude du changement d'attitude de Virginie. Car si elle s'était montrée plutôt froide jusque-là, situant leur relation sur le terrain d'une simple amitié, elle semblait soudain le regarder différemment et attendre autre chose de lui. Qu'il n'avait pas été en mesure de lui offrir. La deuxième fois où l'avait prise dans ses bras, pour lui dire au revoir, elle s'y était volontairement attardée, et il n'avait rien tenté, rien du tout, pour la bonne raison qu'il ne ressentait rien. Allait-il devenir impuissant à cause de Laura ? Seigneur ! Avait-il vraiment laissé échapper cette chance parce que le souvenir de son ex-femme le perturbait ?

« Depuis quand embrasses-tu les jolies femmes sur la joue ? »

Il s'approcha du chiot, se pencha pour le caresser. Virginie avait dû le câliner, il sentait son parfum.

Ce petit chien avait quelque chose de tellement attendrissant ! D'ici quelques mois, il serait même rassurant. Car bien qu'il se soit enfin décidé à faire venir un serrurier et que toutes les clefs des Roques aient été changées, il ne s'endormait jamais tout à fait tranquille depuis l'incident du grenier. Quelqu'un s'était introduit ici, il ne l'oubliait pas mais n'en avait toujours pas découvert la raison. Les photos d'Aneke, le cahier d'écolier, le foulard en lambeaux et la malle retrouvée grande ouverte formaient un rébus indéchiffrable pour lui. Plusieurs fois il était remonté au second, avait erré dans les chambres mansardées sans savoir quoi chercher. Néanmoins, sa certitude grandissait : quelque chose clochait dans la maison. Maxime, à qui il en avait parlé, restait dubitatif. Il ne riait pas, ne le traitait pas de fou, admettait sans mal que l'atmosphère des Roques semblait chargée de mystère ou de malaise. La mémoire des murs ? Aucun drame effrayant ne s'était déroulé ici depuis des lustres ! Et leurs parents, à l'époque où ils y avaient vécu, jeunes mariés, n'avaient apparemment rien remarqué.

« Tu te fais des idées, ce sont des peurs d'enfance qui te reviennent. »

Ces lointaines angoisses de gamin justifiaient-elles que, à trente-huit ans, il ne puisse s'endormir que la lumière allumée ? Un grondement sourd, à l'extérieur, annonçait l'approche d'un orage. Avec un petit jappement de crainte, Léo leva la tête, les oreilles aux aguets.

— Ce n'est rien, dit Victor à mi-voix.

Le chiot semblait perdu sur le trop grand tapis et il alla lui chercher une couverture qu'il plia en huit.

— Installe-toi là-dessus, je te la donne.

Thomas allait pousser des cris de joie en découvrant Léo cet été. Il était convenu qu'il passerait un mois de vacances avec Victor qui avait envisagé un voyage, mais la présence du chien remettait ce projet en cause. De toute façon, il y avait tellement de choses à faire aux Roques, le plus simple serait de rester là.

Le roulement du tonnerre s'amplifiait, accompagné d'éclairs, puis la foudre tomba quelque part, tout près.

Est-ce que tout était fermé ?

Lorsqu'ils vivaient aux Roques avec leur mère, dès qu'un orage s'annonçait, elle les envoyait vérifier en vitesse portes et fenêtres. Un bon prétexte pour parcourir toute la maison au galop en poussant des cris de guerre.

Il se souvint qu'il avait entrouvert l'une des fenêtres du salon, après le départ de Virginie, parce qu'il avait beaucoup fumé ce soir.

— Je reviens, dit-il à Léo.

« Tu es trop bête, je me demande à quoi ça te sert d'avoir changé les serrures... »

Alors qu'il arrivait au rez-de-chaussée, les lumières s'éteignirent d'un coup et il dut attendre l'éclair suivant pour s'orienter. Habitué aux coupures de courant – les Roques se trouvant en bout de ligne –, il laissait toujours une torche accrochée dans l'entrée. Il la récupéra à tâtons puis gagna le salon où il referma la fenêtre juste au moment où l'averse se déclenchait. Derrière les vitres, éclairés par intermittence, les grands arbres du parc étaient secoués par des rafales de vent, et Victor resta un moment immobile, admirant le spectacle. Gamins, Maxime et lui adoraient ces orages d'été qui rendaient folle leur mère. « Je hais cette maison ! » répétait-elle en se bouchant les oreilles pour ne pas entendre le tonnerre.

Troublé par ce souvenir, il se demanda comment elle avait pu tenir le coup, seule avec deux enfants, durant les quatre années qu'avait duré l'absence de leur père. Elle était souvent irascible, et parfois débordait de tendresse pour eux. Il conservait de cette période une impression désagréable, qu'il avait oubliée durant des années mais qui revenait en force depuis qu'il habitait de nouveau Les Roques. Pourtant, ils n'avaient jamais été malheureux, Maxime et lui, il en était certain. Inquiets, oui, mais pas malheureux. Inquiets de quoi ? De ne pas réussir à tirer leur mère de son désespoir évident ? De rêver secrètement à l'existence beaucoup plus amusante que menait leur père loin d'eux ?

Alors qu'il retraversait le salon, dont il éclairait machinalement les coins avec sa torche, un bruit insolite, tout proche, le cloua sur place. Il mit plusieurs secondes à réaliser qu'il s'agissait des gémissements craintifs de Léo qui venait de le rejoindre.

— Tu n'es pas là pour me faire peur, tu es là pour me garder, dit-il en ramassant le chiot qu'il mit sous son bras. Et garder toute cette grande maison... Un beau terrain de jeu, non ? Allez, on va se coucher, on a l'air de deux andouilles, toi et moi...

Qu'allait-il faire du chiot lors de la journée du 6 juin, date à laquelle il continuait de penser malgré lui ? Et que répondrait-il à Laura si elle lui redisait, de la même voix sensuelle : « Tu me manques » ?

Un éclair plus long que les autres illumina la cage d'escalier et la foudre s'abattit une nouvelle fois avec un bruit de déflagration qui secoua toute la maison. Victor sentit que le chiot tremblait contre lui, puis quelque chose de chaud mouilla sa chemise.

— Léo, non, ça c'est dehors !

Mais le dressage à la propreté allait attendre le lendemain car, pour l'instant, l'averse se transformait en déluge. Une fois dans sa chambre, il décida de prendre une douche, lumière ou pas. Il accrocha la torche à la porte de la salle de bains puis se lava le plus vite possible, dans une lueur fantomatique et avec de l'eau tiède. Au moins, cette nuit, si Virginie traînait encore dehors pour Dieu sait quelle raison, elle ne verrait pas les lumières des Roques ! En se glissant sous sa couette, il constata avec surprise que c'était tout de même à Virginie qu'il avait envie de penser, et non pas à Laura dormant dans les bras de Nils.

Martial rechargea une dernière fois et tira ses deux cartouches, fusil à la hanche, sans épauler, pulvérisant l'assiette d'argile. Excellent tireur, il jouissait encore d'une bonne vue et n'avait aucun besoin de s'entraîner, mais il fallait bien qu'il se passe les nerfs sur quelque chose, et la chasse était fermée.

Ignorant les compliments du patron du club, il alla régler sa matinée de tir à la caisse sans avoir adressé la parole à personne. Une fois dans la voiture, il appela Blanche pour la prévenir qu'il ne déjeunerait pas avec elle et coupa la communication avant qu'elle ait pu lui demander ce qu'il faisait.

Deux jours. Il n'y avait jamais que deux jours qu'il était arrivé à rompre, et Julie lui manquait déjà de manière lancinante. Était-il si profondément attaché à elle ? En tout cas, la scène d'adieu avait bien failli être au-dessus de ses forces. Plutôt que de lui donner des explications embrouillées – qui de surcroît n'auraient rien expliqué du tout –, il s'était borné à lui annoncer sa décision. Elle avait fondu en larmes.

En larmes, cette femme qui pouvait espérer telle-ment mieux qu'un homme comme lui ! Vieux, égoïste et menteur... Il maniait même si bien le mensonge qu'il était arrivé à se comporter à peu près normale-ment chez lui. Comme si de rien n'était. Rien, vrai-ment ? Cette liaison-là était pourtant différente. Forcément différente, si c'était la dernière !

— Julie, Julie..., répéta-t-il plusieurs fois à voix basse.

Devait-il être grotesque, à parler tout seul dans sa voiture ! Et puis, dans sa longue existence, il avait connu des choses bien pires qu'il avait toujours fini par surmonter. Il n'avait qu'à s'offrir un bon gueu-leton, par exemple à Domme qui n'était qu'à dix kilo-mètres et où il pourrait déguster un foie gras en pot-au-feu, spécialité de *L'Esplanade*, un restaurant où il n'avait jamais emmené Julie. Ensuite, il aurait le courage de supporter le regard de Blanche. Ce regard inquisiteur, compatissant, énamouré qui l'excédait. Mais, décidément, il ne la laisserait pas tomber, il ne pouvait pas être ignoble au point d'oublier tout ce qu'elle avait fait pour lui et pour Nils. Non, non, il avait choisi, il se tiendrait à ce qu'il avait décidé, il était un homme de parole.

Jusque-là, Victor avait bien rempli son rôle de père et d'ex-mari : courtois avec Laura quoiqu'un peu distant, très attentionné envers Thomas. Après le petit spectacle donné par les enfants, il était allé se

173

présenter à l'institutrice et avait même accepté stoïquement une part d'un gâteau dégoulinant de crème au beurre, ainsi qu'un verre de sirop de menthe.

— Tu as fait ton devoir, viens, chuchota Laura en le prenant par le bras.

Elle l'entraîna jusqu'à l'un des bancs du préau, à l'abri du soleil, où ils s'assirent côte à côte. Malgré la chaleur, la plupart des gamins continuaient à courir dans tous les sens, surexcités.

— La directrice est tombée sous ton charme, elle m'a parlé de toi avec des superlatifs plein la bouche ! J'avais oublié à quel point tu plais aux femmes...

Laura s'était mise à rire, la tête renversée en arrière, et il détourna les yeux, laissant errer son regard sur la cour.

— Tom a très bien récité sa fable, dit-il d'un ton neutre.

Mais ce n'était pas uniquement pour le plaisir de voir son petit garçon qu'il se trouvait là, il en avait bien conscience. Comme par hasard, Laura portait une robe bleu ciel, la couleur qu'il préférait sur elle. Et aussi le dernier bracelet qu'il lui avait offert peu de temps avant d'apprendre qu'il était cocu et qu'elle le quittait.

— Tu as meilleure mine qu'à Pâques, ça me fait plaisir, constata-t-elle gaiement. Est-ce que tu vas aussi bien que tu en as l'air ?

Au lieu de répondre, il se résigna à la regarder. Ravissante... Elle était vraiment ravissante, il n'existait pas de mot plus exact pour la décrire. S'il l'avait croisée par hasard dans une rue de Paris, sans la connaître, il serait tombé fou amoureux sur-le-champ.

— Oui, ça va, soupira-t-il. Et toi ?

— Oh, moi...

Comme si elle n'avait attendu que cette question, elle changea radicalement d'expression, prenant cet air malheureux auquel il ne savait pas rester insensible. Chaque fois qu'elle lui avait présenté ce visage-là, elle avait obtenu de lui tout ce qu'elle voulait. Il dut faire un effort considérable pour se détourner encore une fois d'elle et pour s'obliger à être désagréable.

— Nils ne te rend pas heureuse ?

— Moins que je ne l'imaginais, répliqua-t-elle sans se démonter.

— Tu n'as tout de même pas changé de vie pour ce « moins » ?

Il espérait surtout qu'il n'avait pas autant souffert pour un tel échec. Heureusement, le pire était passé, il avait survécu au naufrage de leur couple. Au bout du compte, il aurait préféré la savoir épanouie car il ne lui voulait aucun mal, ne souhaitait même pas qu'elle paye sa trahison. D'un coup d'œil discret, il consulta sa montre, soulagé de constater que l'heure de son avion allait bientôt lui permettre de s'enfuir.

— Tu as encore le temps, dit-elle.

Puis elle posa une main sur son genou, le faisant tressaillir.

— C'est vrai que tu me manques, Vic… Tu peux triompher et m'envoyer sur les roses, je comprendrais…

Elle appuya la tête contre son épaule tandis que, du bout des doigts, elle frôlait sa cuisse. Il réussit à ne pas bouger, affolé d'être encore si vulnérable à ce contact. En tête à tête, il n'aurait pas eu la moindre chance de lui résister.

— Pourquoi qu'il est pas venu, Nils ?

Freinant devant eux, Thomas s'arrêta un instant, hors d'haleine, permettant ainsi à son père de reprendre le contrôle de lui-même.

— Tu aurais préféré, mon chéri ? réussit-il à demander avec un sourire crispé.

— Ben oui… Vous trois, quoi !

Content de lui, le petit garçon repartit au galop, à cheval sur un coursier invisible qu'il encourageait à grands clappements de langue.

— Laura, dit Victor entre ses dents, il va vraiment falloir que tu lui expliques certaines choses.

— Nous en avons déjà parlé, lui et moi. Ma parole, il le fait exprès !

Sa colère, qu'elle dissimulait mal, était assez explicite pour qu'il trouve enfin le courage de réagir.

— Nous trois…, répéta-t-il. Tom a l'air de croire que nous formons un trio d'adultes tout à fait traditionnel, je trouve cela inadmissible. Ou alors il fait de la provocation, ce qui signifie que tout n'est pas réglé dans sa tête. Je n'ai pas voulu intervenir quand il était en vacances aux Roques, parce que c'est à toi de lui présenter les choses comme tu le souhaites.

— Mais je n'en sais rien ! explosa-t-elle.

— Qu'est-ce que tu ne sais pas ? Si tu vas rester avec Nils ?

— Oui ! Voilà, tu es content ?

— Pas du tout, non…

Il se mit debout, l'obligeant à lever la tête vers lui. Depuis combien d'années ne l'avait-elle pas regardé de cette manière, avec une telle intensité, une telle sensualité ? Sur le point de craquer, il se demanda comment elle regardait Nils.

— Je me suis trompée, Victor, chuchota-t-elle sans le quitter des yeux.

— Non, Laura, tu m'as trompé, moi. Avec mon frère.

L'élan de désir qu'il venait de ressentir pour elle céda soudain la place à une immense lassitude.

— Il faut que j'y aille, décida-t-il.

De toute façon, il n'y avait rien à sauver. Écœuré de

tout, y compris de lui-même, il traversa la cour à la recherche de Thomas.

— Et finalement, je crois que je n'aime personne, c'est abominable...

La voix de Nils se réduisait à un souffle mais son thérapeute l'entendait très bien et se borna à souligner le dernier mot.

— Pourquoi est-ce abominable ?

— Parce que je suis toujours tout seul ! Je *veux* aimer mais je n'y arrive pas.

— Qu'est-ce qui vous en empêche ?

— La trouille.

Un mot intéressant qui, bien que lâché à contrecœur, revenait très souvent dans le discours de Nils Cazals.

— La trouille de quoi ?

— Je ne sais pas. De tout foirer. Ce que je fais tourne le plus souvent à la catastrophe... Peur du gâchis, peur des femmes, peur du vide.

— Du vide ?

Ce terme-là, en revanche, était une nouveauté. Discrètement, le docteur Leclerc consulta ses fiches. Nils possédait un dossier plutôt épais et ne progressait pas d'un iota. Son malaise semblait enraciné très loin dans la petite enfance, une période qu'il n'acceptait d'évoquer qu'avec une extrême réticence.

— Vous avez le vertige ?

— Pas que je sache. Enfin, si, un peu. Pour les autres.

— Les autres ?

— Arrêtez de répéter tout ce que je dis ! Je vous jure que ça ne m'aide pas !

Nils se redressa brusquement et s'arracha du profond fauteuil où il venait de passer une demi-heure. Même s'il n'avait pas été son patient, rien qu'à le voir

177

le docteur Leclerc aurait su qu'il allait mal. Son regard exprimait un réel désarroi, sa silhouette haute et maigre semblait vouloir se recroqueviller. Nerveux, il se mit à arpenter le bureau, tournant autour du fauteuil et gardant les yeux rivés à la moquette.

— Je n'ai jamais aucune prise sur les gens, les événements... Je suis juste emporté par le courant. J'adore mon métier, et je n'arrive pas à l'exercer parce que personne ne me fait confiance. Je bois pour oublier que je dois rentrer chez moi parce que, chez moi, il y a une femme dont je me demande ce qu'elle fait là... Je me suis fâché avec toute ma famille pour une histoire qui me concerne à peine ! Comment voulez-vous que j'assume tout ça ? Et pendant ce temps-là, je vieillis, regardez-moi, je prends les tics de mon père, voilà que je marche de long en large !

Il s'interrompit une seconde et aussitôt le docteur Leclerc murmura :

— Votre père ?

— Un type fantastique. Lui n'a pas peur. Mes frères non plus. Et soyez gentil de ne pas marmonner : « Vos frères ? » Vous croyez que je devrais vous en parler ?

— Si vous en avez envie.

— Oh, envie !... Maxime est un modèle, proche de la perfection. Quant à Victor, c'est *mon* modèle d'homme. Il l'a toujours été. Solide et bien dans sa peau. Enfin, jusqu'à ce que je m'en prenne à lui. Vous allez sûrement me dire que je voulais détruire l'icône ? Eh bien, non, je n'ai rien voulu du tout, j'ai subi, comme d'habitude. Un tourbillon de plus dans le torrent, et là, je bois la tasse... D'accord, d'accord, je désirais sa femme justement parce que c'était la sienne, admettons. Et puis une si belle blonde ! Vous connaissez mon obsession pour les blondes ? Tant mieux, on va pouvoir éviter le couplet sur maman…

— Quand vous dites *maman*, vous pensez…

— Pas à l'autre, non ! Au fond, je n'ai jamais réussi à aimer Blanche pour de vrai. Je me force… Vous voyez bien que je n'aime personne ! Ce serait pourtant la moindre des choses. Comment font-ils, tous ? Les bons fils, les bons maris, les bons pères… Et le pauvre Nils, au milieu de tout ça, vilain canard gâté… Pas dans le moule, mais c'est normal, je viens d'ailleurs. Je suis issu de la petite révolution de 68 qui a permis une petite fantaisie à un petit notaire venu dans la grande ville ! Rien de très glorieux… Non, c'est faux, je minimise leur histoire parce que je peux pas supporter l'idée qu'elle se soit arrêtée comme ça. C'était mon histoire aussi…

Un peu effaré par ce déluge, le docteur Leclerc prenait des notes au jugé, sans quitter Nils des yeux.

— Je viens ici, je parle, pourtant ça ne m'avance à rien. Je sors toujours de chez vous plus déprimé qu'en arrivant.

— Vous ne suivez pas cette thérapie assez sérieusement.

— Ah, oui ? Je ne vous fais pas une rente régulière, c'est ça ? Combien d'années faudra-t-il encore que je vous paye avant que nous ne remontions au stade pipi-caca ?

— Nils, personne ne vous y oblige…

— Non, excusez-moi.

Les épaules voûtées, Nils lâcha un profond soupir.

— Vous ne faites pas un métier marrant, dit-il en esquissant un sourire triste.

Silencieux, le docteur Leclerc le regarda sortir puis consulta de nouveau ses fiches. Son patient avait un réel problème, mais il était peut-être plus près de l'appréhender qu'il ne le croyait.

— Et ceux qui détestent les chiens ? Qui en ont peur ? Tu es devenu cinglé ou quoi ?

— Il est sous mon bureau, il ne gêne personne, s'obstina Victor.

Maxime leva les yeux au ciel et se tourna vers la secrétaire pour chercher de l'aide.

— Dites-lui qu'il a tort.

— Je n'en sais rien, murmura Aline qui regardait le chiot d'un air attendri.

— Une fois adulte, il le soulèvera, ce bureau ! maugréa-t-il.

Pour l'instant, Léo les observait tour à tour, battant de la queue, absolument irrésistible.

— Mes enfants vont m'en réclamer un et ce sera ta faute !

— Max, souviens-toi à quel point on en rêvait quand on avait leur âge…

— Bon, tu fais ce que tu veux, nous sommes associés, pas mariés !

— Dieu merci…

— Comme tu dis !

Max claqua la porte en sortant, mais pas très fort.

— Et voilà, c'est réglé, conclut Victor avec un clin d'œil à Aline.

Celle-ci lui tendit la pile de courrier qu'elle avait gardée sous son bras pendant la discussion. Les clercs procédaient à un premier tri et archivaient les documents dans les dossiers adéquats, mais il se trouvait toujours des clientes pour ajouter la mention « personnel » sur les enveloppes destinées à Victor.

— Les cours de la Bourse, ajouta-t-elle, et vos

journaux. Si le chiot s'embête, ou s'il *vous* embête, je peux toujours le prendre derrière mon comptoir...

— Dis merci à Aline, Léo.

Après avoir esquissé un de ces sourires radieux qu'elle réservait à Victor, elle sortit et ferma la porte sans bruit. Elle prenait presque toujours son parti lorsqu'un différend l'opposait à Maxime, et il savait très bien qu'elle avait un faible pour lui. Prudent, il n'en avait jamais profité, pas plus que des avances plus ou moins ouvertes que lui faisaient certaines femmes au beau milieu d'un rendez-vous. « J'avais oublié à quel point tu plais aux femmes », lui avait dit Laura. Tout le temps qu'avait duré leur mariage, il n'en avait pourtant regardé aucune autre, ne lui donnant pas la moindre raison d'être jalouse ou de douter de lui.

Navré de se surprendre à penser à Laura une fois de plus, il se força à étudier un moment les colonnes d'actions, de valeurs et d'obligations, puis parcourut distraitement le *Journal officiel*. Il était plongé dans la lecture d'un nouveau décret quand Aline l'appela sur l'interphone pour lui signaler que Jean Villeneuve désirait un nouveau rendez-vous.

— Encore ? Dites-lui que c'est parfaitement inutile, et que de toute façon je ne peux pas le recevoir avant la fin du mois.

— Il insiste...

— Je m'en fous ! Venir me relancer n'accélérera pas la procédure, faites-le-lui comprendre, mais ne me le passez surtout pas.

Agacé, il pianota quelques instants sur son sous-main. Villeneuve lui était décidément très antipathique, sans qu'il puisse déterminer pourquoi. En principe, il évitait les états d'âme à propos de ses clients. Bien sûr, le testament perdu et la certitude

– celle de leur père, en tout cas – que Robert Ville-neuve n'avait pas souhaité que son neveu hérite rendaient cette succession désagréable. Il appela le clerc chargé de l'affaire, vérifia qu'il n'y avait effecti-vement rien de nouveau du côté de l'administration, et dicta un courrier un peu sec à l'intention de Villeneuve pour l'exhorter à la patience.

— Et sur le pignon aveugle, une verrière ?

— Pour que la lumière entre à flots. Vous n'avez aucun vis-à-vis de ce côté ; en montant l'escalier, vous aurez l'impression d'escalader la colline !

Cécile Massabot hocha vigoureusement la tête, tout à fait conquise par le projet de Virginie.

— C'est stupéfiant… Magnifique ! Quand peut-on commencer le chantier ? Vous allez vous en charger, n'est-ce pas ?

— Bien entendu. Je vais faire un appel d'offres aux différents artisans, sauf si vous avez des préférences.

— Aucune ! Vous êtes l'architecte, à vous de décider. Je suis réellement emballée, je n'aurais pas cru que la maison puisse avoir cette allure-là un jour.

Elle désignait l'un des croquis d'ensemble et ajouta, admirative :

— Vous dessinez rudement bien !

— C'est le b.a.-ba du métier, répondit Virginie. Il faut que vous ayez une vision précise du résultat final avant le premier coup de pioche, sinon ce n'est pas sérieux.

— Vraiment, dit Cécile en sortant son chéquier, je ne remercierai jamais assez Victor de m'avoir parlé de vous. Mais il a toujours la bonne idée au bon moment…

Virginie espéra qu'il aurait aussi une liste d'entrepre-neurs locaux à lui suggérer, car elle ne connaissait pratiquement personne dans la région et ne voulait surtout pas choisir au hasard. De cette première réalisation dépendait sans doute son avenir professionnel, elle n'avait aucun droit à l'erreur. Si Cécile Massabot, bavarde comme elle l'était, clamait partout que Virginie avait du talent, le problème des clients serait résolu.

— Et, à propos, comment le trouvez-vous ?

— Qui ?

— Victor ! Tout le monde se pose des questions à son sujet depuis que Laura est partie. Je ne crois pas qu'il y ait une seule femme célibataire qui ne louche pas sur lui. Si seulement il n'avait pas eu l'idée aberrante d'aller s'enfermer aux Roques ! Il prend ça comme prétexte pour refuser la plupart des invitations...

Avec un petit sourire malin, elle guettait la réaction de Virginie qui eut la sagesse de rester évasive.

— Oui, c'est dommage, se borna-t-elle à constater.

En réalité, elle supposait au contraire que la propriété des Roques offrait à Victor le dérivatif dont il avait eu un besoin crucial quelques mois plus tôt. De toute façon, elle le connaissait trop mal pour émettre un jugement.

Après avoir rassemblé ses plans, elle rangea le chèque dans son sac et serra la main de Cécile Massabot. Une fois dehors, elle dut résister à l'envie de courir vers sa voiture en criant de joie. Cette fois c'était bien fini, elle avait vaincu Pierre ! Le souvenir de la scène qu'il lui avait infligée chez elle la faisait encore bouillir de rage. Sa manière de toiser Victor et les termes utilisés – « C'est mon successeur ? Tu vas l'exploiter aussi ? » – la révoltaient. Si quelqu'un avait la mentalité d'un exploiteur, c'était bien lui ! Et il était assez habile pour reprocher aux autres ses propres défauts. Comment avait-elle pu vivre aussi longtemps avec un type pareil ? En tout cas, Victor avait été parfait dans cette situation difficile, et, depuis ce jour-là, elle le considérait d'un autre œil. Faisait-elle désormais partie des femmes qui, ainsi que le disait peu élégamment Cécile, *louchaient* sur lui ? Cette idée la fit sourire tandis qu'elle s'installait au volant. Inutile de se mentir : autant elle avait mis des distances entre eux, au début, autant elle n'aurait pas détesté qu'il l'embrasse pour de bon, le soir où elle lui avait offert Léo. Mais il s'était comporté avec une froideur inattendue, comme s'il avait définitivement renoncé à toute tentative de séduction.

— Dommage…, marmonna-t-elle en manœuvrant.

Le cœur battant à se rompre, Blanche restait saisie. Elle avait cru ouvrir à l'épicier, qui effectuait toujours sa livraison le mardi matin, mais c'était Jean Villeneuve qui se tenait sur le seuil de sa maison.

— On parle sur le trottoir ou bien tu te décides à me laisser entrer ? l'apostropha-t-il d'un ton menaçant.

— Chez moi ? Tu es fou !

Machinalement, elle tourna la tête à gauche puis à droite afin de s'assurer que la rue du Présidial était déserte, et il en profita pour entrer de force en la bousculant au passage.

— J'ai vu sortir ton mari il y a cinq minutes. Il a pris sa voiture, je suppose donc qu'on a le temps de discuter un peu tous les deux.

— De quoi ? s'écria-t-elle. Nous n'avons rien à nous dire, rien du tout !

— Hé, inutile de paniquer, calme-toi. Je te fais peur à ce point-là ?

Peur et horreur, oui. Même son sourire avait quelque chose de terrifiant, mais elle parvint à se dominer.

— Je n'en ai pas pour longtemps, Blanche, à condition que tu m'écoutes bien. Ton fils, celui que je vois à l'étude, Victor… Mieux vaudrait qu'il arrête de traîner les pieds ! Il me fait lanterner et j'espère pour toi que ce n'est pas délibéré. Je veux toucher mon héritage, je veux qu'on en finisse. Arrange-toi pour faire passer le message.

— Comment ? protesta-t-elle. Je ne me mêle jamais de leurs affaires, je ne suis au courant de rien, je…

— Il va bien falloir ! Lui ne m'écoute pas, et je n'aime pas sa façon de me regarder. Pourtant, je fais tout pour lui plaire, j'ai même proposé de sponsoriser son petit frère…

La bouche ouverte, cherchant de l'air, elle recula d'un pas et s'appuya au mur, derrière elle.

— Jean, réussit-elle à dire d'une voix altérée, tu n'as pas le droit…

— Au contraire ! D'une certaine manière je me sentais une dette vis-à-vis de ce gosse… Enfin, il est grand maintenant ! Mais tu comprends ça, n'est-ce pas ?

Une sueur glacée commençait à coller le chemisier de Blanche dans son dos. Le cynisme de Villeneuve était exactement le même que trente ans plus tôt. Tant que cette histoire ne serait pas réglée à sa convenance, il pouvait encore détruire Blanche, et tous les Cazals avec elle.

— Va-t'en, articula-t-elle avec peine. Je parlerai à Victor…

Il la transperça de son regard clair un instant encore puis disparut en laissant la porte grande ouverte. Pendant un long moment elle resta immobile, les yeux rivés sur le petit bout de rue qu'elle apercevait. Elle devait convaincre Victor. Mais comment s'y prendre ?

Elle n'avait jamais su agir dans la précipitation, elle avait besoin de mûrir ses plans, de réfléchir.

Un bruit de pas la fit sursauter, sans pour autant la tirer de son hébétude. Était-ce Jean qui revenait ?

— Qu'est-ce que tu fais là ? s'étonna Martial. Tu prends l'air ?

Incapable de se maîtriser une seconde de plus, elle se précipita vers lui et s'abattit contre son épaule, secouée de sanglots convulsifs.

— Blanche, voyons…

Embarrassé, il lui tapota le dos comme si elle était prise d'une simple quinte de toux.

— Ce n'est rien…

Il en était persuadé. Les soucis de sa femme n'étaient jamais très importants. Toutefois, une coupe de cheveux ratée ou un plat brûlé dans le four ne justifiaient pas un tel désespoir… Avait-elle fini par apprendre sa liaison avec Julie ? Il avait pris trop de risques et Sarlat était une petite ville, quelqu'un de bien intentionné avait dû parler à Blanche. Ce qui était particulièrement malvenu maintenant qu'il avait rompu. À cause d'elle, à cause de cette femme – *sa* femme – qui pleurait dans son cou. Pour ne pas lui faire de peine. Pour être en paix avec sa conscience, à défaut d'être heureux. Mais s'il lui fallait, en plus, la consoler…

— Là, là…, répéta-t-il deux ou trois fois, espérant qu'elle allait enfin s'écarter de lui.

Parce qu'il n'avait pas envie d'entendre la réponse, il avait soigneusement omis de lui demander ce qui n'allait pas, aussi fut-il stupéfait de l'entendre s'écrier :

— J'ai trouvé la porte ouverte et j'ai cru qu'il y avait quelqu'un dans la maison, j'ai eu tellement peur, si tu savais ! Je suis idiote, pardon…

À présent, c'était elle qui s'excusait, et Martial se sentit envahi par un odieux sentiment de culpabilité.

Malgré la fenêtre grande ouverte, il faisait encore chaud dans la chambre après cette journée torride. Victor s'était endormi nu sur les draps mais il se réveilla en nage, assoiffé, les tempes martelées par le mal de tête. Il avait un peu trop bu la veille au soir, chez son frère, au cours d'un de ces dîners que Cathie s'ingéniait à organiser pour lui. À croire qu'elle s'était mis en tête de le recaser dans les plus brefs délais... Une initiative personnelle ou une suggestion de Maxime ? En tout cas, sa belle-sœur invitait des femmes charmantes et réussissait toujours ses réceptions. Sauf qu'il n'aurait pas dû abuser du cahors.

Il se leva et gagna la salle de bains où il avala deux cachets d'aspirine avant de se mettre la tête sous l'eau froide. Léo dormait, roulé en boule sur sa couverture, et la maison était parfaitement silencieuse. Même au-dehors, il n'y avait aucun bruit, ni d'oiseaux ni d'insectes, car l'aube était encore loin. Certain qu'il ne pourrait pas se rendormir, il décida de descendre préparer du café.

Malgré toutes ses appréhensions, il éprouvait un plaisir croissant à vivre aux Roques. Certes, la maison était dix fois trop grande pour un homme seul, elle lui coûtait une véritable fortune en rénovations et il ne s'y endormait jamais tout à fait tranquille, néanmoins il se sentait définitivement chez lui. Lorsqu'il arrivait de Sarlat, le soir, il n'avait aucune envie de repartir, et les dîners de sa belle-sœur comptaient parmi les rares qu'il acceptait. Les Roques étaient sans doute le plus bel endroit du monde où profiter des longues soirées de ce début d'été. Il ne dînait parfois qu'à dix ou onze heures, toujours occupé à quelque bricolage urgent, toujours disposé à jouer sur la pelouse avec Léo.

Dans la cuisine, il ouvrit la porte en grand pour faire entrer un peu d'air, puis se prépara un vrai petit déjeuner, unique moyen selon lui de faire passer cette migraine lancinante qui ne le lâchait pas. En ouvrant le placard de l'office pour prendre l'un des pots de confiture dont sa mère lui avait donné toute une collection, il repensa pour la énième fois au cahier d'écolier. Il avait fouillé ce placard jusque derrière les tuyaux du chauffage, tout au fond, sans rien y découvrir d'autre. Il avait d'ailleurs passé au peigne fin à peu près tous les placards de la maison, même dans la chambre de ses parents où il était allé fureter avec mauvaise conscience. Cette chambre, comme toutes celles qui restaient inoccupées, paraissait abandonnée et il s'était promis de faire quelque chose, sans toutefois oser. Lorsqu'il avait proposé à son père de passer quelques jours ici pendant l'été, c'était sa mère qui avait refusé tout net. Car même si elle ne contrariait que rarement son mari, Les Roques restaient sa bête noire.

Une fois installé devant un bol de café bien sucré et une pile de toasts, il se mit à réfléchir, un coude sur la table et le menton appuyé sur sa main. Les photos d'Aneke s'étaient peut-être abîmées dans le secrétaire à cause des frottements du tiroir, et le cahier avait probablement été écrit par l'une de ces employées que sa mère ne savait pas garder. Mais le foulard délibérément réduit à l'état de charpie ? Le mystérieux visiteur du grenier qui laissait les malles ouvertes ?

Engloutissant une dernière bouchée, il décida d'aller chercher le foulard pour l'examiner de plus près. Après sa découverte il l'avait laissé sur place et s'étonna soudain de son manque de curiosité. Il grimpa jusqu'au second, gagna directement la plus grande des chambres de service, et en ouvrant la porte, il n'en crut pas ses yeux. Sur le dossier de la chaise, il n'y avait strictement rien. Et pas davantage sur la table ni sur le couvre-lit grignoté par les souris. Il regarda par terre, alla même jeter un coup d'œil sous l'armoire, puis resta perplexe un moment, debout au milieu de la pièce. Avait-il machinalement gardé le foulard à la main lorsqu'il avait précédé Maxime vers le grenier ? L'avait-il mis dans l'une des malles sans y penser ? Impossible, il n'était pas distrait à ce point, il l'avait reposé sur le dossier, il en était quasiment certain. D'après le souvenir qu'il en gardait, il s'agissait d'un foulard Hermès, qui avait figuré un carrousel avant d'être mis en lambeaux. Pas le genre d'accessoire qu'une employée de maison aurait volontiers déchiqueté puis abandonné là.

Alors qu'il se creusait la tête pour trouver une explication à ce nouveau mystère, un bruit très distinct de pas, au premier étage, le cloua sur place. Retenant sa respiration, il entendit nettement marcher sur le parquet de la galerie qui, à certains endroits, craquait de façon reconnaissable. Il fut submergé par une vague de panique, lutta pour recouvrer son sang-froid. Cette fois, il n'avait affaire ni à une vague impression, ni à un malaise latent. Quelqu'un de bien réel était entré dans la maison. Quelqu'un qui se trouvait à présent entre lui et son revolver. À toute vitesse, il essaya de se remémorer les objets facilement accessibles au grenier. Qu'est-ce qui pouvait lui servir d'arme de fortune dans ce fatras ? Juste à l'entrée, sur la gauche, il y avait un vieux serviteur de cheminée rouillé, avec une paire de pincettes et un tisonnier tordu, ce serait mieux que rien. En essayant de se déplacer silencieusement sur le sol de tomettes, il quitta la chambre et gagna le grenier, tout proche, conscient d'avoir très peu de temps pour trouver un moyen de défense. Au même instant, il entendit une porte s'ouvrir à l'étage au-dessous. Celui qu'il allait affronter n'avait pas froid aux yeux pour se déplacer avec une telle assurance dans une maison habitée ! Un fou ?

Couvert de sueur – autant à cause de la peur que de la touffeur qui régnait sous les toits –, Victor assura sa prise sur le tisonnier et fit demi-tour. Il longea sans bruit le couloir des chambres mansardées puis s'arrêta une seconde en haut de l'escalier. Il n'entendait plus rien, mais, comme il ne pouvait pas rester là à attendre, il commença à descendre. Quand il se retrouva à l'entrée de la galerie, au premier, il prit une profonde inspiration, puis se força à avancer dans la pénombre. Il n'était pas lâche, ne l'avait jamais été et n'allait pas commencer cette nuit.

La porte de la chambre de ses parents était grande ouverte. À pas de loup, il progressa jusque-là. Immobile devant la fenêtre, une haute silhouette se découpait à contre-jour sur la nuit claire. Sans réfléchir, il se précipita et heurta l'homme de l'épaule, l'envoyant à terre. Il n'eut même pas conscience d'avoir lâché le tisonnier, trop encombrant, ni de se baisser pour frapper brutalement, les poings fermés.

— Victor ! Arrête ! C'est moi...

Ahuri, Victor connut une seconde de flottement mais parvint à lâcher son adversaire à qui il était déjà en train de tordre le bras.

— Nils ? Mais tu es dingue ! Qu'est-ce que tu fous là ?

Il se releva d'un bond, tremblant de colère et d'énervement, puis se précipita sur l'interrupteur.

— Je rêve ! J'aurais pu te tuer, pauvre con !

— Avec ça ?

Les yeux baissés, Nils regardait le tisonnier tordu tout en se frottant la tempe.

— Avec le flingue que je garde dans ma table de nuit !

La rage de Victor augmenta d'un cran à l'idée de l'accident qui aurait très bien pu se produire.

— J'ai trouvé les restes de ton petit déjeuner, en entrant, alors j'ai cru que tu étais sous ta douche ou en train de t'habiller, je…

— Comment es-tu entré ?

Nils le dévisagea, déconcerté par la question.

— Ben… Par la porte, évidemment !

Celle de la cuisine, restée grande ouverte, Victor s'en souvint avec agacement.

— De quel droit te pointes-tu ici sans prévenir ? Tu crois que j'ai envie de te voir ?

Au lieu de répondre, Nils laissa retomber sa main et posa sur son frère un regard de chien battu. Au-dessus de sa pommette, une marque bleutée s'élargissait.

— Tu m'as fait mal, soupira-t-il.

— S'il y a bien un truc que je risque de ne pas regretter, c'est de t'avoir enfin mis mon poing dans la gueule !

Hors de lui, Victor se détourna et sortit de la chambre. La présence inattendue de Nils l'exaspérait, le mettait mal à l'aise, le consternait. À grandes enjambées, il gagna sa propre chambre, se débarrassa de son jean et alla prendre une douche tiède. La peur, au moins autant que la colère, l'avait vidé de toute énergie. Comment allait-il pouvoir affronter la journée de travail qui l'attendait, sans compter l'explication, inévitable, que Nils allait lui infliger d'ici là ?

Il choisit une chemise blanche, son costume le plus léger, et renonça à mettre une cravate. Le ciel pâlissait avec l'aube, la chaleur ne tarderait plus à revenir.

— Tu ne veux pas me parler du tout ?

Victor fit volte-face et découvrit Nils, appuyé au chambranle, qui devait l'observer depuis un moment en silence.

— Pour te dire quoi ?

— N'importe quoi, je m'en fous... Ce que tu as sur le cœur...

Levant les yeux au ciel, Victor l'écarta sans ménagement de son chemin et sortit.

— Non, attends ! Tu ne vas pas à l'étude à cette heure-ci, je suppose ?

Nils s'était précipité derrière lui, dans la galerie, et Victor s'arrêta net.

— Qu'est-ce que tu faisais dans la chambre des parents ? demanda-t-il d'un ton brusque.

— Je ne sais pas. Je me rappelais des souvenirs d'enfance, je regardais le parc... Et je retardais le moment où je serais en face de toi. J'ai roulé une partie de la nuit, je connais cette route par cœur mais je l'ai trouvée trop courte...

— Tu as prévenu Laura que tu venais ici ?

— Non.

— Tu t'es tiré comme ça, en douce ? Quel genre de mec es-tu donc ? Tu ferais mieux de l'appeler. Et de t'en aller !

Victor s'éloigna vers l'escalier tandis que, derrière lui, Nils élevait la voix, soudain furieux.

— Je n'ai pas fait tout ce chemin pour que tu me tournes le dos !

— Oh, ça, c'est déjà fait, répliqua Victor en commençant à descendre.

Au rez-de-chaussée, il alla droit à la cuisine où il jeta le contenu de la cafetière et remit de l'eau à chauffer. Nils le rejoignit au moment où il se versait une tasse.

— Eh bien, tu vois, Victor, ce n'est pas si difficile de commencer, maintenant dis-moi la suite...

À la lumière du jour, il paraissait fatigué et vieilli, plus maigre que de coutume, encore plus fragile.

— Pourquoi as-tu donné le nom de mon agent à ce type, Villeneuve ? Tu as peur pour Laura ?

— Exactement ! Te connaissant, il y a de quoi ! Mais je n'aurais pas dû si tu crois en faire le prétexte d'une réconciliation. Je ne veux plus savoir que tu existes.

— Non, tu mens. Tu n'es pas comme ça.

— Comme quoi ?

Nils secoua la tête puis se laissa tomber sur une chaise.

— Je t'en prie, Victor, murmura-t-il.

Combien de fois avait-il demandé de l'aide à ses frères, à chaque moment de sa vie ? Victor avait toujours cédé, trouvant normal de le secourir, de continuer à le protéger même lorsqu'il était devenu adulte. Et en guise de remerciements, Nils avait bien failli le détruire. Allait-il être assez bête pour lui tendre encore une fois la main ?

— Tu m'as l'air d'avoir un gros problème, Nils, cette fois, ce n'est pas moi qui peux le résoudre.

— Si. Il n'y a que toi qui puisses. Je ne supporte plus d'être fâché avec toi, c'est trop douloureux.

— Mais je rêve ! Comment oses-tu me... Tu veux du café ?

Il alla chercher un bol, y jeta rageusement deux sucres. Partagé entre la colère et cette habitude, trop bien ancrée en lui, de tout pardonner à son cadet, il se sentait vraiment déchiré.

— Tu débarques chez moi, tu me joues la scène du...

— C'est drôle de penser que c'est chez toi, ici, l'interrompit Nils.

— À cause de toi !

— Mais cette maison te va beaucoup mieux que la précédente.

Nils avait toujours eu le chic pour faire des réflexions inattendues. Désemparé, Victor haussa les épaules.

— Je travaille tôt, et toi tu dois rentrer à Paris. Je ne sais pas ce que tu espérais...

— Que tu m'offrirais un café. Tu ne m'as pas jeté dehors, je suis assis dans ta cuisine et tu me parles, c'est déjà beaucoup.

Le regard pâle de Nils semblait plein d'espoir. Enfant, il avait exactement le même et personne n'y résistait. Victor faillit se laisser attendrir mais parvint à se ressaisir avant de lancer, d'un ton cinglant :

— Tu comptes te dédouaner comme ça ?

— Arrête de t'énerver. Si tu me laissais parler...

— Eh bien, parle ! Vas-y, soulage ta conscience ! Tu vas me raconter que ce n'est pas ta faute ? Rien n'est *jamais* ta faute ! Tu t'arranges toujours pour te faire plaindre, tu nous as fait le coup pendant tant d'années ! Seulement là, tu m'en demandes trop. Laura n'était pas une petite amie de passage, il s'agissait de ma femme, de la mère de mon fils, je me croyais marié avec elle pour l'éternité et ça me rendait très heureux !

— Elle t'aurait quitté de toute façon, Vic. Un jour ou l'autre...

Profondément choqué, Victor resta silencieux quelques instants avant de grommeler entre ses dents :

— À tout prendre, j'aurais préféré que ce ne soit pas pour toi. Tu comprends ça ? Maintenant, tire-toi.

Nils venait de rouvrir une blessure qui avait tant de mal à se fermer. Qu'il s'agisse de grands sentiments ou simplement d'orgueil n'y changeait rien. Peut-être Laura ne l'avait-elle jamais aimé, mais il ne voulait surtout pas le savoir.

7

Avec l'été, les touristes avaient envahi Sarlat. Ils se pressaient devant la maison de La Boétie, couraient de la chapelle des Pénitents-Bleus au jardin des Enfeux, piétinaient devant la tour énigmatique de la Lanterne des Morts, plongeaient leurs mains dans la fontaine Sainte-Marie, envahissaient la place du marché aux Trois-Oies, et prenaient d'assaut l'office du tourisme situé dans l'hôtel de Vienne. Appareils photo en bandoulière, ils levaient la tête vers les fenêtres gothiques et les galeries Renaissance, époustouflés par l'architecture de la ville. De jour comme de nuit, des visites guidées avaient lieu, commentées par des conférenciers, et la circulation automobile était interdite dans le vieux Sarlat pour toute la saison.

Résigné, Victor déjeunait fréquemment chez ses parents, rue du Présidial, ou bien chez son frère, afin d'éviter les restaurants bondés et bruyants. Parfois, il ne déjeunait pas du tout, regroupait ses rendez-vous et parvenait à rentrer aux Roques assez tôt dans l'après-midi. À deux reprises il avait voulu faire une visite-surprise à Virginie, qui semblait n'être jamais chez elle, sans doute monopolisée par le chantier de Cécile Massabot, et il était reparti bredouille. Il mourait d'envie de la voir mais ne voulait rien précipiter.

Un vendredi après-midi, alors qu'il remontait la Traverse pour se rendre rue des Armes, où il devait procéder à une hypothèque, il tomba sur Virginie par hasard. Elle était attablée à une terrasse, en pleine conversation avec un homme blond d'une trentaine d'années. Quand elle aperçut Victor, elle abandonna son compagnon pour courir vers lui.

— Qu'est-ce que vous devenez ? Je veux vous inviter à dîner depuis au moins deux semaines, malheureusement je rentre à des heures innommables !

— Votre chantier se passe bien ?

— Avec les petits soucis habituels, oui. Je suis en train d'essayer de convaincre le maçon de retarder ses vacances.

D'un geste discret, elle désigna le blond qui patientait, sirotant son Perrier.

— Comment va Léo ? ajouta-t-elle.

— Comme un coq en pâte.

— Tant mieux ! Bon, je vous laisse, j'espère qu'un de ces jours nous…

— Venez chez moi demain soir, je dîne très tard en ce moment.

Il avait lancé cette invitation sans réfléchir, sur une impulsion qu'il regretta aussitôt. Pour un homme qui voulait prendre son temps, il se montrait soudain bien pressé. À cause du blond ?

Tout en s'éloignant, il jeta un petit coup d'œil par-dessus son épaule. Virginie était retournée s'asseoir et discutait de nouveau, souriante. Allait-il se sentir jaloux d'une femme qu'il n'avait même pas su embrasser ? Bien sûr, il avait déjà éprouvé le même agacement devant Pierre Batailler, mais il s'agissait d'un homme particulièrement désagréable et, face à lui, Victor n'avait cédé qu'au désir de protéger Virginie. Le maçon, lui, n'avait rien de menaçant.

« Si tu attends qu'un autre la séduise, tu vas le regretter... »

Virginie lui plaisait beaucoup, pourtant il avait retardé le moment de la revoir. Sans cette rencontre sur la Traverse, l'aurait-il appelée ? Était-ce encore Laura qui l'incitait à douter de lui-même ? En tout cas, la visite de Nils l'avait perturbé, lui laissant un goût tellement amer qu'il n'en avait parlé à personne, même pas à son père. « Elle t'aurait quitté de toute façon, Vic. Un jour ou l'autre... » Pourquoi ? Parce qu'elle le trouvait nul ou parce qu'elle était inconstante ? Comment Nils, en quelques mois, pouvait-il prétendre mieux la connaître que Victor ? À moins qu'elle ne lui ait fait des confidences... Elle devait avoir une piètre opinion de lui, alors qu'il s'était cru un mari modèle ! Qu'avait-il bien pu dire ou faire pour mériter d'être quitté *de toute façon* ? Depuis la fête de l'école, elle ne l'avait rappelé qu'une fois, sans réelle conviction, comme si elle renonçait à le reconquérir, estimant la partie perdue. Nils lui avait-il raconté son passage éclair aux Roques, ou bien ne s'en était-il pas vanté ?

Navré, il constata une fois de plus que, lorsqu'il pensait à Virginie, Laura lui revenait immanquablement à l'esprit. Combien de temps son souvenir allait-il le poursuivre ?

— Maître Cazals, quelle bonne surprise !

Arrêté devant Victor, Jean Villeneuve barrait tout le trottoir.

— Alors, enchaîna-t-il, du nouveau pour moi ?

Une bouffée de colère submergea Victor.

— S'il y en avait, l'étude vous aurait contacté, dit-il d'un ton sec.

Le geste qu'il fit pour écarter Villeneuve de son chemin était carrément agressif et il surprit le regard effaré d'un passant.

— Excusez-moi, je suis pressé, se força-t-il à ajouter avant de s'éloigner.

Ce type avait le don de l'exaspérer, il ne savait vraiment pas pourquoi, mais il jugeait la question sans importance et, vingt mètres plus loin, n'y pensait déjà plus.

Épaté par le bilan que venait de lui annoncer Maxime, Martial resta quelques instants silencieux.

— Bravo, finit-il par laisser tomber, vous vous débrouillez vraiment bien tous les deux, je suis très impressionné...

À l'admiration pour ses fils aînés se mêlait une pointe d'envie. D'une année sur l'autre, l'étude ne cessait d'augmenter son chiffre d'affaires et dépassait de loin ce que Martial, pourtant fort compétent, avait réalisé en son temps.

— Tu me sidères, lui dit Maxime avec un large sourire, tu es bien le seul à ne pas demander combien ça fait en francs ! Nous n'avons pas un seul client qui convertisse en euros aussi vite que toi.

— Ah, il faut les comprendre, dépenser un million pour une maison, c'était plus parlant, plus glorieux ! Et encore, tu n'as pas connu ceux qui parlaient en anciens francs. Cent briques au lieu de cent cinquante-deux mille euros, il y avait de quoi se sentir riche !

Blanche déposa sur la table un cou de canard farci entouré d'une purée de pommes fraîches.

— Tu as un blanc de poulet, annonça-t-elle à Martial.

Elle l'avait parfumé à l'estragon et agrémenté de petits légumes, mais il repoussa l'assiette qu'elle lui présentait.

— Non merci, très peu pour moi.

Elle resta la main tendue, ne sachant que faire, et Maxime vint à son secours :

— Sois raisonnable, papa...

— Il n'en est pas question, je préfère me passer de déjeuner. Et tu serais gentil de ne pas me parler comme à tes enfants, je n'ai pas encore l'âge de me laisser infantiliser !

La réflexion s'adressait davantage à Blanche qu'à Maxime, ils le savaient tous les trois. Vexée, elle repartit vers sa cuisine en remportant le poulet. Imperturbable, Martial commença à découper le cou farci.

— Franchement, Max, je suis fier de vous. Je vous avais laissé l'étude en bon état, je crois, mais là vous dépassez toutes mes espérances.

— On se complète bien, Victor et moi, et on ne se marche jamais sur les pieds, c'est sûrement le secret ! Lui n'aime pas l'immobilier, et moi je n'aime pas la finance...

Blanche était revenue s'asseoir et elle l'interrompit pour demander :

— Qui s'occupe des successions, toi ou ton frère ?

— Plutôt lui, mais on s'arrange. Pourquoi ?

— Par curiosité... Vous parliez de Robert Villeneuve, l'autre jour, et figure-toi que j'ai rencontré son neveu chez un commerçant.

— Jean ? C'est la bête noire de Vic, je le lui ai lâchement mis dans les pattes, avec le résultat qu'on sait. Si ce type finance le film de Nils, on touchera le fond de l'absurde !

Elle lança à son fils un regard si étrange que Martial s'arrêta de manger pour la dévisager avec curiosité. Il la vit prendre une grande inspiration avant d'enchaîner :

— Pourquoi sa bête noire ? À l'époque, c'était plutôt un brave garçon, non ?

— Tu as une bien mauvaise mémoire, riposta Martial d'un ton cassant. Robert le tenait pour un raté, paresseux et incapable ! Souviens-toi, il ne pouvait pas garder un boulot huit jours de suite. À vingt-cinq ans, il ne savait toujours rien faire de ses dix doigts. On lui avait même proposé quelques travaux de jardinage, aux Roques, un été, mais c'était encore trop dur pour lui.

— Personne ne trouve jamais grâce à tes yeux, murmura Blanche.

— Moi ?

Stupéfait d'être critiqué et ne comprenant rien à l'insistance de sa femme, Martial se tourna vers Maxime.

— Qu'a-t-il fait de sa vie, d'ailleurs, depuis trente ans ? Tu en as une idée, toi ?

— Rien d'intéressant. Enfin, d'après ce qu'il nous a raconté, il n'a eu aucun emploi fixe. Il a vécu à Périgueux, à Cahors…

— Ce n'est pas une raison pour vous en prendre à lui ! explosa Blanche. Donnez-lui son héritage et laissez-le tranquille…

Sa voix avait tremblé sur les derniers mots.

— J'ai toujours l'impression que vous jugez les gens, que vous vous mêlez de leur vie, reprit-elle plus posément.

— C'est notre métier, maman, répondit Maxime. Mais nous ne devrions pas en parler devant toi, tu as raison.

Martial regarda Blanche, de plus en plus intrigué. Quelle mouche la piquait ? Si elle devait s'aigrir en vieillissant, leur avenir commun risquait d'être encore plus pénible que tout ce qu'il avait pu redouter jusque-là. Douce, elle l'agaçait vaguement, mais acariâtre il ne la supporterait pas.

Avec sa diplomatie coutumière, Maxime avait déjà lancé un autre sujet de conversation, où il était question de vacances, et Martial se demanda comment Julie avait organisé son été. Un voyage avec son mari ? Des séjours chez ses enfants ? Il ne souhaitait pas qu'elle le regrette ou qu'elle pense à lui mais l'espérait malgré tout.

Les papillons de nuit et les moustiques venaient se brûler en grésillant sur les photophores que Victor avait disposés aux quatre coins de la table. Bien qu'il soit près de minuit, l'air était encore tiède, chargé d'une odeur d'herbe sèche.

— Les lieux ont une influence sur ceux qui les habitent, affirma Virginie. Vivre dans une maison comme la vôtre n'est pas anodin.

Les Roques semblaient tellement lui plaire qu'elle en parlait avec lyrisme.

— Dommage que vous ne sachiez pas d'où vient exactement son nom. Bien sûr, ce ne sont pas les rochers qui manquent, par ici... À moins qu'il ne s'agisse de ce promontoire ? Quand on découvre la vue en à-pic sur la vallée, depuis l'autre façade, c'est absolument stupéfiant ! On aurait dû dîner de ce côté-là.

— Vous voulez que Léo dévale toute la pente jusqu'à la rivière ? plaisanta Victor. Si vous y tenez, la prochaine fois je mettrai le couvert au bord du vide. À condition qu'il y ait une prochaine fois, naturellement.

— Pourquoi pas ?

Elle souriait d'un air malicieux et il pensa que le moment était venu de se montrer un peu moins stupide que lors de leurs précédentes rencontres. Depuis qu'elle était là, il faisait un effort méritoire pour ne pas trop regarder son décolleté, mais le chemisier blanc sans manches qu'elle portait était largement ouvert sur sa peau bronzée et il mourait d'envie de la toucher. Comme ils s'étaient installés face à face, il tendit le bras par-dessus la table et lui prit la main.

— Si je vous dis que vous me plaisez beaucoup, vous n'allez pas vous lever pour rentrer chez vous ?

— Eh bien, ça dépend ! Vous le dites ou pas ?

— Oui, bien sûr…

Du bout des doigts, il lui effleura le poignet.

— Vous sortez d'une histoire pénible, et moi aussi, ajouta-t-il à mi-voix, mais en ce qui me concerne, je ne cherche pas une… consolation.

— Que cherchez-vous, alors ? Une aventure ?

— Non plus. Enfin, pas avec vous.

À la lumière des bougies, les yeux bruns de Virginie paraissaient immenses tandis qu'elle scrutait Victor. Il lâcha sa main, se leva et fit le tour de la table. Debout derrière elle, il se pencha pour l'embrasser dans la nuque, la faisant frissonner.

— Je suis en train de tomber amoureux de vous, chuchota-t-il.

Il n'avait pas pensé à Laura de toute la soirée, mais cet aveu la lui rappela brutalement. Il n'avait désiré et aimé qu'elle durant des années, s'était cru de taille à la rendre heureuse, n'avait jamais imaginé qu'il serait un jour obligé de rebâtir une autre vie sans elle. Et pourtant, ce qu'il venait de dire était vrai. Il se sentait de nouveau capable d'aimer, prêt à entamer une véritable histoire, peut-être même à construire quelque chose.

En préparant le dîner, il s'était surpris à chantonner, une chose qu'il ne faisait jamais, et il avait passé un bon quart d'heure à chercher les coupes en verre de couleur dans lesquelles il tenait à servir son gaspacho.

— Virginie... Voulez-vous rester avec moi, cette nuit ?

Sans répondre, elle se leva à son tour pour pouvoir lui faire face.

— Amoureux ? répéta-t-elle. Je n'en demande pas tant !

Ce fut elle qui lui passa un bras autour du cou et, se haussant sur la pointe des pieds, effleura ses lèvres.

— Vous êtes sûr que nous n'allons pas gâcher une amitié ? chuchota-t-elle.

— Je m'en moque. Je ne crois pas à ce genre d'amitié et j'ai très envie de vous.

Les doutes qui l'avaient assailli, le soir où elle lui avait offert Léo, étaient dissipés. En la serrant contre lui, il respira son parfum avec volupté.

— *Shalimar* ?

— Gagné. Vous êtes connaisseur ?

— Très amateur, en tout cas.

— Je reste, décida-t-elle.

Il la lâcha le temps de souffler les bougies des photophores puis lui prit la main pour rentrer dans la maison.

Après la projection destinée aux critiques des journaux de télé, le producteur avait offert un pot durant lequel Laura s'était franchement ennuyée. Personne ne s'intéressait à elle, ni en tant qu'attachée de presse d'une maison d'édition plutôt confidentielle ni en tant que compagne de Nils – il n'avait pas songé à la présenter comme telle.

Un peu avant minuit, ils finirent tout de même par aller dîner en tête à tête dans une brasserie du boulevard Saint-Michel où il se décida à lui demander ce qu'elle avait pensé du film.

— Tu as fait du bon travail, admit-elle. Le scénario est mince, en revanche tes images sont belles...

Elle aurait voulu manifester sa mauvaise humeur, le punir de l'avoir ignorée, mais, deux heures plus tôt, dans l'obscurité de la salle, elle s'était rendu compte qu'il avait réellement du talent. Jusque-là, elle ne s'était pas posé la question, n'avait jamais eu l'idée de visionner les cassettes de ses précédentes réalisations. Par indifférence ou par peur d'être déçue ? Dans la famille Cazals, avant que le scandale de l'adultère éclate, Nils passait pour un original dont les fantaisies n'avaient rien de sérieux.

— J'espère que tu arriveras à mettre ton long métrage sur pied, ajouta-t-elle sincèrement.

Depuis quelques semaines, il ne parlait plus que de son projet rendu enfin possible grâce à ce commanditaire tombé du ciel – ou plus exactement de Sarlat. D'après l'agent de Nils, il suffisait toujours d'un premier bailleur de fonds pour attirer tous les autres, le cinéma fonctionnait ainsi.

— Tu es fatiguée, Laura ?

Il la regardait d'un air attendri et elle se dit qu'elle devait avoir mauvaise mine, comme souvent ces temps-ci, parce qu'elle dormait mal, travaillait sans plaisir et s'angoissait de plus en plus pour son avenir.

— Je vais demander l'addition, décida-t-il.

Il allait la demander, bien sûr, mais qui la paierait ? Le cachet du téléfilm avait à peine suffi à éponger ses dettes, et il était de nouveau à sec.

— Je t'invite, proposa-t-elle d'un ton résigné.

Combien de temps s'acharnerait-elle encore à sauver ce qui ne pouvait plus l'être ? Nils n'était pas l'homme de sa vie, un jour ou l'autre, elle devrait accepter cette évidence. Si elle avait parfois trouvé l'existence assommante aux côtés de Victor, elle ne s'amusait pas beaucoup plus avec Nils, au bout du compte.

— La baby-sitter doit tomber de sommeil, dit-il en regardant sa montre. Viens, c'est moi qui règle mais allons au comptoir leur demander un taxi…

Dans le mouvement qu'il fit pour se lever, elle le trouva très beau, aussi charmant que la première fois qu'elle l'avait rencontré, le jour de son mariage avec Victor. Il tenait déjà sa carte bancaire dans une main et, de l'autre, il la prit par la taille. Peut-être était-elle toujours amoureuse de lui… Pourquoi alors avait-elle essayé de reconquérir son ex-mari ? Car c'était bien ce qu'elle avait fait, le jour de la fête de l'école. En appuyant sa tête contre l'épaule de Victor, sur ce banc du préau, que cherchait-elle donc ? À se rassurer ? Vérifier son pouvoir sur lui ? Et pourquoi pensait-elle aussi souvent à lui ? Plus fréquemment, en tout cas, que lors de son arrivée à Paris.

Derrière la vitre du taxi qui les ramenait chez eux, elle se mit à observer les quais et les monuments illuminés. Elle s'était tellement languie de cette ville ! Pourtant, elle n'en regardait jamais rien, n'en profitait pas, ne s'y sentait même pas heureuse. Tôt ou tard, elle finirait par admettre qu'elle avait fait le mauvais choix. Ce qui l'avait séduite chez Nils était éphémère, et ce qui l'avait rebutée chez Victor aurait pu la rendre heureuse à long terme. Maintenant, elle n'avait plus de porte de sortie, les dés étaient jetés.

Profitant d'un samedi, où l'étude fermait à seize heures, Victor avait convoqué un brocanteur afin de se débarrasser des vieux meubles dont il voulait se séparer. Avec un soupçon de nostalgie, il fit descendre la psyché du grenier mais décida au dernier moment de conserver le rocking-chair et de le réparer pour l'installer dans la chambre de Thomas. En revanche, il vit partir sans regret tous les vieux lits des mansardes, ainsi que des chaises paillées bancales et des tapis élimés.

— Ce mobilier-là, vous ne voulez vraiment pas le vendre ? demanda le brocanteur.

Planté devant la porte de la plus grande des chambres du second, il regardait l'armoire Louis XV d'un air intéressé.

— Avec la table et la chaise, insista-t-il. Je pourrais vous offrir un prix intéressant pour l'ensemble.

— C'est-à-dire ? marmonna Victor, indécis.

Certes, il ne manquait pas de chambres d'amis, au premier étage, et n'aurait sans doute jamais l'occasion de se servir de cette pièce, toutefois, l'idée de la vider entièrement lui déplaisait.

— Le bois a joué, il s'est fendu, constata le brocanteur en s'approchant de l'armoire. La maison n'a pas dû être chauffée pendant plusieurs années, n'est-ce pas ?

— Non, juste une mise hors gel.

— Trois degrés l'hiver, et trente sous les toits en été ! Malheureusement, les différences de température n'arrangent pas les meubles anciens, c'est dommage…

Il passa une main de connaisseur sur les charnières avant d'ouvrir les deux battants pour examiner l'intérieur.

— Le Louis XV campagnard a ses amateurs. À condition de la restaurer d'abord, elle aurait assez bonne allure !

Sur la pointe des pieds, il se mit à examiner l'étagère, au-dessus de la penderie.

— Ah ! s'exclama-t-il d'un ton triomphant, on en oublie toujours, ces meubles sont tellement profonds !

Allongeant le bras, il ramena un gros carnet noir, fermé par un élastique, et le tendit à Victor.

— C'est à vous, ça. Alors, qu'est-ce que vous décidez ?

Victor ne répondit pas, les yeux rivés au carnet. Avant même de l'ouvrir, sans savoir ce qu'il contenait, il eut la certitude qu'une mauvaise surprise l'attendait. Nerveusement, il enleva l'élastique, souleva la couverture de toile et découvrit une date sur la première page : 1970. Toutes les autres étaient couvertes d'une écriture serrée, dont il déchiffra quelques lignes.

— Si on profite du camion aujourd'hui, enchaîna le brocanteur, je ne serai pas obligé de vous déduire le transport, et dans ce cas j'irai bien jusqu'à... Allez, mille huit cents euros pour le tout !

Dans le silence qui suivit, Victor continua à feuilleter le carnet, lisant des phrases au hasard tout en retenant sa respiration.

— Croyez-moi, c'est très honnête si on tient compte du travail de restauration.

Victor ne l'écoutait pas. Un peu de sueur perlait sur ses tempes et son cœur battait à grands coups affolés.

— Vous avez un problème ? finit par s'inquiéter le brocanteur.

— Non, non... Rien de... Ce sont des souvenirs de famille.

Il avait dû pâlir car l'autre l'observait avec une curiosité flagrante.

— On trouve de ces trucs, parfois… Tenez, même de l'argent, souvent démonétisé depuis longtemps ! Les gens âgés adorent cacher des choses. Dans une maison comme celle-ci, vous devriez pouvoir jouer à la chasse au trésor !

Cette fois, Victor releva la tête et le dévisagea.

— Pour ces meubles, dit-il d'une voix tranchante, je ne peux pas me décider aujourd'hui, je dois en parler à mes frères. S'ils sont d'accord, je vous contacterai.

Il se détourna, la main crispée sur le carnet qu'il venait de refermer d'un geste sec. Il dut faire un effort considérable pour attendre le départ du brocanteur sans manifester trop d'impatience, et à peine le camion fut-il au bout de l'allée qu'il se précipita dans la cuisine. C'était peut-être l'endroit où il se sentait le mieux, le plus en sécurité, et il savait qu'il allait en avoir besoin, glacé d'avance par l'épreuve qui l'attendait.

Il jeta le carnet sur la table, refusant d'affronter immédiatement une vérité qu'il n'avait fait qu'entrevoir. Après quelques secondes d'hésitation, il prit le téléphone et composa le numéro de Maxime mais, au bout de trois sonneries, le répondeur lui apprit que la famille Cazals n'était pas là. Il aurait pu joindre son frère sur son portable, mais il se refusait à lui gâcher la soirée. S'il dînait au restaurant avec Cathie et les enfants, comme souvent le samedi, autant le laisser tranquille. Après tout, il n'existait aucune urgence, la catastrophe sur le point de s'abattre sur eux avait déjà trente ans de retard, un jour de plus n'y changerait rien.

La tête entre les mains, il resta un moment affalé sur son tabouret, puis se leva et se servit un verre de cahors. Avait-il encore le choix d'aller remettre ce carnet où le brocanteur l'avait trouvé ? Fermer l'armoire à double tour, jeter la clef dans la rivière, et ne plus jamais y penser. Pourquoi pas ?

« Parce que maintenant, tu sais. »

Son expérience des documents, y compris les plus denses ou les plus obscurs, lui permettait généralement de se faire une opinion, même s'il n'avait pas le temps de tout lire. Et les mots glanés au hasard tout à l'heure ne lui avaient pas laissé le moindre doute.

Il but quelques gorgées de vin avant de se rasseoir puis, attirant à lui le carnet, il se força à l'ouvrir au hasard.

— Martial va forcément revenir, ce n'est plus qu'une question de temps, et on verra bien qui a gagné la partie, lut-il d'une voix atone.

Les premières lueurs du jour pâlissaient le ciel et commençaient à découper en ombres chinoises les grands arbres du parc. Après la pluie nocturne, une odeur d'humidité montait de la terre. Debout sur le perron de la cuisine, Victor s'étira pour soulager les muscles de son cou et de ses épaules. Il se sentait vidé, anéanti. À la bouteille de cahors avait succédé le contenu d'une pleine cafetière, tandis que les mégots s'entassaient dans le cendrier.

Il descendit les trois marches et fit quelques pas sur les graviers. Comment allait-il annoncer ça ? Et à qui ? Maxime d'abord, évidemment, mais Nils était beaucoup plus concerné qu'eux.

Assailli par un cuisant sentiment de culpabilité, il se souvint de la manière dont il avait traité Nils lorsque, un mois plus tôt, celui-ci avait débarqué aux Roques par surprise. À présent, il était prêt à lui pardonner n'importe quoi.

Faisant volte-face, il contempla la maison. Combien de souffrance avait-il fallu à sa mère pour en arriver là ? Une bonne partie de la nuit, il s'était efforcé de rassembler ses souvenirs. Tout ce qui se trouvait consigné dans le carnet noir correspondait à une période précise, trente ans plus tôt. Or, en 1970, il avait six ans, et Maxime, huit, alors évidemment ils n'avaient pas compris grand-chose au chagrin obsessionnel de leur mère. Ce carnet avait sans doute été son seul exutoire et elle y avait consigné sa douleur aiguë, rédigeant au fil des pages une insupportable confession où se mêlaient la colère, le désespoir, la haine. L'absence de Martial la consumait, la détruisait inexorablement. Bien qu'il l'eût quittée pour une autre, elle continuait à lui vouer une adoration démesurée, qui oblitérait le reste de sa vie et la tuait à petit feu. Même l'amour qu'elle portait à ses fils demeurait impuissant à la distraire de son malheur. Savoir Martial heureux loin d'elle était un supplice de chaque instant, qui vrillait sa tête et sa chair sans lui laisser aucun repos. À l'aide d'une pince coupante, elle avait sectionné son alliance avant de la jeter dans la malle qui contenait sa robe de mariée, sans que ce geste dérisoire lui procure le moindre soulagement. Elle avait d'ailleurs failli brûler la robe dans la grande cheminée du salon, et seule la crainte de mettre le feu à la maison, avec ses enfants dormant au premier étage, l'en avait empêchée.

Jamais elle n'avait vu Aneke mais elle s'en faisait une idée assez exacte, la supposant très belle, très blonde, très exotique – le genre de créature sulfureuse qu'elle exécrait. Remâchant sa rancœur, elle s'en nourrissait, ou plutôt s'en empoisonnait. Chaque soir, une fois ses fils couchés, elle écrivait rageusement. D'abord ce cahier d'écolier sur lequel elle n'avait pas su exprimer autre chose qu'un refus affolé. *Non*, elle n'acceptait pas l'abandon de Martial, *non*, elle ne pouvait pas supporter qu'il lui en ait préféré une autre, *non*, elle ne se résignerait jamais. Le cahier, qui ne portait pas de date, trahissait l'horreur des premiers moments, quand elle s'était retrouvée seule, refusant d'accepter son sort et répétant ce « non » à l'infini.

En revanche, le carnet noir, postérieur, prouvait quant à lui que Blanche avait eu le temps de réfléchir. En 1970, Nils était né depuis quelques mois et le bonheur radieux de Martial éclatait lors de chacune de ses visites aux Roques. Sa joie d'homme comblé – qu'il ne cherchait même pas à dissimuler – était insupportable à Blanche, aussi, lorsqu'il avait annoncé à Maxime et à Victor que bientôt ils feraient la connaissance de leur « petit frère », elle avait vu rouge. L'idée que ses fils rencontrent la Suédoise et son bâtard la rendait folle. Même si elle était parfaitement consciente de la chape de plomb qui pesait sur Les Roques, elle ne voulait pas que ses garçons aillent rire ailleurs. Après tout, elle n'avait plus qu'eux, et aussi cette horrible maison dont elle se sentait prisonnière.

La suite était logique, inéluctable. Blanche ne voyait aucune autre issue, elle devait détruire la Suédoise, *l'effacer*, selon ses termes. Ensuite, elle en avait l'absolue certitude, tout redeviendrait comme avant. Une fois seul, Martial serait très vulnérable, il aurait besoin d'être consolé, besoin qu'on l'aide à élever cet enfant d'à peine dix-huit mois.

Tous les soirs, elle écrivait fiévreusement dans le carnet noir, inventoriant les moyens dont elle disposait pour arriver à ses fins. Si elle répugnait à se servir d'un couteau, elle possédait encore l'un des revolvers de Martial, qu'il lui avait abandonné en partant, et elle se demandait si elle saurait s'en servir.

Tenir ce journal avait dû la galvaniser, lui procurer une sorte de plaisir pervers. Pour ne pas être surprise par Maxime ou Victor, elle attendait qu'ils soient endormis et montait au second où elle s'installait dans la grande chambre mansardée. Là, elle se livrait tout entière à son fantasme de meurtre. À force d'imaginer la scène, et surtout les retrouvailles qui suivraient, elle semblait ne plus en voir l'amoralité. Récupérer Martial était un but qui suffisait à tout justifier. D'avance, elle se donnait l'absolution. En bordant ses fils, le soir, elle se promettait que leur père serait bientôt de retour. Puis elle descendait à la cuisine faire un gâteau pour le lendemain, différant le moment de monter à pas de loup au second, de rouvrir le gros carnet de toile noire et d'y poursuivre sa litanie. Les heures passées à écrire, penchée sur la petite table Louis XV, étaient devenues sa raison de vivre, et peu lui importait le froid ou la chaleur de la mansarde.

Une première fois elle était allée à Cahors, avait garé sa voiture à quelques mètres de l'immeuble où Martial vivait sa passion imbécile. Les yeux rivés sur la façade, elle n'avait rien fait d'autre que regarder et réfléchir. Ce jour-là, elle n'avait pas osé franchir le pas, et à force d'attendre, elle avait aperçu Martial qui se hâtait sur le trottoir, pressé de rentrer chez lui. À voir son air épanoui, son sourire béat d'homme amoureux, une nouvelle vague de haine l'avait secouée. Ce jour-là, elle était repartie bredouille mais plus déterminée que jamais.

La deuxième expédition à Cahors avait été *la bonne*. Elle le formulait sans remords ni regrets, d'une écriture ferme. La *chance* l'avait d'abord servie. À dix heures du matin, Aneke était seule chez elle, comme prévu, avec son gamin qui marchait à peine et ne parlait pas, jouant sagement dans son parc au beau milieu du salon.

Blanche n'avait pas confié au carnet tous les détails, sauf que cette *garce* était en train de faire ses carreaux. Refusant sans doute de se quereller avec la femme de Martial et n'ayant rien à lui dire, la Suédoise avait voulu couper court. Pour signifier son indifférence, elle était remontée sur son échelle, avait repris son chiffon. Du coup, le revolver était resté au fond du sac, inutile. Une simple poussée avait suffi, et Aneke avait basculé, disparu, laissant le foulard qu'elle portait négligemment noué sur les épaules dans la main de sa meurtrière.

Avait-elle accordé un seul regard à l'enfant avant de quitter la pièce ? Elle n'avait noté qu'une contrariété : au moment de quitter l'immeuble, elle était tombée malencontreusement sur *ce type*.

La dernière page exprimait à la fois son triomphe et son inquiétude. Martial reviendrait forcément, avec *l'affreux moutard*. Trop petit pour se souvenir de quelque chose, il n'était pas un témoin gênant, mais elle devrait faire semblant de l'accueillir avec affection. Et ensuite, toute sa vie, elle serait condamnée à le supporter. À persuader tout le monde, Martial le premier, qu'elle l'aimait. Comme si c'était concevable ! Non, il ne serait jamais son troisième fils, mais tant pis, elle se sentait capable de tenir ce rôle-là, c'était le prix à payer pour que son mari revienne enfin et reste auprès d'elle. Jouer les mères adoptives avait beau la révulser, elle y parviendrait, elle en était sûre, quitte à haïr le mioche en silence.

Le carnet noir s'arrêtait là.

Ce qui n'était pas écrit, Victor l'avait deviné entre les lignes. Trois fois de suite, il s'était obligé à recommencer la lecture de bout en bout. Horrifié, indigné, écœuré. À certains endroits, aveuglé par les larmes, il avait dû suivre les lignes avec son doigt.

La tête renversée en arrière, il essaya d'apercevoir le chien-assis de la chambre du second, mais le toit était trop haut. Découpée sur le ciel devenu laiteux, l'élégante façade des Roques semblait le narguer. Derrière ces murs, sa mère était devenue folle, concevant puis exécutant un crime impossible à pardonner. Avec le recul du temps, cette démence dont ils avaient été les spectateurs aveugles, Maxime et lui, lui soulevait le cœur de dégoût. Enfants, ils avaient vu Blanche triste, meurtrie, accablée de chagrin mais toujours aussi douce, un vrai modèle de tendresse maternelle qui forçait l'admiration. Il se souvenait parfaitement comment elle leur avait annoncé le drame qui frappait leur père. Elle avait joué à merveille la comédie de la compassion et leur avait demandé, avec une émotion retenue, d'accueillir gentiment ce *pauvre petit bout de chou*. L'arrivée de Nils, accroché au cou de leur père, avait presque été vécue comme un événement heureux.

À l'époque, tout le monde s'était incliné devant l'attitude de Blanche Cazals, une femme admirable. Digne, attentionnée, elle avait traité Martial en convalescent, et pris l'enfant sous son aile protectrice. Au bout du compte, son apparente magnanimité n'avait été qu'une arme utilisée pour enchaîner définitivement son mari. Car, en ce qui le concernait, ce retour au bercail sonnait le glas de la liberté. Anéanti par la mort d'Aneke, il avait reporté son affection sur Nils, que Blanche essayait de s'approprier peu à peu. Au nom de la compassion, elle gardait le petit garçon dans ses jupes, faisant de lui une poule mouillée.

Ce que Victor ne savait pas – et ne voulait surtout pas savoir –, c'était si, avec les années, elle avait fini par s'attacher à Nils malgré tout, ou si elle avait continué à le haïr. Il était la preuve vivante qu'Aneke avait bien existé, que cette parenthèse dans la vie de Martial ne pouvait pas être oubliée. Il était aussi celui qui avait tout vu. Trop petit pour s'en souvenir ? Pas sûr...

Épuisé, Victor frissonna. Avec l'aube, il avait gagné le droit d'appeler son frère au secours, après avoir porté seul ce fardeau pendant toute la nuit. Il retourna à la maison, referma la porte de la cuisine et alla décrocher le téléphone. Même le dimanche matin, Maxime se levait de bonne heure, mais comme il était à peine six heures, il répondit d'une voix ensommeillée.

— C'est moi, Max...

Le simple fait de parler, après toutes ces heures d'un silence pétrifié, ramena des larmes dans les yeux de Victor.

— Il faut que tu viennes...

— Maintenant ? Qu'est-ce qui se passe ?

— Je te le dirai quand tu seras là.

Après un court silence, son frère demanda, d'un ton alarmé :

— Tu as un problème, Vic ?

— Nous en avons un tous les deux. Et pas uniquement nous. Viens, s'il te plaît...

Une boule, dans sa gorge, étranglait sa voix, et il raccrocha avant d'éclater en sanglots.

Pour une fois, Virginie avait décidé de paresser au fond de son lit. Comme elle ne fermait jamais les rideaux de sa petite chambre, exposée à l'est, les rayons du soleil levant jouaient sur sa couverture. Couchée à plat ventre, la tête sur ses bras repliés, elle réfléchissait. Lorsqu'elle s'était réveillée auprès de Victor, trois matins plus tôt, elle avait éprouvé une drôle de sensation. Quelque chose qui ressemblait à l'envie de rester blottie dans ses bras. Même endormi, Victor était très rassurant.

Elle s'étira, esquissa un sourire. Rassurant ? Pourtant, elle s'était bien juré qu'aucun homme ne la protégerait plus ! Elle n'avait pas besoin qu'on veille sur elle, Pierre lui avait montré les limites de ce genre de rapports. Mais Victor était très différent de Pierre, et elle se demandait encore comment elle avait pu les comparer. Même leur manière de faire l'amour était radicalement opposée. Attentif, patient, tendre, Victor savait se maîtriser jusqu'au bout. Sa sensualité était celle d'un homme expérimenté, qui avait dû collectionner les conquêtes. Au contraire de Pierre, il n'imposait pas ses préférences et semblait uniquement préoccupé du plaisir de sa partenaire. Avant de s'endormir, il était descendu lui chercher une bouteille d'eau à la cuisine, l'avait regardée boire en souriant puis avait demandé sur quelle heure régler le réveil. Elle adorait son sourire, qui creusait une fossette sous sa cicatrice. Elle avait aussi aimé ses mains, sa peau, la douceur de sa voix grave, son authentique gentillesse. Quand elle était partie, après le petit déjeuner, il était resté debout dans l'allée, à regarder s'éloigner la voiture.

Que faisait-il aujourd'hui ? Occupait-il tous ses dimanches à poursuivre son installation aux Roques ? Cette maison lui allait bien, elle n'arrivait pas à l'imaginer dans un autre cadre et l'enviait d'y vivre. D'autant plus qu'il s'agissait d'une propriété de famille, où il avait été en partie élevé, où il pouvait retrouver ses souvenirs d'enfance et ses racines. Quel genre de petit garçon avait-il été ?

« Toi, ma vieille, tu craques complètement… »

Son sourire s'accentua tandis qu'elle s'emparait du téléphone. Il lui avait demandé d'appeler la première, quand elle en aurait envie, si elle en avait envie, et elle l'avait fait attendre assez longtemps comme ça. Il décrocha à la première sonnerie, bredouillant un « allô ? » plutôt revêche.

— Victor ? Bonjour ! J'espère que je ne te réveille pas ?

— Non… Non, pas du tout…

Sa voix était rauque, dénuée d'enthousiasme, et il n'ajouta rien.

— Je te dérange ?

— Non.

Après un nouveau silence, elle commença à s'inquiéter.

— Je me demandais si tu serais libre pour déjeuner ?

— Non, je ne vais pas pouvoir, je suis désolé.

Il semblait très nerveux, distant, mal à l'aise. Peut-être n'était-il pas seul ?

— Écoute, Virginie, ce serait trop long à expliquer mais… Est-ce que je peux te rappeler plus tard ? En fin de journée, ou demain…

Sa froideur était horriblement vexante et elle répliqua, d'un ton sec :

— Quand tu veux ! À bientôt.

En coupant la communication, elle se mordit les lèvres, furieuse. Quelle âme de midinette avait-elle donc pour s'emballer aussi vite ? Ils avaient juste passé une nuit ensemble – une excellente nuit, d'accord –, voilà tout. À leur âge, se plaire et faire l'amour n'engageait à rien d'autre. Déjà, avec Pierre, elle avait commis la même erreur.

— Je me fous de Pierre ! lâcha-t-elle à haute voix.

Incorrigible, elle voulait toujours y mettre du sentiment, se persuader qu'il s'agissait d'amour, et elle avait tort, elle le savait. Victor, lui, ne semblait pas se compliquer inutilement la vie ! Comme tous les hommes, son « je suis en train de tomber amoureux de vous » était à traduire plus prosaïquement par « j'ai envie de vous ». Et ensuite, au revoir et merci.

Paresser au lit ne présentait soudain plus aucun intérêt. D'un geste rageur, elle repoussa le drap. Dimanche ou pas, elle allait se rendre sur le chantier de Cécile Massabot au lieu de rêvasser bêtement à des choses impossibles.

Assis face à face, Victor et Maxime osaient à peine se regarder. Il était presque midi mais le temps n'avait plus aucune importance pour eux. La seule question essentielle, à laquelle ils ne trouvaient pas de réponse, était de savoir ce qu'ils allaient dire et à qui.

— Nils n'est pas en état d'entendre ça ! maintint Victor.

Il ne voyait plus son frère cadet en rival, mais en homme fragile, instable, qui avait les meilleures raisons du monde d'être mal dans sa peau et qu'il ne fallait pas accabler davantage.

— Il a le droit de savoir, murmura Maxime.

— Je suis d'accord, mais qui va se charger de lui assener la vérité ? Toi ?

— Papa.

— Non ! On ne peut pas lui demander d'exécuter Nils à bout portant !

C'était tout le problème. Leur mère avait tué la mère de Nils sous ses yeux. Qu'il s'en souvienne ou pas, ces images étaient gravées à jamais dans son subconscient. Il ne parlait pas encore, n'avait peut-être même pas compris la scène qui s'était déroulée devant lui ; cependant, qu'avait-il ressenti lorsqu'on l'avait mis dans les bras de Blanche ?

— À mon avis, il faut qu'on réfléchisse encore, Vic…

Entre eux deux, sur la table de la cuisine, le carnet noir était resté ouvert. Maxime tendit la main, le referma et l'attira à lui.

— Je passerai le déposer au coffre de l'étude, décida-t-il.

— Mets-le d'abord dans une enveloppe scellée !

Indécis, Maxime hésita puis repoussa le carnet vers son frère.

— Non, finalement, garde-le ici. Si quelqu'un lisait ça… Un clerc, n'importe qui…

— Ici ? C'est le palais des courants d'air ! Je te rappelle que j'ai eu des visiteurs, Max.

Le foulard disparu et la malle chamboulée demeuraient un mystère. Était-il concevable que Blanche soit le rôdeur nocturne des Roques ? En lui rendant son alliance, Victor lui avait-il brutalement rappelé qu'il subsistait des traces de sa démence ? Il ne comprenait pas pourquoi elle ne les avait pas détruites, ni comment elle avait pu oublier ce carnet noir. Un acte manqué ? La volonté morbide de laisser une preuve derrière elle ?

— Emporte-le chez toi, suggéra Victor.

— Tu plaisantes ? Il est hors de question que Cathie lise jamais ça !

— Tu ne lui diras rien ?

— Je ne sais pas… En tout cas, pas maintenant. Et pas avec tous ces détails ignobles…

Comme lui, Maxime avait eu besoin de lire plusieurs fois la confession de leur mère avant de pouvoir relever la tête. Pendant ce temps-là, Victor s'était douché, rhabillé, il avait aussi répondu au coup de téléphone de Virginie, incapable de lui adresser une seule phrase cohérente.

— Vic, on doit dîner chez les parents ce soir, rappela soudain Maxime.

Consternés, ils échangèrent un très long regard.

— Non, impossible, souffla Victor.

Se retrouver devant sa mère était pour le moment au-dessus de ses forces.

— Qu'est-ce que tu veux qu'on invente ? Surtout tous les deux à la fois ! Et je te préviens, je n'irai pas tout seul…

— On tourne en rond, Max. De quelque façon qu'on aborde le problème, on doit parler d'abord à papa.

— Aujourd'hui ?

— Eh bien…

— On va lui bousiller la fin de sa vie ! Voilà ce qui va arriver si on se précipite.

Il assena un violent coup de poing sur le carnet noir, faisant sursauter Victor.

— Ce truc est pire qu'une grenade dégoupillée, si on le lance n'importe comment et n'importe où, on détruira tout ! Quand papa saura la vérité, que crois-tu qu'il va faire ? Tuer maman ? Se mettre une balle dans la tête ? Comment veux-tu qu'il continue à respirer !

— À moins que ce soit sa première bouffée d'oxygène depuis trente ans !

Victor s'en voulut aussitôt de l'avoir dit, et même de l'avoir pensé. Le silence retomba entre eux tandis qu'ils s'observaient, l'un cherchant à deviner ce que pensait l'autre.

— C'est une trop lourde responsabilité, admit Victor au bout d'un moment. Tu as raison, Nils a le droit de savoir, et ensuite on prendra une décision tous les trois ensemble.

Jusque-là, chacun avait soigneusement évité de porter un jugement sur leur mère.

— Comment a-t-elle pu…, commença Max.

— Par amour, ça me semble évident ! Crime passionnel, elle n'est pas la première.

— Crime parfait, aussi.

Ils échangèrent un nouveau regard, anéantis par l'énormité de ce qui était en train d'arriver. Dans quel chaos leurs existences allaient-elles basculer s'ils commettaient le moindre faux pas ? L'habitude de gérer des situations familiales complexes, d'arbitrer des conflits ou de mettre au jour des secrets enfouis depuis longtemps allait-elle leur être d'une quelconque utilité ? Comment cette expérience professionnelle, qui leur avait appris à rester calmes et de bon conseil en toutes circonstances, pourrait-elle peser face à ce drame personnel ?

— Au moins, d'un point de vue légal…

Sans finir sa phrase, Maxime haussa les épaules d'un air résigné mais Victor acheva pour lui :

— Il y a prescription, je sais ! Un cas de conscience de moins pour nous, hein ? Mais si ce n'était pas le cas, tu l'aurais dénoncée ?

— Non ! Non, je ne crois pas…

Il n'en avait pas l'air tout à fait certain. Victor s'aperçut que son frère était en colère alors que lui-même se sentait anéanti, éteint.

— Je ne l'aurais pas crue aussi passionnée, aussi exaltée, ajouta Max. Jusqu'ici, je la prenais pour la plus douce des femmes, j'en aurais mis ma main au feu !

Leur mère s'était toujours montrée tendre avec eux, et avec Nils elle avait carrément été beaucoup trop gentille. À la lumière des phrases du carnet noir, cet excès prenait soudain une allure d'odieuse perversité. Avait-elle voulu, à force de laxisme, détruire l'enfant de sa rivale ? En faire cet adolescent vulnérable qu'il avait fallu conduire chez un psychologue ? La préférence évidente de Martial pour Nils avait dû la rendre folle de rage. Ou folle tout court. Mais ne l'avait-elle pas déjà été avant ?

— Je vais appeler Nils, décida Victor. Il devrait pouvoir être là dans la soirée, on aura un peu de temps devant nous.

— Qu'est-ce que tu comptes lui raconter ? Je ne tiens pas à ce qu'il ait un accident sur la route !

— Je trouverai un prétexte.

— Veux-tu que je me charge de décommander les parents ?

— Oui, merci.

Même avant de travailler ensemble, ils avaient toujours su se répartir les tâches, et quand ils avaient succédé à leur père, cette habitude les avait aidés à définir spontanément leurs territoires respectifs. Entre eux, un mot ou un simple regard suffisait la plupart du temps.

— Je vais rentrer chez moi, je reviendrai ici ce soir. Tu devrais en profiter pour dormir, tu as une tête à faire peur.

La nuit blanche se faisait sentir, pourtant Victor n'avait aucune intention d'aller se coucher. Il raccompagna Maxime jusqu'à sa voiture et resta penché quelques instants à la portière tandis que son frère démarrait.

— Max ?

Il aurait voulu le retenir pour ne pas rester seul, mais se contenta de lui serrer l'épaule d'un geste furtif. Le soleil avait disparu, masqué par de gros nuages noirs qui annonçaient l'orage. En regagnant la maison à pas lents, Victor s'arrêta une nouvelle fois pour contempler la façade. Maintenant, il connaissait les raisons du malaise ressenti ici depuis le premier jour, la première nuit. Aux Roques, sa mère avait enduré un calvaire quotidien qui l'avait conduite au pire, et quelque chose dans son attitude avait dû marquer Victor lorsqu'il était enfant. Aurait-il mieux valu rester dans l'ignorance ?

Après avoir quitté l'A20 à Souillac, Nils n'avait plus qu'une trentaine de kilomètres à parcourir, dont la moitié le long de la Dordogne. La route lui était si familière qu'il ne prêtait aucune attention au paysage, conduisant trop vite, comme toujours. Il se décida à finalement ralentir lorsqu'il abandonna les rives du fleuve pour bifurquer sur une petite départementale en direction de Carlux.

S'il avait la chance de parvenir à faire son film, il savait déjà dans quel décor il tournerait. Bon nombre de réalisateurs choisissaient le Périgord pour planter leur caméra, et le cinéma avait déjà largement utilisé les rues médiévales de Sarlat ou les châteaux alentour – dont celui de Beynac pour la suite des *Visiteurs*. Mais Nils avait grandi là, il connaissait la région mieux que quiconque, y compris quelques merveilles très bien cachées et non répertoriées par les Monuments historiques. Lors des repérages, il n'aurait que l'embarras du choix.

Maintenant que son projet commençait à prendre corps, tout son enthousiasme lui revenait. Après avoir poursuivi si longtemps une chimère, son rêve se concrétisait, il tenait enfin sa chance. Le montage financier avançait, le scénario venait d'être confié à un excellent dialoguiste, et déjà il songeait aux acteurs.

Perdu dans ses pensées, il faillit rater l'embranchement vers Prats et prit le virage au dernier moment. Allait-on vraiment lui laisser la possibilité de prouver qu'il possédait du talent ? Qu'il n'était pas qu'un médiocre, un farfelu, un raté ? Vis-à-vis de ses frères et de son père, il éprouvait un impérieux besoin d'exister autrement que comme le « pauvre » Nils, ainsi qu'il avait été si longtemps désigné, ou encore « ce salaud de Nils » depuis qu'il vivait avec Laura. Dans un autre métier, il aurait eu l'occasion de réussir plus vite, mais le cinéma était une sorte de loterie où les heureux gagnants se comptaient sur les doigts d'une main. Évidemment, dès qu'on parlait en millions d'euros, il n'y avait plus grand monde pour investir sur le nom d'un inconnu. Cependant, il avait suffi d'une première bonne volonté et, grâce à ce M. Villeneuve – que Nils n'avait pas encore rencontré –, les partenaires se décidaient l'un après l'autre. Était-ce un clin d'œil du destin que ce coup de pouce venu de Sarlat ? Même à son propre père, Nils n'aurait jamais osé demander des capitaux destinés à une entreprise aussi hasardeuse qu'un film.

Parvenu devant l'imposant portail des Roques, qui était ouvert, il arrêta sa voiture. La fois précédente, en pleine nuit, il n'avait pas vu grand-chose, et à la lumière du soleil couchant l'endroit lui parut encore plus magnifique que dans son souvenir. Il avait dû pleuvoir car quelques gouttes d'eau s'accrochaient encore aux feuillages des grands arbres du parc. Ici aussi, il aurait adoré tourner des scènes romantiques, mais c'était impossible, jamais Victor ne lui en donnerait l'autorisation. Dommage...

Il s'engagea dans l'allée, roulant au pas. Victor était resté évasif au téléphone, quelques heures plus tôt, mais l'urgence de son appel ne faisait aucun doute, aussi Nils s'était-il décidé à partir sur-le-champ. À quoi devait-il s'attendre ? La curiosité et l'inquiétude finissaient par le rendre nerveux. Il connaissait assez bien son frère pour avoir perçu toute l'émotion de sa voix. Voire quelque chose qui ressemblait à du désarroi. Que Victor puisse avoir besoin de lui dépassait son entendement.

À l'endroit où l'allée s'incurvait vers l'ouest, il s'arrêta de nouveau. Cent mètres plus loin, la façade des Roques venait d'apparaître, flamboyante dans son appareillage de pierres ocre blond. Une maison sublime, que Nils avait toujours préférée à celle du Présidial et qu'il aurait volontiers rachetée à son père – sauf qu'il n'avait pas trois sous d'économies, que personne ne la lui avait proposée, et que de toute façon il vivait à Paris. Avant le scandale de Laura, peut-être aurait-il suffi qu'il dise à quel point il aimait Les Roques pour que son père les garde ? Bien sûr, Victor en avait fait l'acquisition en bonne et due forme. D'ailleurs, hormis Nils, tous les Cazals respectaient toujours les règles, ce qui était la moindre des choses pour des notaires !

Surpris de se sentir aussi amer, il redémarra doucement. Il n'avait rien à reprocher à Victor, pas même d'avoir été flanqué dehors car il en aurait fait autant à sa place. « Tire-toi », s'était borné à lui demander son frère, expression plutôt sobre pour un mari trompé. Néanmoins, Nils n'arrivait pas à accepter d'être à la fois rejeté par Victor, ignoré par Maxime et mal jugé par son père. Ce dernier ne lui avait donné aucun signe de vie, pas la moindre nouvelle depuis cinq mois, attendant sans doute que Victor pardonne le premier.

Il gara sa voiture au pied d'un des deux pigeonniers, et constata en descendant qu'il était complètement ankylosé. Nils avait fait la route d'une traite, pressé d'arriver, mais à présent il hésitait, assailli par toutes les questions qu'il avait évité de se poser sur l'autoroute. Que lui voulait exactement Victor ? Était-il arrivé quelque chose à l'un des membres de la famille ?

— Tu as roulé comme un fou, non ? lança la voix de son frère derrière lui.

Il devait revenir d'une longue promenade car le bas de son jean et ses mocassins étaient mouillés. À ses côtés, un chien noir gambadait, la langue pendante.

— Tu m'avais demandé de faire vite...

Les yeux cernés, l'air fatigué, Victor s'approcha de lui avec un sourire hésitant.

— Maxime va nous rejoindre, annonça-t-il. En attendant, si tu as soif...

— Max ? Pourquoi ? C'est un conseil de famille ?

Sur la défensive, Nils le dévisagea et lui trouva une expression étrange, indéchiffrable.

— Viens, rentrons, soupira Victor.

Nils sentit la main de son frère se refermer sur son épaule. Ce geste familier le bouleversa au point de le faire bafouiller tandis qu'ils avançaient vers la maison.

— Mais qu'est-ce que... Si tu me... Dis-moi ce qui se passe ?

— Non, je ne te dirai rien sans Max. On va boire un coup d'abord, tu en auras besoin.

Victor ne lui lâcha l'épaule qu'une fois dans la cuisine, puis il alla chercher une bouteille de whisky.

Après avoir servi deux verres, il posa un bol plein de glaçons sur la table.

— En préambule, Nils, il y a tout de même une chose qui ne regarde que toi et moi.

— Je t'écoute.

— Pour Laura, j'ai décidé de tirer un trait sur le passé. Aujourd'hui, je suis guéri d'elle, et toi... Toi, tu es toujours mon petit frère, je crois qu'on n'y peut rien.

Cette fois, Nils resta une longue minute silencieux avant de murmurer :

— C'est si grave que ça ?

— Quoi ?

— Le reste. Ce que tu ne veux pas me dire sans Max.

— Oui.

— Grave au point que tu m'offres la réconciliation ?

— Eh bien... C'est en tout cas un bon prétexte pour le faire.

— Mais tu m'en veux quand même ?

— Non...

Abasourdi, Nils scruta le visage de son frère afin d'essayer de comprendre. Cette clémence soudaine cadrait mal avec le caractère entier de Victor. Alors qu'il s'apprêtait à poser une autre question, la porte s'ouvrit et Maxime entra, avec sa tête des mauvais jours, mais ce n'était pas à lui qu'il en voulait car il lança aimablement :

— Salut, toi ! Bonne route ?

Passant derrière Nils, il lui ébouriffa les cheveux avant de se laisser tomber sur un tabouret. Victor alla lui chercher un verre, le servit sans même lui demander son avis et s'installa à côté de lui. Nils considéra l'un après l'autre leurs visages tendus et éprouva une soudaine bouffée d'anxiété.

— Mais qu'est-ce qui se passe ? explosa-t-il.

La gentillesse de ses frères, tout comme leur gravité, lui était inexplicable. La dernière fois qu'il avait eu Maxime au téléphone, il s'était fait traîner dans la boue.

— Nous avons de gros ennuis, tous les trois, répondit Victor d'un ton calme. Qui nécessitent ce que tu appelles un conseil de famille. J'ai appris avant-hier, tout à fait par hasard, quelque chose de… d'épouvantable.

— Quoi ?

— Je vais te le dire… Parce que ça te concerne encore plus que nous, ou plus exactement, ça concerne ta mère. Et la nôtre…

— Ma mère ? répéta Nils, ahuri.

— Son décès, pour être plus précis.

Essayant de dominer son malaise, Victor se tourna vers Maxime et guetta son approbation.

— Les circonstances de sa mort ne sont pas celles que nous pensions connaître jusqu'ici, ajouta-t-il.

Il marqua une pause afin de laisser réfléchir Nils qui ne le quittait pas des yeux. De la manière dont il allait lui présenter le drame dépendrait la violence de sa réaction.

— Je ne sais pas ce dont tu te souviens, Nils…

Perplexe, Nils attendait des explications, pas des questions, et il maugréa :

— Je ne me souviens de rien !

Comment aurait-il pu se douter que ses frères l'avaient convoqué pour lui parler de sa mère ? Ils ne l'avaient même pas connue ! Quant à lui, et bien qu'elle l'obsédât encore, il ne se la rappelait quasiment pas.

— Elle n'est pas tombée d'une échelle ? lança-t-il.

— Si. Mais pas toute seule.

— Comment ça, pas toute seule ? Bon Dieu, Victor, accouche ! Je ne comprends pas un mot de ce que tu racontes.

— Maman était terriblement jalouse d'elle. Vraiment malade de jalousie. Et toujours folle amoureuse de papa. Prête à n'importe quoi. Ici, avec nous, elle tournait en rond, elle devenait obsédée, elle ne pensait plus à rien d'autre, c'est devenu une vraie démence... Alors, un jour, elle est passée à l'acte.

Un nouveau silence permit à Nils, qui avait retenu sa respiration, de reprendre son souffle. Il secoua la tête, comme s'il voulait éloigner un insecte.

— Victor..., murmura-t-il d'une voix paniquée.

À côté de lui, Maxime s'agita sur son tabouret, mais sans dire un mot.

— Elle est allée chez vous, à Cahors. Elle voulait parler à ta mère, ou... Enfin, c'est elle qui...

Sur le point d'édulcorer la vérité, Victor se reprit et eut le courage d'achever honnêtement :

— Elle l'a poussée dans le vide.

Le dernier mot sembla faire à Nils l'effet d'une décharge électrique.

— Non ! cria-t-il en se dressant d'un bond.

Livide, hagard, il regarda Victor et Maxime tour à tour.

— Qui vous l'a dit ? Qui ? Papa ?

— Non, il ne sait rien pour l'instant.

— Mais toi ? hurla-t-il en saisissant Victor par le col de sa chemise et en se mettant à le secouer furieusement. Tu le sais comment, toi ? C'est quoi, ces conneries ? Tu veux me faire croire qu'elle l'a tuée ? Tu te fous de moi !

Maxime le ceintura juste au moment où il écrasait son poing sur la joue de Victor.

— Je t'interdis de parler de ma mère ! vociféra-t-il en se débattant. Tu inventes ça pour te venger ? Tu es un salaud, une ordure !

— Arrête, arrête, répéta plusieurs fois Maxime.

Il parvint à l'entraîner jusqu'au milieu de la cuisine pour l'éloigner de Victor.

— Je n'y peux rien, Nils...

Victor s'était levé et il esquissa un geste d'apaisement.

— Il fallait qu'on te parle à toi d'abord, murmura-t-il.

Sa chemise s'était déchirée jusqu'à la ceinture mais il ne s'en souciait pas. Dans les bras de Maxime, Nils cessa brusquement de lutter.

— C'est vrai ? Blanche l'a... assassinée ?

Le mot, enfin prononcé, semblait tellement abominable que Victor baissa les yeux tandis qu'un silence de plomb s'abattait sur eux. Sans doute Nils ne dirait-il plus jamais « maman » pour désigner celle qui l'avait élevé.

— Comment ? Dis-moi comment !

Victor releva la tête pour regarder Maxime. D'un commun accord, ils avaient décidé de ne pas mettre le carnet noir entre les mains de Nils. Certaines phrases ne pouvaient être qu'un poison supplémentaire pour lui, notamment lorsque Blanche évoquait *l'affreux moutard* qui ne serait jamais son troisième fils, ou encore *le mioche* qu'elle comptait *haïr en silence*... Mieux valait raconter, si dur que ce soit, plutôt que lui faire lire ces horreurs.

— Elle l'a poussée, délibérément. Ta mère est tombée dans la cour. Vous habitiez au troisième.

Après, elle s'est enfuie. Elle a gardé dans la main le foulard que…

Nils poussa un cri rauque puis s'écroula aux pieds de Maxime, la tête entre les mains. Victor se précipita vers lui, s'agenouilla et lui entoura les épaules de son bras.

— Calme-toi. C'est arrivé il y a très longtemps, c'est…

— Sur ce foulard, il y avait des chevaux, chuchota Nils. Je les revois très bien.

Victor eut un brusque mouvement de recul. Il espéra de tout son cœur que son frère ne voyait rien d'autre, ni Aneke disparaissant dans le vide, ni Blanche s'enfuyant après son crime. Hébété, toujours affreusement pâle, Nils paraissait au bord du malaise.

— Viens, dit Victor en l'aidant à se lever. Viens t'asseoir dans le salon…

Autant l'installer sur quelque chose de confortable s'il devait s'évanouir. Cette perspective n'étonnait même pas Victor car Nils était toujours son petit frère fragile, il n'y avait finalement rien de changé. À l'époque où Nils revenait de l'école avec un coquard ou les genoux entaillés, il fallait se dépêcher de lui passer du mercurochrome avant qu'il ne tombe dans les pommes. Victor le poussa vers l'un des vieux fauteuils club de cuir fauve, achetés par leur père quarante ans plus tôt, et dont il n'avait pas voulu se séparer.

— Blanche…, répéta Nils à plusieurs reprises.

Il paraissait aussi sonné qu'un boxeur. D'un geste maladroit, il se cramponna au poignet de Victor qui était resté à côté de lui.

— Tu vas dire la vérité à papa ?

— Je ne sais pas…

— Si, bien sûr ! Pour que cette garce, cette immonde salope…

Une seconde, il tourna la tête vers Maxime qui les avait suivis et se tenait en retrait.

— C'est votre mère, d'accord… Mais quand même, papa ne l'a jamais aimée. Vous le savez, non ?

— Au début, murmura Maxime, il a bien dû…

— Comment veux-tu ? Elle est chiante, cul-bénit, mielleuse !

— Arrête, fit Victor entre ses dents.

— Il me l'a avoué, à moi, qu'il n'avait pas fait un mariage d'amour ! L'amour, c'est avec ma mère qu'il l'a trouvé, vous le savez très bien !

Dans le silence qui suivit, Maxime et Victor n'échangèrent qu'un très bref regard, qui leur permit néanmoins de se comprendre. Blanche était-elle *aimable* ? Depuis le temps qu'ils connaissaient les infidélités de leur père, jamais ils n'avaient eu l'idée de les lui reprocher, comme si leur mère ne pouvait susciter aucune passion, ni sentimentale ni charnelle. En revanche, elle, elle en avait éprouvé une, et des plus violentes, ainsi que l'attestait cet abominable carnet noir.

— Elle t'a élevé, rappela Maxime d'un ton dur.

Parce qu'il était blessé, il n'avait sans doute pas mesuré la portée de sa phrase, qui fit bondir Nils.

— C'était la moindre des choses, non ? Elle ne pouvait pas tuer tout le monde !

Un nouveau silence les sépara. À bout de nerfs, Victor eut soudain nette la sensation qu'il était sur le point de comprendre des choses effroyables. Blanche portait l'entière responsabilité de ce que Nils était devenu. Sa vengeance n'avait pas pris fin avec la mort d'Aneke, non, elle s'était aussi acharnée à détruire Nils, jour après jour, à force de fausse complaisance, de dispenses et de laxisme, d'excuses et d'apitoiement. Que pensait-elle lorsque ses propres fils se dénonçaient à la place du cadet dont ils couvraient les fautes ? Qu'elle touchait au but ? Qu'elle avait définitivement transformé le joli petit enfant blond de la Suédoise en raté de la vie ? Oh, oui, elle l'avait élevé ! Le résultat était là, sous leurs yeux, pire qu'un second crime, parce que celui-là avait nécessité trente années de sang-froid.

— Vous deux, reprit Nils d'une voix rauque, elle ne vous passait rien, mais pour moi, elle fermait toujours les yeux. Je pouvais bien inventer n'importe quoi, elle conservait son sourire de madone ! Au moindre éternuement, elle me gardait au lit, me dispensait de sport... J'ai séché des cours, raté des examens, imité sa signature sans qu'elle réagisse... À chaque nouvelle bêtise, elle me disait qu'il valait mieux ne pas en parler à papa... Bien sûr ! On en a accumulé, des petits secrets, elle et moi ! Même le psy, elle m'en a fait grâce, et pour cause...

La haine vibrait dans chacun de ses mots. Depuis toujours, il avait dû refouler sa rancune sans en comprendre la cause.

— Tu vas parler à papa, Vic, tu vas lui parler ou je le ferai moi-même !

— Tu ne feras rien du tout, répliqua Victor sèchement.

Depuis l'arrivée de Nils, ils avaient oublié Laura, mais le ton autoritaire de Victor venait soudain de leur rappeler qu'il existait entre eux une querelle qui n'avait rien à voir avec Blanche.

— Je ne suis même pas certain que ce soit la meilleure solution, ajouta-t-il plus doucement.

— Tu en vois une autre ? explosa Nils. La loi du silence ? La tête dans le sable ? Et toi, Max, tu es d'accord avec lui ? De quoi avez-vous peur ? Du scandale ? Des flics chez vous ?

— Il y a prescription, fit remarquer Maxime.

— Pour la loi, peut-être, mais pas pour papa ! Et d'abord, comment l'avez-vous appris ? Qui vous l'a dit ?

— C'est une longue histoire, répondit Maxime sans se départir de son calme.

— À savoir ?

— Une sorte de… confidence, qu'elle avait soigneusement cachée mais qu'on a trouvée.

— Eh bien, je crois que ça s'appelle une preuve, non ?

Victor regarda Maxime une nouvelle fois avant de répliquer :

— On a tout brûlé.

— Quoi ? Mais vous êtes des monstres !

De nouveau très pâle, Nils eut soudain les larmes aux yeux.

— De quel droit avez-vous fait ça ? Du droit du plus fort, du plus juste ? Vous ne vous rendez pas compte que le moindre détail est capital, pour moi ? Il y a trente ans que je cours après mes souvenirs ! Et vous avez détruit ça tranquillement, sans vous soucier de moi, pour préserver votre tranquillité ? Vos affaires ? Vous me dégoûtez, tous les deux, vous êtes ignobles…

Il leur tourna le dos et alla se planter devant une fenêtre. D'où il était, Victor voyait ses épaules trembler. Un élan de compassion faillit le faire parler, mais Maxime avança un peu dans la pièce, lui barrant le chemin.

— Je crois qu'on n'a plus rien à se dire, qu'on ne pourra jamais se comprendre, lâcha Nils sans se retourner. Je vous laisse régler ça entre vous, de toute façon vous avez tout décidé d'avance, comme toujours.

— Eh bien, non ! s'emporta Maxime. Pour une fois, tu ne vas pas te défiler, tu vas rester là et tu vas assumer ! Je sais que tu te fous éperdument de la famille, mais pas nous !

Faisant volte-face, Nils planta son regard pâle dans celui de Maxime.

— Je m'en fous, moi ? Alors qu'il y a des mois que je crève de cette brouille, que je n'en dors plus la nuit, que je suis même venu supplier Victor...

— Oui, parce que tu veux qu'on t'aime les yeux fermés. Ce ne sont pas des remords, c'est de l'égoïsme. Tu nous insultes, mais nous n'avons rien à nous reprocher à ton égard, ni Victor ni moi. Et j'en profite pour te dire que si au lieu de Laura tu t'en étais pris à Cathie, je t'aurais flanqué la correction qui te manque depuis longtemps.

Estomaqué, Nils resta silencieux un moment avant de murmurer :

— Vous m'avez fait venir pour m'engueuler ?

Au lieu de répondre, Maxime se contenta de lever les yeux au ciel.

— Bon, soupira Victor, si on mangeait quelque chose ?

Le soleil était couché depuis longtemps et la pénombre commençait à envahir le salon.

— Nous n'avons rien réglé du tout, rappela-t-il, et il faut qu'on prenne une décision. Vous venez ? Je n'ai pas l'intention de vous servir ici...

Ses frères le suivirent en silence tandis qu'il sortait du salon.

À dix heures du soir, Virginie avait cessé d'espérer un appel de Victor. Prenant sa voiture, elle était allée faire un tour sur la route du moulin, d'où elle pouvait apercevoir Les Roques, et elle avait constaté que presque toutes les fenêtres du rez-de-chaussée étaient illuminées. Victor avait l'air de s'amuser chez lui, le dimanche, grand bien lui fasse ! En tout cas, il n'avait pas eu le temps – pas l'envie ? – de téléphoner. Sans doute recevait-il des amis, ou *une* amie, mais pour un homme solitaire, il était décidément très occupé !

Pas elle. Hormis le chantier Massabot, sa vie n'avait rien d'exaltant. Si, en s'installant ici, elle avait trouvé une sorte de sérénité dans la solitude et de consolation dans l'indépendance, le fait d'avoir passé une nuit avec Victor Cazals bouleversait tout. Une malheureuse nuit ! Qu'avait-il d'extraordinaire ? Au début, elle ne l'avait même pas trouvé attirant. Et pourtant, depuis ce matin, elle avait sans arrêt pensé à lui, persuadée qu'il allait rappeler, s'expliquer, peut-être même s'excuser. Mais pas du tout.

Dans ces conditions, rien ne l'empêchait d'accepter l'invitation de Cécile, qui lui avait proposé pour le lendemain une virée en gabarre sur la Dordogne. Ensuite, elles pourraient visiter le château de Beynac et la forteresse de Castelnaud avant d'assister à un spectacle historique dans la soirée. Il était temps pour Virginie de s'imprégner des merveilles architecturales de la région et, apparemment, ce ne serait pas Victor son guide, autant se faire une raison.

En éteignant sa lampe, un peu après minuit, elle prit la décision de ne pas le revoir. Avec Pierre, elle avait usé de toute la patience dont elle était capable, elle ne supporterait pas un mufle de plus.

8

Victor se leva machinalement pour accueillir le client qu'Aline faisait entrer dans son bureau mais il resta interdit, sans achever son mouvement. D'un rapide coup d'œil, il vérifia le nom sur son agenda et se maudit de sa distraction.

— Monsieur Batailler ? lança-t-il d'un ton incisif.

— Merci de me recevoir, répliqua Pierre tandis que la secrétaire s'éclipsait.

— Je suppose que vous êtes ici pour une raison personnelle ? Sinon, je ne tiens pas à vous compter parmi mes clients.

— Évidemment ! Je peux m'asseoir ?

D'un signe de tête, Victor acquiesça. La présence de l'architecte l'agaçait sans vraiment le surprendre. D'après la description que Virginie lui en avait faite, ce type était capable de tout, y compris des pires provocations.

— Je suis venu vous parler de Virginie, je crois que certaines choses méritent d'être éclaircies.

— Par exemple ?

Toujours debout, Victor conservait délibérément une attitude hostile. S'il avait été plus vigilant quant à ses rendez-vous de la journée, il aurait pu se dispenser de cette rencontre d'où il ne pouvait rien sortir de bon. Malheureusement, après ce week-end infernal, il était incapable de travailler sérieusement. Il se demanda si Maxime éprouvait les mêmes difficultés que lui à se concentrer. D'autant plus qu'ils n'étaient parvenus à aucune décision concrète et que Nils était reparti pour Paris dans un état de nerfs plutôt inquiétant.

— Vous la connaissez mal, et moi très bien, reprit Pierre Batailler.

— Alors ne me privez pas du plaisir de la découverte ! ricana Victor.

Il n'avait aucune nouvelle de Virginie, mais de toute façon il n'était pas en état d'y penser pour l'instant.

— Je veux seulement vous mettre en garde. Virginie n'est pas la gentille petite femme courageuse pour laquelle elle voudrait se faire passer. Elle est calculatrice, prête à tout pour arriver, et elle vous a repéré de loin. Quand elle s'est installée ici, on s'appelait tous les soirs, elle et moi, alors je sais exactement ce qu'elle pense de vous. Le pigeon idéal… Libre à vous de vous laisser plumer… je vous aurai prévenu.

— Trop aimable. Si vous avez terminé, vous pouvez sortir.

Batailler ne devait pas avoir l'habitude qu'on lui parle sur ce ton et il répliqua vertement.

— Pas tout à fait ! Je dois aussi vous avertir que, au bout du compte et malgré tous ses défauts, je la récupérerai.

— Ben voyons ! Elle vous aime toujours sans le savoir, c'est ça ?

L'ironie de Victor ne fut pas du goût de l'autre qui se leva d'un bond.

— Vous n'avez rien à gagner dans cette affaire, et tout à perdre si vous vous mettez en travers de mon chemin.

— Serait-ce une menace ?

La colère gagnait Victor et il sentit qu'il n'allait plus tarder à perdre son sang-froid. S'il insistait une minute de plus, Batailler ferait un excellent bouc émissaire.

— Vous n'êtes pas son mari, vous n'êtes plus son amant, laissez-la tranquille. Et sortez d'ici !

Face à face, ils étaient aussi grands l'un que l'autre, aussi déterminés, et leur antipathie mutuelle ne faisait aucun doute.

— Qu'est-ce que vous espérez ? Elle n'est venue s'enterrer dans ce trou que pour m'emmerder, et elle ne risque pas de tomber amoureuse d'un petit notaire comme vous !

Cette injure-là, Victor l'avait déjà entendue dans la bouche de Laura, lors de leurs disputes, et il ne l'accepterait plus de personne. D'autant moins de cet homme qui affichait un comportement de propriétaire parfaitement exaspérant. Comment Virginie avait-elle pu le supporter pendant des années ? Et pas seulement le supporter, puisqu'elle avouait l'avoir aimé avec passion, au moins au début.

— Je ne vous retiens pas, dit Victor en le prenant par l'épaule pour le pousser vers la porte.

Il savait très bien qu'il n'aurait pas dû le toucher, que son geste déclencherait un affrontement physique, mais soudain il éprouvait une incontrôlable envie de se défouler sur quelqu'un.

— Lâchez-moi, gronda Pierre entre ses dents.

— Vous êtes venu pour ça, et je suis d'accord. On va dehors ?

Sa main tenait toujours la veste de toile légère que portait Pierre. Il ouvrit en grand la porte qui donnait sur la cour, à l'arrière, par où ses clients pouvaient s'éclipser. Trébuchant sur les pavés, Pierre se dégagea brutalement de son emprise et réussit à mettre un peu de distance entre eux.

— Vous êtes fou ou quoi ? Vous voulez vraiment mon poing dans la gueule ?

— On va voir si vous avez autant de courage avec moi qu'avec le pare-chocs de ma voiture !

Cependant, ce n'était pas à sa Rover cabossée que Victor pensait, c'était à la façon dont Virginie lui avait souri en se réveillant à côté de lui. Il n'avait d'ailleurs pensé qu'à ça pendant deux jours, jusqu'à la découverte du carnet noir qui avait tout bouleversé. Depuis, Virginie était vraiment passée au second plan. Il se reprocha de ne pas l'avoir rappelée, de ne se souvenir de son existence que parce que Pierre Batailler venait de le défier.

Le premier coup, un magistral direct au menton, le prit pourtant par surprise.

Chargé par Blanche d'acheter un jambon cru, Martial était arrêté près de l'étal du Gaulois. Le nombre de touristes agglutinés devant l'assortiment de charcuteries finit par le décourager et il fit demi-tour. Sa femme trouverait bien une autre idée de recette, tant pis pour le jambon.

Alors qu'il quittait la place André-Malraux, se frayant un chemin à travers la foule, une femme pressée le bouscula d'un coup d'épaule.

— Vous pourriez faire attention ! marmonna-t-il sans lever les yeux.

— Je suis désolée, Martial...

La voix de Julie lui fit l'effet d'une douche froide et il s'arrêta net.

— Tous ces gens me rendent folle, alors je fonce comme un taureau, s'excusa-t-elle. J'ai tellement de retard dans mes visites !

Pourtant, elle restait arrêtée à côté de lui. Il remarqua ses traits tirés, son tailleur de lin élégant mais un peu froissé, et la lourde sacoche qu'elle tenait à la main.

— Tu as beaucoup de patients à Sarlat ? demanda-t-il platement.

— Les malades adorent changer de médecin, c'est bien connu, dit-elle avec un sourire sans joie.

Elle le scrutait d'un air si triste qu'il faillit la prendre dans ses bras. Son sens du devoir l'avait conduit à un sacrifice aberrant qu'il regrettait chaque jour.

— Je me sauve, ajouta-t-elle tout bas.

Tandis qu'elle s'éloignait à grands pas, il la suivit des yeux le plus longtemps possible. Pas question de rentrer chez lui, il serait incapable de supporter un tête-à-tête avec Blanche, surtout pour parler de jambon ! Cette perspective était assez déprimante pour qu'il prenne aussitôt la direction de l'étude. À l'époque où il y travaillait encore, il n'avait été ni heureux ni malheureux, seulement très occupé. Délibérément noyé dans le travail. Avec, déjà, une réticence constante à regagner la rue du Présidial. À présent, il était oisif, et toute sa liberté ne lui servait qu'à se morfondre davantage. De temps à autre, il proposait d'aller chercher ses petits-enfants à l'école, mais Cathie n'y consentait que rarement, le sachant peu patient avec les gamins. Il ne s'en était jamais caché, même à l'égard de ses propres fils il avait souvent manqué de tolérance. Sauf vis-à-vis de Nils, bien entendu. Nils qu'il n'avait toujours pas revu et dont Blanche elle-même semblait lassée.

Il longea l'ancien évêché, transformé en théâtre, puis la cathédrale Saint-Sacerdos. Une fois parvenu rue Montaigne, il hésita. Peut-être Victor aurait-il le temps de déjeuner avec lui et de lui raconter quelques-unes des affaires en cours ? S'il ne l'écoutait que d'une oreille distraite, au moins il ne penserait pas à Julie pendant ce temps-là, ni à tout ce qu'il avait perdu en la quittant.

Une estafette bleue était garée devant l'étude, et en passant le porche il tomba sur deux gendarmes qu'il connaissait de vue et qui le saluèrent en silence. Il poussa la porte du hall d'accueil, mais Aline n'était pas derrière son comptoir. Intrigué de trouver les lieux déserts, il patienta jusqu'à ce que l'un des clercs apparaisse au bout du couloir qui menait aux bureaux.

— Maître Cazals, quelle bonne surprise…, bredouilla le clerc en s'approchant.

Employé depuis plus de quinze ans, il avait travaillé pour Martial en son temps et semblait consterné de le découvrir là.

— Je crois que tout le monde est très occupé ! ajouta-t-il en hâte.

Alors qu'il essayait d'entraîner son ancien patron vers la salle d'attente, la voix aiguë d'Aline les arrêta.

— Allez au moins vous faire recoudre, je vous assure que ça nécessite un point de suture !

— Oh, calmez-vous, ce n'est pas la fin du monde !

Flanqué de la secrétaire et de Maxime, Victor remontait le couloir à son tour mais il s'arrêta net en apercevant son père. Il pressait contre sa pommette un mouchoir imbibé de sang et tenait sa cravate de l'autre main.

— Qu'est-ce qui se passe ici ? lança Martial d'un ton inquiet.

Maxime fut le premier à répondre, d'un air faussement désinvolte :

— Tiens, papa ! Ne t'inquiète pas, c'est juste une petite bagarre entre mecs, rien de grave…

— Vous vous êtes battus ?

— Pas moi, lui.

— Avec qui ? Pas un client, quand même ?

Éberlué, Martial regardait tour à tour ses deux fils, attendant une réponse.

— Bien sûr que non, soupira Victor.

— Une histoire de bonne femme, tu le connais…

— Tu ne peux pas faire ça ailleurs ? s'insurgea Martial.

— Ce type est venu me chercher dans mon bureau !

— Il avait rendez-vous, rappela Aline. Vous n'avez qu'à lire votre agenda. Asseyez-vous une seconde, que je puisse au moins désinfecter.

Elle poussa Victor derrière le comptoir où elle le fit asseoir de force, puis elle ouvrit un placard d'où elle sortit une petite bouteille d'alcool et des pansements.

— Je voulais déjeuner avec toi, maugréa Martial, mais dans ces conditions…

— Si, c'est une bonne idée, murmura Victor sans enthousiasme.

Le regard anxieux qu'il lança à son frère n'échappa guère à Martial qui proposa :

— Dans cet état-là, tu préfères peut-être venir à la maison ?

— Non !

C'était un tel cri du cœur que, cette fois, Martial fronça les sourcils en dévisageant Victor.

— Non, papa, je n'ai pas le temps, je… Allons au bistrot du coin, on trouvera bien une petite place pour grignoter vite fait.

Aline avait retiré le mouchoir et considérait d'un air navré l'entaille, assez profonde.

— Il vous a drôlement arrangé…

— Tu as appelé les gendarmes ?

— C'est moi qui l'ai fait, intervint Maxime. Vic n'y est pas allé de main morte et le type voulait porter plainte. Finalement, il y a renoncé.

— Encore heureux ! Ce genre de scandale a un effet désastreux sur la clientèle, je n'ai pas besoin de vous le dire. L'époque change, d'accord, mais pas l'idée que les gens se font d'un notaire. Et je te jure que, pour l'instant, ton allure est tout sauf respectable. En plus, mon pauvre Victor, tu as largement passé l'âge de ces conneries-là !

— Je n'y suis pour rien, je…

— J'espère qu'elle en vaut la peine, au moins ?

Un peu radouci, il se dit que son fils avait le droit de se battre pour une femme, s'il était de nouveau amoureux. Allait-il enfin se décider à remplacer cette garce de Laura ?

— Et toi, Max, tu déjeunes avec nous ou tu rentres chez toi ?

— Il vient, répondit fermement Victor à la place de son frère.

— Vous devriez vraiment voir un médecin, grogna Aline, ou vous finirez balafré de partout !

La réflexion avait dû lui échapper car elle rougit aussitôt jusqu'à la racine des cheveux.

— Un charme de plus, plaisanta Martial.

Mais il s'approcha pour jeter un coup d'œil. Le menton de Victor bleuissait déjà, et la plaie de sa pommette avait une vilaine apparence.

— Aline a raison, je vais t'accompagner chez un toubib.

Il avait conservé suffisamment d'autorité sur ses fils pour que Victor cède, malgré son évidente exaspération.

Cécile Massabot avait trouvé très amusant de réunir des amis pour donner une petite fête en plein air, au beau milieu du chantier de sa maison. Une grande table à tréteaux était dressée dans le jardin, non loin d'une bétonneuse et d'une excavatrice.

Pour Virginie, ce dîner s'était d'abord présenté comme une corvée incontournable, Cécile lui ayant affirmé qu'elle l'organisait en partie pour elle, afin de lui faire rencontrer des gens qui pouvaient tous se révéler des clients potentiels. Au fil de la soirée, elle avait pourtant fini par se détendre, rassurée par l'ambiance amicale, décontractée, beaucoup moins superficielle que ce qu'elle avait pu craindre. La plupart des convives se connaissaient et plaisantaient entre eux, mais ils l'avaient intégrée à la conversation en lui posant mille questions sur son travail d'architecte.

À présent, la nuit était tombée, seules des torches éclairaient le décor fantomatique du chantier autour d'eux, leur donnant l'impression de se trouver dans un endroit hors du monde. Virginie, placée face à la maison qu'on distinguait à peine, sirotait la fin de son verre de bergerac. Alors qu'elle n'écoutait que distraitement les bavardages autour d'elle, un nom attira soudain son attention.

— La femme de Victor était une vraie beauté, il aurait dû la surveiller comme le lait sur le feu ! répliqua son voisin de gauche.

Il était lancé dans une discussion avec Cécile qui répliqua aussitôt :

— Belle, oui, pour qui aime les blondes hiératiques... Elle avait toujours l'air de s'ennuyer prodigieusement !

— Elle ne supportait pas la vie de province, elle l'a assez répété.

— Moi, affirma Cécile, avec un Victor Cazals, je supporterais volontiers une île déserte !

Deux femmes éclatèrent de rire, comme pour lui donner raison, et Virginie éprouva un pincement de jalousie.

— C'est vrai qu'il est craquant, déclara une jolie rousse d'un air gourmand. Il l'a toujours été ! Et pour être honnête, avec Laura ils formaient un couple magnifique.

— Il était absolument fou d'elle, rappela Cécile. Le mari amoureux dont on rêve toutes... Il avait une manière de la regarder qui me rendait neurasthénique !

De nouveaux rires saluèrent sa plaisanterie et Virginie en profita pour demander à la rousse :

— Pourquoi l'a-t-elle quitté ?

— Pour un autre, mais impossible de savoir qui ! Elle est retournée à Paris et les Cazals ne se sont pas épanchés sur le sujet. Victor avait l'air d'un zombie après son départ, c'est tout ce qu'on peut dire.

À voir sa moue, elle l'aurait sûrement consolé s'il le lui avait demandé. Agacée, Virginie vida son verre, que son voisin remplit aussitôt. Imaginer Victor fou amoureux d'une autre lui était désagréable. Elle ne l'avait vu que gentil, tendre, mais certainement pas amoureux. Se méfiait-il des femmes, depuis que la sienne l'avait trahi ? Il avait prétendu ne pas chercher l'aventure, mais en réalité, il ne devait rien souhaiter d'autre, son attitude le prouvait. Au fond, c'était logique. Après une rupture douloureuse, impossible de se jeter tête baissée dans une histoire d'amour, elle-même avait été la première à le proclamer.

De nouveau perdue dans ses pensées, elle se désintéressa dc la conversation. Peut-être n'aurait-elle pas dû céder à Victor et passer la nuit aux Roques. Contrairement à lui, elle croyait possible l'amitié entre un homme et une femme. D'ailleurs, il s'était confié à elle avant d'être son amant puisqu'elle semblait la seule, à cette table, à connaître l'identité de l'homme avec qui Laura était partie.

Laura... Une « vraie beauté » blonde, de l'avis général. À côté de laquelle, sans doute, elle-même faisait pâle figure. Même Pierre ne lui avait jamais dit qu'elle était belle. Mignonne, ravissante ou désirable, voilà plutôt les adjectifs qu'il employait lorsqu'il voulait lui faire un compliment. À quoi pouvait bien ressembler cette Laura ? Avait-elle les yeux bleus ? verts ? Les cheveux longs ? Aux Roques, elle n'avait remarqué aucune photo hormis celle d'un petit garçon qui devait être Thomas. Qu'avait ressenti Victor le jour où il avait su qu'il allait être père ? Était-il tombé aux pieds de sa femme ?

Elle s'obligea à reposer son verre. Boire ne l'empêcherait pas de penser à Victor et finirait au contraire par la rendre vraiment triste. Être jalouse du passé de cet homme ne servait à rien, c'était irrationnel et immature. De toute façon, il n'avait pas donné suite et elle n'allait pas se ridiculiser à le harceler.

Peu après minuit, quand les invités commencèrent à se lever, elle eut enfin la possibilité de prendre congé. Cécile la raccompagna jusqu'à sa voiture et la serra dans ses bras, aussi démonstrative que d'habitude, exigeant de la retrouver le lendemain à huit heures, dès l'arrivée des ouvriers sur le chantier.

Le temps de rentrer chez elle et de prendre une douche rapide, il était une heure du matin lorsqu'elle songea à récupérer son portable au fond de son sac, avant de se coucher. Un message l'attendait sur sa boîte vocale, qu'elle réécouta plusieurs fois, le cœur battant. D'un ton assez froid, Victor lui apprenait qu'il avait reçu la visite de Pierre et que leur rencontre avait dégénéré. Il terminait en lui demandant d'appeler à l'occasion, mais précisait qu'il était très occupé pour le moment.

À l'occasion ? Où allait-il chercher des expressions aussi distantes ? *Très occupé...* Mais elle aussi ! Et que s'était-il passé avec Pierre ? Cet abruti était-il revenu dans la région uniquement pour s'en prendre à Victor ? De quel droit ? Bien sûr, il connaissait assez bien Virginie pour avoir compris, avant qu'elle le sache elle-même, qu'elle finirait par tomber sous le charme de Victor. Il lui avait suffi de l'apercevoir une fois, il l'avait tout de suite identifié comme son successeur. Donc, son rival, puisque rien n'était terminé dans son esprit. Combien de temps allait-il la poursuivre et lui gâcher l'existence ? Après l'avoir démolie professionnellement, il s'attaquait mainte-nant à sa vie privée, avec la même volonté de la détruire. Que faire ? Rappeler Victor pour s'excuser ? Non, il devait en avoir par-dessus la tête, sa froideur en était la preuve criante. Pour une nuit passée avec elle, il avait eu sa dose d'ennuis, avant et après.

Humiliée, consternée, elle se demanda si elle ne ferait pas mieux, une fois encore, de changer de région et d'aller tenter sa chance ailleurs.

— Mais qu'est-ce que tu lui as fait, bon sang ? répéta Laura d'une voix cinglante.

Depuis cinq minutes, elle vociférait, et Victor éloigna le téléphone de son oreille.

— Rien, répéta-t-il. Rien du tout.

— Tu te fous de moi ?

— Non, Laura. Il s'agit tout au plus d'un problème de famille, qui ne te concerne pas.

— À d'autres !

— Eh bien non, je suis désolé, pour une fois tu n'es pas au centre du débat !

— Alors, dis-moi de quoi il est question.

— Je pense que ça ne te regarde pas. Vois ça avec Nils.

— Comment veux-tu ? Il boit comme un trou et passe sa vie chez son psy ! Tout ça à cause de toi ! Je t'assure que je ne suis pas heureuse en ce moment...

— Chacun son tour.

— Tu deviens odieux, Victor ! Tu te venges, c'est ça ?

Il s'abstint de répondre et eut la surprise de l'entendre changer radicalement d'intonation.

— Ne sois pas méchant avec moi. Pas toi...

Elle raccrocha, le laissant sans voix. Qu'attendait-elle encore de lui ? Qu'il soit assez gentil pour régler à distance ses problèmes sentimentaux avec Nils ?

— Je rêve...

Il n'avait pas eu le temps de lui parler de Thomas et d'arrêter les dates des vacances. Il voulait faire coïncider le séjour de son fils avec celui de ses neveux, puisque Maxime et Cathie s'étaient engagés à passer au moins deux semaines aux Roques avec leurs enfants. D'ici là, il faudrait qu'il commande un toboggan et un portique, mais il se demanda où il allait trouver le temps de s'intéresser à de tels détails. Du matin au soir, écoutant à peine ses clients, il ne pensait qu'à sa mère. À sa mère et à son père, à ce dilemme que Max et lui ne parvenaient pas à régler.

Glissant son portable dans la poche de sa chemise, il reprit les cisailles et se mit à arracher le lierre qui envahissait de nouveau la façade. Son frère n'allait plus tarder. Presque chaque soir, depuis une semaine, Max venait passer un moment aux Roques, avant ou après le dîner. Pour l'instant, le carnet noir était caché dans l'un des pigeonniers, là où personne n'irait le chercher.

Quand il entendit la voiture remonter l'allée, il se dépêcha de jeter les dernières branches dans la brouette.

— Au lieu de jardiner, lui lança Max en le rejoignant, tu ferais mieux de liquider tes dossiers en retard ! Celui-là est urgentissime, d'après Aline…

Victor jeta un coup d'œil à l'enveloppe que lui tendait Max puis il haussa les épaules.

— C'est l'adjudication de cette baraque, rue Saint-Cyprien, soupira-t-il.

— Et tu t'en fous, je sais. Moi aussi. Il faut vraiment qu'on en sorte, Vic… Allez, trouve-nous deux verres, je t'ai porté du champagne.

— On fête quelque chose ? s'étonna Victor d'un ton morne.

— Non, mais c'est le seul truc que j'ai trouvé dans le frigo de l'étude et j'ai pensé qu'on le méritait !

Son frère lui souriait si gentiment que Victor se sentit soudain bouleversé. Max devait avoir pitié de sa solitude aux Roques. Quant à lui, Cathie et ses enfants se chargeaient de le distraire, et même s'il était tout aussi concerné que Victor, le problème de leurs parents l'obsédait sans doute moins.

Dans la cuisine, Victor mit deux coupes et un bol de noix sur un plateau. Avant de ressortir, il consulta la boîte vocale de son téléphone portable mais elle était vide. Virginie ne l'avait donc pas rappelé. Était-ce la bouteille de champagne qui lui faisait penser à elle ? Il savait qu'il avait été maladroit en lui laissant un message beaucoup trop laconique, deux jours plus tôt, mais il était si mal dans sa peau qu'il n'avait pas su quoi lui dire. En fait, il aurait été mieux inspiré de passer sous silence son altercation avec Pierre Batailler. Celui-ci s'était-il précipité chez Virginie pour se faire plaindre ? soigner ? Victor l'avait carrément démoli, étonné de sa propre agressivité. Même si, pour sa part, il avait eu droit à trois points de suture, Batailler devait avoir une tête à faire peur. Tant pis pour lui !

« Sauf s'il en a profité pour l'attendrir, pour rester un peu chez elle… »

Grâce à Laura, il n'ignorait rien de l'attrait que peut continuer à exercer quelqu'un qu'on a quitté. Si Virginie, depuis qu'elle avait rompu, pensait aussi souvent à Pierre que lui-même songeait à Laura…

Il eut soudain une irrésistible envie d'entendre la voix de Virginie. Au pire, si elle ne répondait pas, il pourrait au moins lui laisser un message plus chaleureux, plus personnel. Alors qu'il ressortait son portable de sa poche, Max fit irruption dans la cuisine, la bouteille à la main.

— Tu attends qu'il soit chaud ? Remarque, on est aussi bien ici, il y a beaucoup d'insectes dehors… Tu as eu des nouvelles de Nils ?

— Pas directement, mais d'après Laura il va mal.

— Elle t'a appelé pour te parler de lui ? Quel culot !

Devant la moue réprobatrice de son frère, Victor murmura :

— À qui veux-tu qu'elle en parle ?

Sans répondre, Maxime déboucha le champagne et emplit les coupes.

— Je crois que ça ne peut pas durer, Vic. Il faut qu'on se décide parce que ce week-end, c'est l'anniversaire de maman.

Il avait un peu buté sur les derniers mots. En général, les trois frères se groupaient pour acheter un cadeau, et un incontournable repas de famille avait lieu rue du Présidial.

— Mon Dieu, c'est vrai…, murmura Victor. Eh bien, de deux choses l'une, ou on parle à papa avant, ou on ne dit rien du tout, à savoir *jamais* rien.

— Tu choisis quoi ?

Prenant une profonde inspiration, Victor débita d'une traite :

— Sincèrement, je ne me sens pas une âme de justicier. À force de réfléchir, je pense qu'il vaut mieux se taire. Si la vérité éclate, personne n'y gagnera rien. Papa s'en ira et finira tout seul, il n'a plus l'âge de refaire sa vie. Maman non plus.

— Alors, tu l'absous ?

— Maman ? Ce n'est pas à moi de la juger. On ne peut rien changer et rien réparer, Max. Même si elle a obtenu ce qu'elle voulait, à l'époque, elle a dû le payer tellement cher, depuis…

— Pourquoi ? Tu crois qu'elle a eu des remords ?

— Je ne sais pas. Peut-être pas…

En réalité, il n'en avait aucune idée. Leur mère n'était évidemment pas la femme qu'ils avaient cru si bien connaître jusque-là…

— Pour ma part, ajouta-t-il, je n'ai rien à lui reprocher, elle ne m'a rien fait. À toi non plus.

— Et Nils ? Tu crois qu'il acceptera de se taire ?

Victor ne connaissait pas non plus la réponse à cette question et il esquissa un geste d'impuissance.

— Je me fais l'avocat du diable, soupira Maxime, mais au fond je pense comme toi. L'idée de la jeter en pâture à papa me terrifie.

La réaction de leur père était tout à fait imprévisible. Comment accepterait-il d'avoir perdu trente ans de sa vie auprès d'une femme qu'il avait prise pour une sainte et qui se révélait un monstre ?

— C'est vraiment au-dessus de mes forces, murmura Victor. Brûlons ce carnet, Max.

Depuis qu'il se torturait en essayant de trouver une solution, il en était au moins arrivé à une conclusion : il fallait essayer de sauver ce qui pouvait l'être, sinon la famille allait voler en éclats.

— Le brûler ? Oui… Mais explique-moi d'abord pourquoi elle ne l'a pas fait elle-même. Elle n'a pas pu l'oublier, impossible ! Le foulard, les photos, passe encore, en revanche le carnet n'a rien d'anonyme, c'est une confession.

— Le brocanteur était grand et il a eu du mal à l'attraper. Qui te dit qu'elle ne l'a pas cherché partout ? Je ne l'avais pas trouvé non plus, et pourtant je croyais avoir tout fouillé.

— Non, Vic. Si elle l'a caché dans cette armoire elle s'en souvenait forcément. Je crois au contraire qu'elle ne voulait pas le détruire. Comme un trophée.

— Le foulard ne suffisait pas ?

— Il ne signifie pas grand-chose. La preuve, quand on l'a découvert, on n'a rien compris. Tandis que ce carnet… Même si c'est monstrueux, avoir tué cette femme était l'acte le plus important de sa vie. Peut-être n'a-t-elle pas pu se résigner à n'en laisser aucune trace, consciemment ou non.

Aussi accablés l'un que l'autre, ils échangèrent un long regard puis Maxime remplit de nouveau les coupes.

— Quoi qu'on fasse, on aura toujours l'impression d'avoir commis une erreur. Alors, quitte à se tromper, autant le brûler.

Victor acquiesça d'un signe de tête puis but quelques gorgées en silence avant de se lever. Suivi de son frère, il gagna le salon et s'agenouilla devant la cheminée où il se mit à entasser du petit bois sur les chenets.

— Vis-à-vis de Nils, on était censé l'avoir déjà fait, rappela Maxime.

— Et si jamais il parlait quand même à papa ?

— Ce qu'il pourrait dire sera toujours moins grave que la réalité. Certaines phrases sont tellement ignobles...

Victor sentit la main de son frère se poser sur son épaule, juste un instant, puis il l'entendit quitter la pièce. Max savait où récupérer le carnet puisqu'ils l'avaient caché ensemble, il ne mettrait pas long-temps à revenir. Victor réprima un frisson. D'un geste résigné, il froissa un bout de journal qu'il glissa sous le bois. Aurait-il eu le courage de se décider sans l'approbation de Maxime ? Fouillant dans la poche de son jean, il en sortit un briquet.

— J'espère qu'on ne fait pas une connerie, maugréa-t-il entre ses dents.

Dès qu'il enflamma le papier, les brindilles commencèrent à crépiter. Il se redressa pour contem-pler les flammes et sursauta quand Maxime lui glissa le carnet dans la main.

— Fais-le feuille par feuille, c'est plus prudent.

Tandis que son frère se saisissait des pincettes, Victor se mit à arracher les pages, les laissant tomber une à une. Malgré lui, ses yeux se rivaient aux lignes et il déchiffra un mot par-ci, par-là. Non, décidément, ni leur père ni leur frère ne pouvaient lire des aveux d'un tel cynisme. Et lui-même ne regarderait plus jamais sa mère sans un sentiment de profond malaise. Parviendrait-il même à la regarder en face ? À la fin il jeta la couverture noire dans les flammes et la vit se racornir avant de s'embraser.

Malgré sa longue expérience et tout ce qu'il avait pu entendre dans son cabinet, le docteur Leclerc se sentait troublé, presque ému, or l'émotion était un sentiment tout à fait indésirable dans la relation avec ses patients.

La dernière fois qu'il avait vu Nils, il l'avait jugé très mal dans sa peau mais assez lucide – et assez intelligent – pour rechercher pas à pas les causes de son malheur. Apparemment, l'explication lui avait été donnée d'un seul coup, lui éclatant comme un pétard sous le nez.

— Je me croyais mauvais, ingrat, indigne ! cracha Nils avec hargne. Et pendant ce temps-là, une partie de mon cerveau, à laquelle je n'ai malheureusement pas accès, devait rigoler en douce !

— L'inconscient est...

— ... vraiment bien verrouillé, je vous jure ! J'ai tout vu, donc je savais. Vous vous rendez compte ? Toutes ces années où elle m'a lu des contes, donné du sirop pour la toux, pris la température, je savais qu'elle avait tué ma mère ! En fait, j'aurais même dû être le seul à savoir ce qu'elle cachait sous les sourires douce-reux, la prétendue tendresse, et pourtant j'ai tout gobé.

Son histoire était particulièrement sordide, mais le docteur Leclerc en connaissait de bien pires, hélas !

— Avez-vous des images de cette scène ?

— Non... Ce foulard avec des chevaux m'était sans doute familier... Je ne crois pas distinguer autre chose. L'escabeau ? Il me semble qu'il était bleu. Il faudrait que j'aille revoir la cour de l'immeuble, à Cahors, ou bien...

Sa voix mourut tandis que ses yeux se perdaient dans le vague. L'expression de son visage était tellement douloureuse que le docteur détourna son regard.

— Que comptez-vous faire maintenant, Nils ? demanda-t-il d'une voix neutre.

— Je ne sais pas. Je suppose qu'il me faudra régler mes comptes pour avoir la paix. Faire table rase. En attendant...

Il sortit des billets de sa poche et les déposa sur le bureau. À la fin de chaque consultation, il payait toujours en espèces avant de convenir du rendez-vous suivant. Il était venu trois fois en une semaine, reçu en urgence, et à présent mieux valait revenir à un rythme hebdomadaire.

— Jeudi prochain, comme d'habitude ?

— Non, je ne suis pas sûr de le vouloir, répondit Nils. Je vous appellerai.

Ignorant l'air surpris du docteur Leclerc, il lui adressa un signe de tête avant de sortir. Dehors, une pluie tiède l'accueillit et il se hâta le long du trottoir mouillé. Parler avec son psy l'avait un peu soulagé, au moins au début, mais à présent il devait agir. Tant qu'il ne le ferait pas, il resterait prisonnier d'un souvenir, accablé par cette sempiternelle culpabilité qui avait bien failli le détruire. Pour s'en débarrasser, il devait d'abord venger sa mère, or il n'existait qu'un seul moyen de le faire. Venger sa mère, oui, mais aussi le tout petit enfant sans défense qu'il avait été, celui qui était toujours en lui, bâillonné depuis trente ans, et qui allait enfin pouvoir hurler son désespoir.

Une fois à l'abri de la pluie sur le quai du métro, il sortit son agenda de la poche de sa veste. Il l'ouvrit et le feuilleta pour vérifier qu'aucune obligation ne le

retenait dans les jours à venir. Au pire il les décom-
manderait, mais il ne différerait plus ce qu'il projetait.
À la date du dimanche suivant il remarqua qu'il avait
noté quelque chose, longtemps auparavant. *Anniversaire maman.* La vue de ces deux mots provoqua une
telle bouffée de haine qu'il faillit jeter l'agenda loin de
lui. Une rame arrivait et il se recula un peu, refermant
l'agenda d'une main qui s'était mise à trembler.

Comme chaque soir, dès que Victor ouvrit le
premier battant du portail Léo sauta hors de la Rover
et fonça dans l'allée, fou de joie. Il allait passer une
bonne heure à courir partout en reniflant, ou à ronger
tout ce qui lui tomberait entre les pattes : morceaux de
branches, pierres, outils de jardin.

Victor le suivit des yeux un moment, hésitant à
rentrer chez lui. Depuis une semaine, il différait d'un
jour à l'autre la visite qu'il voulait rendre à Virginie,
partagé entre une folle envie de la voir et une incompréhensible timidité.

Il se tourna vers sa voiture, dont le moteur tournait
au ralenti, et referma finalement le portail. Attendre
encore ne ferait qu'aggraver le stupide malentendu qui
s'était glissé entre eux. Depuis que Virginie avait
passé la nuit aux Roques, ils ne s'étaient ni revus ni
même parlé normalement au téléphone. Si jamais elle
avait décidé de renouer avec Pierre Batailler, il préférait le savoir maintenant.

Léo avait disparu, très affairé, et ne s'apercevrait
sans doute pas de son absence. En peu de temps Victor
s'était terriblement attaché à ce chien, qui avait
d'ailleurs séduit sans peine tout le reste de la famille.
Même Maxime ne faisait plus aucune réflexion sur la

présence insolite d'un beauceron dans le bureau de son frère.

Il mit à peine cinq minutes pour arriver devant la maison de Virginie et constata qu'elle n'était pas là. Déçu, il alla néanmoins sonner, par acquit de conscience, et patienta en vain. Dînait-elle autre part ou rentrait-elle toujours aussi tard de son chantier ? Il retourna chercher un bloc-notes et un stylo dans la boîte à gants de sa voiture, puis revint s'asseoir sur le muret qui délimitait le petit jardin. S'il prenait le temps d'écrire un mot gentil, ce serait toujours mieux que rien.

Les yeux baissés vers le bloc, il resta d'abord indécis. Chère Virginie ? Ma chère Virginie ? Non, c'était conventionnel, ridicule. Mais Virginie tout court était pire. Après de longues hésitations, il inscrivit seulement en travers de la feuille : « Tu me manques. » Alors qu'il signait, il l'entendit arriver et se leva d'un bond. La possibilité qu'elle ne soit pas seule l'effleura, malheureusement il était trop tard pour s'en aller. Il froissa le papier qu'il glissa dans sa poche au moment où elle descendait de voiture et claquait la portière.

— Tu m'attendais ?

Le ton n'était pas très aimable, le regard non plus.

— J'étais venu à tout hasard, dit-il doucement, j'allais partir.

— Tu es pressé, je suppose ?

— Non, je…

— Mais si ! Les hommes sont toujours pressés, c'est bien connu.

Éblouie par le soleil couchant, elle mit une main en visière et eut aussitôt un mouvement de recul.

— Seigneur ! C'est Pierre qui t'a… Oh, je suis vraiment désolée !

Comme il était à contre-jour, il comprit qu'elle venait juste de découvrir les points de suture, les ecchymoses, le bleu sur son menton.

— Tu ne l'as pas vu ? demanda-t-il malgré lui.

— Pierre ? Non.

Immobile devant lui, elle ne faisait pas un geste pour entrer dans la maison. Après un silence embarrassé, il murmura :

— Bon, je vais y aller...

Au lieu de répondre, elle continua à l'observer en silence, jusqu'à ce qu'il se sente vraiment mal à l'aise.

— J'aurais dû t'appeler plus tôt. Mais j'ai été très occupé, et ensuite ton copain est venu me faire un scandale à l'étude...

— Ce n'est plus mon copain, lâcha-t-elle d'un ton sec.

— En tout cas, il est toujours dingue de toi.

— Je n'y peux rien.

Une seconde, Victor se demanda si Batailler serait assez fou, lui, pour tuer quelqu'un par jalousie, par amour, et il décida que non. Passer à l'acte n'était pas si simple – encore heureux ! –, pourtant sa mère n'avait pas hésité. Pourrait-il jamais penser à autre chose ?

— J'ai beaucoup de soucis en ce moment, Virginie. Dès que ça ira mieux, je...

— Ne te fatigue pas, j'ai compris.

— Quoi ?

— Tu ne me dois rien, moi non plus. Tu n'aurais pas dû te donner la peine de venir jusqu'ici pour me dire ça, c'était une évidence !

Le malentendu tournait au désastre. Il la vit chercher sa clef dans son sac et, sans réfléchir, la saisit par le poignet.

— Attends ! S'il te plaît...

— Fous-moi la paix, Victor ! hurla-t-elle en se dégageant.

Elle s'acharna quelques instants sur la serrure puis s'engouffra chez elle. Adossée à la porte refermée, le cœur battant, elle reprit son souffle. Elle éprouvait une furieuse envie de pleurer, qu'elle domina à force d'inspirer profondément. Si elle ouvrait les vannes maintenant, elle ne pourrait plus s'arrêter.

Le bruit de la voiture qui démarrait lui fit tourner la tête mais elle attendit sans bouger. Victor ne fit pas hurler son moteur ni ses pneus sur la route. Après tout, il n'avait aucune raison de le faire, il n'était sans doute que vaguement ennuyé et devait déjà songer à autre chose. Pourquoi s'était-elle entichée de lui à ce point-là ? En quelques dîners et une seule nuit, elle avait perdu toute prudence. À quoi bon les résolutions, les proclamations ? Pourtant, avec Pierre, elle croyait avoir compris.

— Et le premier chien coiffé qui passe... Non, je suis vraiment trop nulle !

À cause de Victor elle se sentait stupide, ridicule, complètement dévalorisée. Elle ne voulait pas faire partie de celles à qui les hommes disent : « Désolée, chérie, j'ai plein de boulot. » Celles qu'on voit quand on a le temps, en passant, pour satisfaire un simple désir. Alors, bien qu'elle ne soit pas une « vraie beauté », une de ces poupées blondes qui les rendaient tous dingues, elle ne comptait pas se satisfaire d'un amant courant d'air. Et jamais elle ne supporterait le genre de geste que Victor avait eu cinq minutes plus tôt en lui broyant le poignet. Du genre « tu ne m'échapperas pas, je suis venu pour ça ». Combien de fois Pierre avait-il eu cette attitude de propriétaire, durant ces mois où elle avait essayé de rompre ? Y penser la rendait malade et elle balaya ce souvenir d'un haussement d'épaules. Au moins, Pierre semblait calmé, il ne lui avait pas téléphoné pour se vanter d'avoir cassé la figure à son rival, ce qui signifiait qu'il devait être très amoché lui-même. Peut-être avait-il eu le dessous ? Pour un bagarreur comme lui, l'humiliation suffirait à le faire tenir tranquille.

Elle revit le visage de Victor, les fils des points de suture sur sa pommette, juste au-dessus de son adorable cicatrice, et cet air fatigué qu'elle ne lui connaissait pas.

— Des Victor Cazals, on en trouve à la douzaine !

Mais non. Bien sûr que non. Elle pouvait bien le crier toute la soirée, elle n'arriverait pas à s'en convaincre. Victor possédait un charme fou qui la faisait complètement craquer. Et dire qu'elle l'avait jugé très antipathique au début !

Découragée, elle s'approcha de sa planche à dessin. L'un des amis de Cécile, qui avait été son voisin de table lors du dîner en plein air, désirait qu'elle étudie un plan de rénovation pour sa maison. Les premiers croquis ne lui donnaient pas satisfaction et elle les considéra d'un œil critique. Déception amoureuse ou pas, elle devait travailler. Un deuxième chantier lui rapporterait suffisamment pour qu'elle envisage de commencer ses propres travaux. Elle avait renoncé à l'idée de quitter la région, elle ne fuirait pas toute sa vie. Maintenant qu'elle avait des contrats, elle n'allait pas abandonner.

— Au lieu de te lamenter sur les bonshommes…

Elle s'installa sur le haut tabouret, alluma la lampe et prit une feuille de papier millimétré.

Encore une fois, Victor lança le bâton le plus loin possible, et Léo démarra comme une flèche. La nuit tombait, noyant le parc dans la pénombre, bientôt ce serait l'heure où les chauves-souris se mettraient à tournoyer sans bruit.

— Viens, le chien, on va se coucher !

Il escalada le perron, Léo sur ses talons. Après avoir donné un tour de clef, il partit faire le tour du rez-de-chaussée. Dans le grand salon, il jeta un coup d'œil machinal vers la cheminée, dont il avait vidé les cendres. Aucune trace de cette sinistre flambée ne subsistait, et désormais Victor évitait de se demander s'ils avaient eu raison, Max et lui. Brûler les mots empoisonnés écrits par leur mère n'effaçait pas le meurtre d'Aneke mais le renvoyait à un passé révolu.

Autour de lui, l'atmosphère des Roques semblait moins lourde. Une impression inepte, purement subjective, néanmoins il dormait mieux depuis qu'il connaissait la vérité. Les bruits de la charpente qui craquait, des courants d'air s'engouffrant dans les conduits, ou encore des feuillages balayant les vitres ne le tenaient plus en éveil. À moins que toute la fatigue accumulée ne suffise à le plonger dans un sommeil sans rêves ? Tant qu'il n'avait pas su qu'en faire, ce maudit carnet lui avait fait passer plusieurs nuits blanches, mais à présent c'était terminé.

— J'aime cette maison, déclara-t-il à haute voix.

Les oreilles dressées, Léo pencha la tête de côté.

— Et je t'aime aussi, ajouta-t-il en se penchant vers le chien.

Sa main se perdit dans le pelage épais et doux. À cet instant, dans leur chambre à Sarlat, ses parents devaient dormir côte à côte. Paisibles à défaut d'être heureux. Et rien ne viendrait troubler les années qui leur restaient, ils allaient continuer leur chemin ensemble, réunis par un mensonge vieux de trente ans qui valait infiniment mieux qu'un nouveau drame.

Il termina son inspection par la cuisine, dont il verrouilla la porte. Ce ne fut qu'une fois douché, et sur le point de se mettre au lit, qu'il pensa avec réticence à Virginie. Un vrai fiasco. S'il avait voulu se fâcher avec elle, il ne s'y serait pas pris autrement ! Pourquoi n'avait-il pas été plus simple, plus sincère ? Pourquoi le rendait-elle si empoté ? Il s'en voulait d'avoir multiplié les maladresses au point de la rendre carrément hostile. Bien entendu, il n'envisageait pas de lui raconter ses problèmes, mais il aurait pu invoquer un souci familial grave au lieu de se réfugier derrière un emploi du temps surchargé. Se prétendre amoureux puis ne plus donner signe de vie était un comportement absurde qu'elle n'avait évidemment pas apprécié.

Appuyé sur un coude, il contempla l'oreiller vide à côté du sien. Il avait aimé la voir se réveiller là mais n'avait pas su le lui dire. Quel crétin ! Et il avait adoré sa peau mate, ses seins ronds, sa manière d'enrouler ses longues jambes autour de lui, ses grands yeux sombres troublés par le plaisir...

Il failli se relever pour aller lui téléphoner, mais il redoutait de s'entendre dire une deuxième fois sur le même ton vindicatif : « Fous-moi la paix, Victor ! »

— Crétin, et lâche, ronchonna-t-il en éteignant sa lampe de chevet.

9

— Je te le dis parce que je ne veux pas vous prendre en traître, articula Nils d'une voix tendue.

— Où es-tu ? répéta Victor pour la troisième fois.

Il avait déjà rejeté la couette, prêt à se lever, mais la réponse de Nils fut pire que ce qu'il craignait :

— À Sarlat, en bas de la maison.

— Ne fais pas ça, Nils !

À sept heures du matin, leurs parents devaient être en train de préparer le petit déjeuner, dans la cuisine.

— Je n'ai pas le choix, Victor.

— Alors au moins, attends-moi, je t'en supplie !

Ces derniers mois, il n'aurait pas pu s'imaginer suppliant Nils pour quoi que ce soit. Pourtant, s'il ne trouvait pas tout de suite d'excellents arguments, le pire allait se produire.

— Tu vas le casser en mille morceaux ! S'il claque devant toi d'un infarctus, tu t'en voudras toute ta vie. Je sais que tu l'aimes...

— C'est pour ça, Victor. C'est justement pour ça.

Nils semblait tellement résolu que Victor eut la certitude de ne pas arriver à le fléchir, quoi qu'il dise.

— Je te demande un quart d'heure, le temps d'arriver. Je ne me mettrai pas en travers de ton chemin, mais laisse-moi être là ! Ils vont devenir fous tous les deux.

D'une main, il avait commencé à enfiler sa chemise de la veille.

— Te venger ne te conduira nulle part. Nous avions décidé de nous taire…

— Pas moi. Max et toi. Nous ne sommes plus dans le même camp et vous ne déciderez rien pour moi.

Il était en train de boucler son jean quand Nils coupa la communication.

— Et merde ! hurla-t-il.

Raflant son portable sur la table de chevet, il se précipita hors de sa chambre, courut le long de la galerie et dévala l'escalier. Le temps d'aller jusqu'à la Rover, il avait déjà appelé Maxime.

— Nils est chez les parents, il va leur cracher le morceau ! Fonce là-bas et essaie de limiter les dégâts, je suis sur la route.

Comment avaient-ils pu être assez naïfs pour croire que Nils ne crierait pas vengeance ? Non seulement il allait assener la vérité à leur père, mais en plus il risquait de le faire de la façon la plus brutale. Victor eut la vision fugitive de sa mère prise à parti entre Martial et Nils. Il négocia l'embranchement de la départementale 47 dans un hurlement de pneus et faillit perdre le contrôle de sa voiture. En sens inverse, un conducteur furieux le klaxonna longuement. Le temps que Maxime s'habille, trouve une explication pour Cathie et arrive rue du Présidial, Nils avait le champ libre. Allait-il réellement tout détruire sans penser à rien d'autre qu'à sa propre douleur ?

Contraint d'abandonner la Rover hors de la zone piétonne, Victor remonta en courant les rues de la vieille ville. Indifférent aux regards surpris des promeneurs matinaux, il espéra néanmoins ne pas croiser de clients dans l'état où il se trouvait.

La porte de la maison n'était heureusement pas fermée à clef mais, dès qu'il entra, il perçut de violents éclats de voix au premier étage et il grimpa quatre à quatre jusqu'au salon. À peine en eut-il franchi le seuil qu'il se trouva nez à nez avec son père. Planté à l'autre bout de la pièce, Maxime semblait interdire l'accès à la cuisine. Il était tout aussi débraillé et hagard que Victor, le visage fermé, les mains enfoncées dans les poches de son jean. Nils se tenait debout devant une fenêtre, l'air essoufflé, livide.

— Qu'est-ce que c'est que cette histoire ? gronda Martial.

Sa main s'abattit sur Victor qu'il saisit par le col de la chemise.

— C'est vrai, ce qu'il dit ? C'est vrai ? Tu vas tout me raconter depuis le début !

La colère lui donnait une force incroyable et Victor suffoqua, à moitié étranglé.

— Je t'écoute ! tonna Martial en le repoussant.

Victor heurta brutalement le mur, derrière lui.

— Papa, murmura-t-il, calme-toi…

— Je te demande si c'est vrai. Rien d'autre !

— Je ne l'ai pas inventé ! s'écria Nils.

Sa voix montait dans les aigus, frôlant l'hystérie. Martial le regarda puis se tourna de nouveau vers Victor et marcha sur lui.

— Tu as trouvé des documents, aux Roques, concernant ta mère ?

— Oui…

— Et tu n'as pas jugé bon de me les donner ?

Son père s'en prenait à lui parce que c'était lui qui avait racheté Les Roques et qui y avait découvert le carnet. Sans lui, sans le départ de Laura, sans son divorce et la vente de la villa, rien ne serait arrivé, le carnet aurait continué à dormir sur l'étagère de l'armoire. Sans Nils, donc, qui en séduisant Laura avait tout déclenché.

— Je te parle ! hurla Martial.

Il empoigna Victor par les épaules et le secoua violemment.

— Qu'est-ce que tu as lu ? Elle a tué Aneke ?

Dans la bouche de leur père, ce prénom étranger prenait une inflexion particulière. Nils se mit à crier, les traits déformés par la douleur.

— Elle l'a poussée comme ça ! Devant moi !

Il détendit ses bras d'un coup sec, refermant ses doigts sur le vide.

— Je la vois ! Le foulard est resté dans sa main !

Et cette fois-ci, Victor comprit à son regard halluciné qu'il revivait la scène.

— En s'enfuyant, elle a heurté le bord du parc, balbutia-t-il. Mon clown est tombé de l'autre côté, sur le tapis… Entre les barreaux, je ne pouvais pas arriver à l'attraper. J'ai essayé, je… J'ai vraiment essayé…

Ses yeux débordaient de larmes, et Victor baissa la tête, incapable de supporter le spectacle. Un bruit de verre brisé, en provenance de la cuisine, lui fit relever les yeux. Décomposé, son père cherchait son souffle. Maxime ne bougeait pas, barrant toujours la porte.

— Et toi, tu m'as confié à ce monstre !

Nils trépignait, au bord de la crise de nerfs.

— À cette salope !

Le mot fit sursauter Martial qui murmura :

— Elle ne t'a…

Mais il ne parvint pas à achever sa phrase. Avait-il failli dire : « Rien fait » ?

— Tu as cru qu'elle m'aimait ? l'apostropha Nils. Elle a menti à tout le monde, tout le temps, à toi le premier ! Et maintenant elle ne risque plus rien, elle ne paiera jamais !

Victor vit son père esquisser un pas vers la cuisine puis s'arrêter. Ensuite il se tourna vers Nils qui tremblait de rage. Il le considéra avec une tristesse infinie.

— Arrête, dit-il tout bas.

Il le rejoignit, passa un bras autour de ses épaules et l'attira contre lui. Peut-être voulait-il lui demander pardon mais il répéta seulement, d'une voix sans timbre :

— Arrête.

Dans le silence qui suivit, Victor eut l'impression d'être au milieu d'un champ de ruines, après la bataille. Il s'appuya au mur et ferma les yeux une seconde, cependant Martial n'en avait pas fini avec eux.

— Victor, gronda-t-il, tu as vraiment détruit ces papiers ?

— Nous l'avons fait tous les deux, intervint Maxime d'un ton qui se voulait apaisant.

— Pourquoi ?

— Pour te… préserver. Elle aussi.

— Vous êtes deux pauvres cons irresponsables ! cracha Martial. De quel droit me volez-vous la vérité ?

— Tu la connais, maintenant.

— Pas grâce à vous !

Lâchant Nils, qui semblait figé, il s'adressa à Maxime.

— Vous auriez pu venir ici, l'air de rien, vous mettre les pieds sous la table et me regarder en face ? Sourire à cette vipère ?

— Papa…

— Et Nils n'avait qu'à la boucler, c'est ça ? Condamné au silence pour la deuxième fois, et sans appel, par ses frères bien intentionnés !

Il fit volte-face et toisa Victor.

— Toi, à la seconde où tu as découvert cette ignominie, tu aurais dû me l'apprendre ! Pour que je ne continue pas à gaspiller le peu de temps qui me reste à vivre, tu comprends ça ? Mais tu m'as sûrement trouvé trop vieux pour savoir, comme ces petits médecins prétentieux qui ne disent jamais la vérité à leurs malades ! Tu avais peur de me voir en colère ? Eh bien, tu es aux premières loges, je vais te montrer...

En trois enjambées, il traversa la pièce et voulut écarter Maxime de son chemin.

— Pousse-toi !

— Non, je ne peux pas. S'il te plaît...

Victor sortit de son hébétude pour aller au secours de Maxime. Dans la cuisine, leur mère avait forcément tout entendu et elle devait être glacée de terreur à l'idée d'affronter son mari. Un élan de pitié le submergea, de façon douloureuse, en songeant à ce qu'elle endurait.

— Papa, dit-il seulement.

Il avait doucement posé sa main sur le bras de Martial qui se retourna d'un bloc.

— Ne t'en mêle pas ! Ne te mêle plus de rien, compris ?

D'un mouvement décidé, Victor le contourna et se plaça à côté de son frère. En venir aux mains était impensable, mais le laisser passer serait pire encore. Nils les avait tous mis dans une situation inextricable, pourtant Victor ne lui en voulait même pas, il essayait juste de parer au plus urgent.

— Qu'est-ce que je vous ai fait, moi ?

La voix de leur père venait soudain de trembler, et il s'éloigna d'eux. Planté devant l'une des fenêtres, de dos, il resta silencieux, les épaules voûtées. À l'autre bout du salon, Nils regarda tour à tour son père et ses frères. Quand ses yeux pâles se posèrent sur Victor, il faillit dire quelque chose mais se ravisa. Finalement, il sortit sans bruit, et Martial, toujours immobile, ne l'entendit sans doute pas. Au bout d'un très long moment, il marmonna :

— Je ne sais pas où aller.

— Viens aux Roques, papa, proposa Victor. Je t'emmène.

D'un petit signe de tête discret, Maxime approuva. Pour l'instant, c'était la seule solution possible.

— Je m'occupe d'elle, Vic, chuchota-t-il. Allez-y…

Victor lui fut reconnaissant d'avoir ce courage-là. Rassurer leur mère, à défaut de pouvoir la consoler, était sûrement le plus difficile de tout ce qui leur restait à faire.

Martial se réveilla le lendemain matin avec une migraine épouvantable. Il avait dormi d'un sommeil si profond qu'il eut d'abord du mal à reconnaître le décor qui l'entourait, puis la mémoire lui revint et il se redressa d'un coup dans son lit.

Depuis combien d'années n'avait-il pas dormi aux Roques ? Devant la fenêtre de sa chambre, le même bouleau balançait doucement son feuillage, juste un peu plus grand et un peu plus fourni qu'autrefois. Trente-cinq ans plus tôt, quand Martial avait décidé de quitter Blanche, il n'était encore qu'un jeune homme, et il avait cru pouvoir changer de vie. Mais non… Décidément, son destin semblait lié à ces murs où il revenait échouer une fois encore.

— La dernière…, murmura-t-il. Je ne veux plus voir cette baraque… Ni Blanche. Jamais !

Il repoussa les draps et enfila le peignoir que Victor avait déposé au pied de son lit. Ouvrant la porte qui donnait sur la galerie, il appela d'une voix forte :

— Victor ? Tu es là ?

Quelle idée saugrenue d'avoir poussé son fils à habiter seul ici ! La maison lui semblait immense, beaucoup plus grande que dans son souvenir. N'obtenant aucune réponse, il gagna la salle de bains où il trouva un sac de supermarché avec une brosse à dents, du dentifrice, un rasoir et une bombe de mousse. Victor avait dû sortir lui acheter tout ça dès l'ouverture des magasins. Il avait également pensé à déposer sur un tabouret une de ses chemises, des sous-vêtements et une serviette de bain. Ému, Martial déplia la chemise en se demandant qui l'avait repassée. D'ailleurs, qui s'occupait de Victor depuis qu'il était installé aux Roques ? Une femme de ménage ? Une petite amie ?

« Et toi ? Qui va s'occuper de toi, maintenant ? » se demanda-t-il en considérant sans indulgence son reflet dans le grand miroir rococo pendu au-dessus du lavabo.

Était-il de taille à se débrouiller seul, à soixante-quatre ans ? Pire, à *supporter* d'être seul ?

Une fois prêt, il descendit à la cuisine où il entreprit de se faire du café. Ici, tout au début de son mariage, il avait parfois regardé Blanche laver des légumes ou pétrir une pâte. Elle lui demandait toujours son avis, ses préférences, ne sachant que faire pour lui être agréable. Chaque fois qu'elle arborait une nouvelle robe, elle guettait son approbation avec angoisse, hélas ! la pauvre ne possédait ni charme ni séduction. L'avait-il jamais aimée ? Après la naissance de Victor, leurs étreintes étaient devenues rares. Il espérait alors que les deux petits garçons suffiraient à la combler et, déjà, il commençait à regarder les autres femmes. Jusqu'à ce qu'il rencontre Aneke, il s'était cru incapable de fidélité, mais c'était parce qu'il ignorait tout du véritable amour. Au point d'avoir été aveugle sur la passion exclusive et ravageuse que lui vouait Blanche. Un sentiment assez fort pour faire d'elle une meurtrière.

— Mon Dieu, je ne valais pas ça...

Aneke était morte à cause de lui, il le découvrait avec horreur. Et ensuite Blanche l'avait récupéré, comme prévu, puisqu'il avait eu la lâcheté de revenir près d'elle. Entre ce crime et les trois décennies de mensonge qui avaient suivi, son adultère avait été bien sévèrement puni... Néanmoins, s'il ne l'avait pas abandonnée...

— Comment te sens-tu, papa ?

Un sécateur à la main, Victor hésitait sur le seuil de la cuisine, comme s'il était soudain intimidé.

— Pas très bien, mais ça passera. Tu veux du café ? Je viens de le faire... Tu ne travailles pas aujourd'hui ? Ah, non, c'est lundi... Merci pour ta chemise et le reste. Tu es un gentil garçon, Victor, je n'aurais pas dû être aussi agressif avec toi hier.

— Ne t'inquiète pas.

— Si je ne m'inquiétais pas, je serais vraiment inconséquent !

Il se pencha pour caresser Léo qui venait de se glisser sous la table. Le contact du pelage lui parut très agréable. Blanche n'avait jamais voulu de chien ni de chat, rien qui puisse troubler l'organisation de sa maison.

— Il faut que tu me rendes service, Vic. Tu vas aller me faire une valise ou deux. Je ne sais pas combien de temps je t'encombrerai, mais ça risque de durer quelques semaines.

— Tu es chez toi.

— Inutile de te dire que je ne veux pas revoir ta mère.

— Tu sais, le temps peut...

— Je ne la reverrai jamais, trancha sèchement Martial. Sous aucun prétexte. C'est clair ?

Au moins avait-il pris cette décision-là… pour lui Blanche n'existait plus.

— Je compte mettre en vente la maison de la rue du Présidial, dis-le-lui. Qu'elle aille vivre où elle veut, je m'en fous.

— Papa !

— Quoi ?

— Tu ne peux pas mettre maman à la rue ni la laisser sans rien !

— Pas sans rien, non. J'aviserai. Quand j'ai eu la sottise de l'épouser, elle avait une dot confortable. J'envisage de lui rendre l'équivalent. Pour le reste, je l'ai fait vivre pendant quarante ans et elle m'a donné deux fils, en a élevé trois : d'un strict point de vue financier, nous sommes à peu près quittes.

Victor paraissait atterré, assommé, pourtant Martial s'était appliqué à utiliser un ton modéré qui ne reflétait nullement son état d'esprit.

— C'est ta mère et tu lui dois le respect quoi qu'elle ait pu faire, ajouta-t-il, aussi je ne te demande pas de prendre parti, même pas de me donner ton avis. Raconte-lui ce que tu veux, peu m'importe. Mais qu'elle ne croise plus jamais ma route, ça vaudra mieux pour tout le monde.

— Tu ne comptes pas… divorcer ?

— Bien sûr que si ! L'idée qu'elle puisse avoir quelque chose de moi après ma mort me révolte.

Il tendit la main pour attraper la cafetière et une couture de la chemise qu'il portait se déchira, lui arrachant son premier sourire.

— Tu es trop mince pour moi, Vic !

Le regard bleu azur de son fils était l'exacte réplique du sien. Il se reconnaissait aisément dans l'homme qui lui faisait face, aussi séduisant qu'il avait pu l'être lui-même au même âge. Mais Victor avait quelque chose de tendre, de très authentiquement gentil, que Martial ne possédait plus depuis la mort d'Aneke.

— Ne fais pas cette tête-là, ce n'est pas la fin du monde. Je trouverai une maison, ou un appartement. Ton frère me dénichera peut-être quelque chose dans toutes ses affaires immobilières ?

— Sûrement, marmonna Victor.

Voir ses parents se séparer de cette manière semblait lui poser un réel problème.

— Tu croyais que j'allais passer l'éponge ? s'énerva Martial.

— Non. Je savais que tu réagirais mal.

— Et encore, je me contiens ! Pour ne pas te heurter. Je te connais, tu sais…

Une fois encore, il plongea son regard dans celui de son fils. Au bout de quelques instants, Victor baissa la tête et soupira.

— Je vais à Sarlat, je te rapporterai tes affaires. Tu veux quelque chose en particulier ?

— Mes chéquiers, mon agenda et toute la collection d'armes. N'en laisse aucune là-bas.

Victor but son café, qui était froid, et quitta la cuisine en abandonnant le sécateur sur la table. Hormis les jours qui avaient suivi le départ de Laura, il ne se souvenait pas d'avoir jamais été aussi mal dans sa peau. Un an plus tôt, mari heureux et père comblé, il habitait une villa ultramoderne, possédait une famille unie. Et aujourd'hui, après avoir été trompé, quitté, privé de son fils, il se retrouvait seul dans une immense maison qui se révélait non seulement un gouffre financier mais aussi une boîte de Pandore d'où un secret abominable était sorti, détruisant tout sur son passage. Les choses redeviendraient-elles jamais normales ?

Alors qu'il roulait doucement en direction de Sarlat, il reconnut la voiture de Virginie, en sens inverse, et il lui adressa plusieurs appels de phares avant de s'arrêter sur le bas-côté. Virginie se rangea aussi, cent mètres plus loin, tandis que Victor courait déjà vers elle. Essoufflé, il s'appuya à la portière, dont elle avait baissé la vitre. Au premier coup d'œil, il constata qu'elle était crispée, sur la défensive, et que cette rencontre ne lui procurait aucun plaisir.

— Je suis content de te voir…

— Ah, oui ? ricana-t-elle. Hier on a bien failli se voir de trop près, tu conduis vraiment comme un chauffard !

— C'était toi ? J'ai entendu quelqu'un klaxonner mais je n'ai pas fait attention, j'étais très pressé.

— Comme toujours. Et là, tu veux quelque chose de précis ?

Elle le toisait sans indulgence, distante, peut-être même agacée, et il se sentit gêné.

— J'aimerais beaucoup que nous dînions ensemble, dit-il avec un sourire forcé.

— Tu es en manque ? Un petit câlin vite fait et on se reverra à la rentrée ? Désolée, ça ne m'intéresse pas.

Il aurait pu protester, se disculper, mais il n'en trouvait pas le courage, blessé par le ton dur qu'elle venait d'employer. Quand elle démarra, il s'écarta sans un mot. À quoi bon la retenir ? Elle avait l'air de le prendre pour un homme infréquentable, ce qu'il était sûrement ces temps-ci. Et la perspective d'annoncer à sa mère le sort qui l'attendait le désespérait assez pour qu'il renonce à s'occuper d'autre chose aujourd'hui.

En peu de temps, Nils avait changé. Radicalement changé. Au lieu de se confier à Laura, il s'était d'abord muré dans un silence farouche. De son premier voyage à Sarlat il était revenu épuisé, hagard, puis après quelques jours il avait brusquement décidé de redescendre là-bas, sans même la prévenir. Rentré la veille, il semblait être devenu un autre homme. Moins nerveux, moins anxieux, et comme réconcilié avec lui-même.

— Je crois que nous avons fait une grosse bêtise, mon amour, venait-il de déclarer quelques instants plus tôt.

Assis sur l'accoudoir du canapé, il la regardait avec tendresse et elle se demanda ce qu'il avait de différent.

— … et nous le savons tous les deux, n'est-ce pas ?

— Oui, admit-elle à regret.

D'où lui venait cet accès de lucidité ? Dès le premier jour de leur vie commune, s'ils en avaient eu le courage, ils auraient pu établir ce constat navrant. Ils s'étaient trompés en pensant vivre une grande histoire d'amour. En réalité, Laura avait manipulé Nils pour échapper à sa vie avec Victor, et par la conquête scandaleuse de sa belle-sœur Nils avait voulu se prouver quelque chose. Quoi ? Qu'il était tout aussi digne d'amour que ses deux frères ? Plus affranchi qu'eux ? Qu'il savait prendre ses responsabilités, lui qu'on taxait toujours d'inconséquence ?

— Nous avons fait beaucoup de mal à Victor, et ce n'était sûrement pas nécessaire. Ni justifié.

Pour une fois, au lieu de se lamenter il regardait son problème en face, acceptait ses torts. Une attitude nouvelle, qui estompait sa fragilité et déstabilisait Laura.

— Mais tu voulais partir, ajouta-t-il, et je t'ai servi de prétexte, n'est-ce pas ?

— Peut-être, oui…

Elle devait absolument réagir avant qu'il dise des choses définitives. Était-il en train de prendre l'initiative de leur rupture ? Lui ?

— Pourtant, protesta-t-elle d'une voix rauque, je crois que nous avons eu un vrai coup de cœur l'un pour l'autre, non ?

— Bien sûr ! Tu es tellement belle, Laura, et c'est tellement bon de faire l'amour avec toi…

Abandonnant son accoudoir, il vint s'asseoir près d'elle, la prit dans ses bras.

— Je ne suis pas en train de te dire qu'on ne s'aime pas. Reste avec moi si tu veux, aussi longtemps que tu veux.

Glacée par ce qu'elle venait d'entendre, elle se dégagea pour pouvoir le dévisager.

— Que t'est-il arrivé à Sarlat ? Ils t'ont fait la leçon, la morale ?

— Oh, mon Dieu, non…, murmura-t-il d'un ton étrange. Pas du tout, ça n'a rien à voir avec toi.

À l'évidence, il ne souhaitait toujours pas se confier à elle. Contrairement à ce qu'elle avait cru, il existait très bien sans elle, et cette découverte la choquait, l'angoissait. Où était passé son côté adolescent attardé, toujours prêt à se faire materner ? Il s'éloignait d'elle à toute vitesse, transformé par quelque chose qu'elle ignorait. Mais quoi ? Avait-il rencontré une autre femme ? Bientôt ce serait lui qui la consolerait ! Et apparemment, elle allait en avoir besoin. « Reste aussi longtemps que tu veux. » À savoir, jusqu'à quand ? Refaire ses valises et s'installer ailleurs, seule avec Thomas, signifierait vraiment la fin de tous ses rêves, elle ne voulait même pas y songer.

— J'ai beaucoup de travail aujourd'hui, on a une réunion de budget pour le film. Ne m'attends pas, je rentrerai tard.

Il s'accrochait bec et ongles à son projet, auquel il consacrait l'essentiel de son temps. S'il parvenait à tourner son film, il deviendrait un homme comblé, mais à l'évidence il n'y avait pas de place pour elle dans son avenir. Comment avait-elle pu se tromper à ce point ? Elle le pressentait depuis un moment, et c'était bien la raison de sa tentative pour récupérer Victor, mais de ce côté-là aussi il était trop tard. Avait-elle tout gâché pour rien ? Entraîné Thomas dans cette galère en pure perte ?

Elle cligna des yeux, essayant de refouler les larmes qui montaient. Il dut s'en apercevoir parce que, aussitôt, il resserra son bras autour d'elle.

— Non, chuchota-t-il, ne pleure pas, je t'en supplie... Tout finira par s'arranger, tu verras...

Était-il devenu suffisamment mûr pour ne plus penser qu'à lui-même ? En tout cas, elle ne voulait pas de sa compassion. Brusquement envahie par un sentiment de colère, elle le repoussa. Peut-être avait-il raison, sans doute n'étaient-ils pas faits pour vivre ensemble, mais malgré tout elle se sentait affreusement dépossédée.

Martial retint Virginie par le bras.

— Je ne voulais pas vous faire peur, je suis le père de Victor !

Encore sous le choc de la frayeur qu'elle venait d'éprouver, Virginie hocha la tête sans dire un mot. Elle mit quelques instants à le reconnaître, mais c'était bien le même homme que celui aperçu au château de Puy-Robert, le soir où il dînait là avec une de ses maîtresses. Elle se souvint même d'avoir remarqué son regard bleu intense, qui était exactement celui de Victor.

— Excusez-moi de vous déranger, bredouilla-t-elle.

Après les quelques mots désagréables échangés avec Victor sur la route, elle avait été prise de remords. Pourquoi ne parvenait-elle pas à rester sereine, ou au moins naturelle, lorsqu'elle s'adressait à lui ? À défaut de pouvoir s'excuser, elle avait décidé de lui laisser un petit mot sous sa porte. Le grille n'étant pas fermée à clef, elle avait marché jusqu'à la maison et, au moment où elle se baissait pour glisser la feuille, Martial avait ouvert brusquement.

— Vic est descendu à Sarlat et je pense qu'il en a pour un moment. Mais donnez, je lui remettrai.

Son papier au bout des doigts, elle se sentit d'autant plus stupide qu'il tendait déjà la main vers elle, d'un geste autoritaire. Elle céda presque malgré elle et vit disparaître son petit mot dans la poche de la chemise.

— Voulez-vous un café ? Il me semble qu'il est encore assez chaud… Ou un verre d'eau, peut-être ? Entrez, je vous en prie.

— Non, je…

— Mais si !

Sans doute heureux d'avoir un peu de compagnie, il l'attira à l'intérieur.

— Vous connaissez la maison ?

— Oui. Elle est magnifique, je l'adore.

— Eh bien, je suis né ici ! Et mon père aussi. Je vous assure que quand je vois mes petits-enfants jouer sur cette pelouse, ça me fait un drôle d'effet… À propos, je m'appelle Martial.

— Virginie Clauzel, enchantée.

— Vous êtes une amie de Victor ? Il me semblait bien vous avoir aperçue un jour avec lui.

— Je suis aussi sa voisine. J'habite tout près d'ici.

— Alors, vous êtes de la région ?

— Non. Je viens de Toulouse, je suis architecte.

En voyant qu'il lui servait d'autorité un grand bol de café, elle prit place sur un tabouret.

— Victor a l'air d'avoir beaucoup de soucis en ce moment, fit-elle d'un ton désinvolte.

— Euphémisme… Disons qu'il a un gros problème familial, dont il vaut mieux ne pas lui parler. Mais ça se tassera, ne vous inquiétez pas.

Intriguée par cette explication qui n'en était pas une et par le ton infiniment triste de Martial, elle but quelques gorgées pour se donner une contenance. Il lui était sympathique, non seulement à cause de sa ressemblance avec son fils, mais aussi parce qu'il avait quelque chose de chaleureux, d'ouvert, d'immédiatement amical.

La sonnerie du téléphone les empêcha de poursuivre. Après une brève hésitation, Martial se leva pour aller répondre.

— Non, son père… Laura ? Quelle surprise…

Virginie remarqua son expression contrariée et l'entendit changer de ton.

— Non, n'essayez pas son portable, il l'a oublié ici. Rappelez-le plutôt demain… Ou ce soir si vous y tenez, oui… Je n'en sais rien du tout ! Est-ce que Thomas va bien ? Parfait. Embrassez-le pour moi.

Sans aucune formule de politesse, il raccrocha.

— Celle-là, je vous jure !

Il revint s'asseoir face à Virginie, manifestement agacé.

— L'ex-femme de Victor, expliqua-t-il d'un ton méprisant. Une vraie garce.

Laura était-elle la cause des soucis de Victor ? Virginie ressentit un pincement de jalousie très désagréable. Victor avait été fou de sa femme, il l'avouait sans honte, et peut-être l'était-il toujours. Ce qui expliquerait qu'il soit incapable de s'attacher à une autre.

— Je vais vous laisser, monsieur Cazals. Merci pour le café.

— C'était un plaisir. Et comptez sur moi, je donnerai votre papier à Victor dès qu'il rentrera.

Elle n'avait aucune envie que Victor le lise mais ne voyait pas comment récupérer son mot sans se couvrir de ridicule. Elle quitta la cuisine, devinant que Martial allait la suivre du regard tout le temps qu'elle mettrait à remonter l'allée.

Resté seul, il l'observa effectivement un instant puis se détourna.

— Il en a de la chance, Victor…, marmonna-t-il. Alors voyons… Querelle d'amoureux ?

Sans scrupule, il déplia la feuille qu'il avait gardée dans sa poche de chemise. S'il ne s'agissait pas d'un message gentil, autant épargner à Victor une contrariété supplémentaire.

« Je ne pensais pas ce que je t'ai dit. C'est juste que je suis trop sentimentale. On dîne ensemble quand tu veux. » Quel veinard !

Victor méritait d'être heureux et il espéra que cette jolie femme allait l'y aider. Puisque, hélas ! le bonheur passait par les femmes. Par une seule, sans doute, qu'on n'avait d'ailleurs pas toujours la chance de trouver. Un destin clément avait mis Aneke sur sa route, mais…

Non !

Il ne voulait plus y penser. S'il commençait à pleurer sur son passé et sur toutes les années perdues, il ne ferait que se détruire. Or il avait encore un peu de temps devant lui, il n'était pas un vieillard, il ne devait pas se laisser aller au désespoir, ni même à l'aigreur. En s'endormant, la veille, écœuré et à bout de fatigue, l'image de Julie s'était imposée à lui. Il n'allait certainement pas la relancer. Je te veux, je ne te veux plus…

Non, il ne serait pas indigne à ce point-là. Il lui avait infligé une rupture – dernière satisfaction d'orgueil de sa longue carrière de séducteur –, à présent c'était trop tard. À moins… que le hasard ne les remette face à face… Ou qu'elle apprenne sa séparation d'avec Blanche, et elle l'apprendrait forcément, les secrets ne faisant pas long feu dans une si petite ville. Qu'allaient donc penser les gens de ce divorce tardif ? Maître Cazals, notable retraité, et son épouse dévouée… Eh bien, tant pis, cette fois il s'en moquait éperdument !

Il débarrassa les bols, nettoya la table. Penché au-dessus du large évier de grès, il constata que la cuisine n'avait pas beaucoup changé depuis sa propre enfance, hormis les couches de peinture successives. Ainsi qu'il l'avait fièrement déclaré à Virginie Clauzel, il était né ici, y avait grandi. Il se revoyait gamin, ou jeune marié, ou encore à son retour de Cahors, quand il était revenu demander asile à Blanche, anéanti. Aujourd'hui, il avait soixante-quatre ans. Une vie entière passait donc aussi vite que ça ? De la naissance à la mort, pas le temps de souffler, de regarder autour de soi. Et même à l'heure des bilans, faire encore des projets.

Il leva les yeux pour observer le parc à travers la fenêtre aux carreaux plombés. Les Roques… Maison bénéfique ou maudite ? Avait-il été clairvoyant en la cédant à Victor, ou seulement égoïste ? Une seconde, il eut la vision de Blanche, debout à la place où il se tenait, occupée à contempler les grands arbres comme il était en train de le faire, en échafaudant sa vengeance.

Cramponné des deux mains au bord de l'évier, il éprouva, lui aussi, une fugitive envie de meurtre.

10

Lorsque Victor pénétra dans la maison de ses parents, rue du Présidial, tout lui parut effroyablement normal. Comme si rien ne s'y était passé et que rien ne puisse changer dans l'avenir.

Après l'avoir appelée en vain, il finit par trouver sa mère réfugiée dans sa chambre. Contrairement à ce qu'il avait pu craindre en venant, elle ne semblait pas avoir cédé au désespoir, elle était habillée et discrètement maquillée avec le même soin que de coutume. Assise devant sa coiffeuse, les mains sur les genoux, elle ne faisait rien de précis lorsqu'il entra.

De façon absurde, il s'était préparé à la trouver changée, mais bien sûr elle n'avait rien de différent, hormis peut-être une certaine fixité du regard, comme si elle se bardait de défenses en prévision de la visite de Martial.

— Ah, c'est toi..., dit-elle sans se retourner, l'observant dans le miroir.

Il comprit qu'elle était déçue et que, même si elle le redoutait, elle aurait préféré affronter son mari. Il s'approcha d'elle, se pencha et l'embrassa sur la joue.

— Ton père ne viendra pas ?

Posée à voix basse, la question contenait autant d'espoir que d'angoisse, et Victor se demanda comment elle pouvait encore espérer quoi que ce soit.

— Non, maman. Il est aux Roques.

Embarrassé, il chercha des yeux un siège et finit par aller s'asseoir au pied du lit. Après un long moment de silence, elle se tourna vers lui.

— Qu'est-ce qu'il compte faire ?

— Oh, tu sais, pour l'instant... Il veut des vêtements.

Il se reprocha sa lâcheté, mais pouvait-il lui annoncer de but en blanc qu'elle allait devoir divorcer et quitter la maison ? Au moins, il s'obligea à soutenir son regard, parvint même à esquisser un sourire qui se voulait rassurant.

— C'est donc toi qui as trouvé ce vieux carnet..., murmura-t-elle.

Jugeait-elle qu'il avait une quelconque part de responsabilité dans ce qui arrivait ? Il faillit lui demander pourquoi elle ne l'avait pas détruit elle-même, trente ans plus tôt, mais la question ne franchit pas ses lèvres. S'il commençait à l'interroger, il aurait l'air d'un censeur.

— Tu l'as entièrement lu, bien sûr ?

Il ne s'attendait pas à cette question, pour lui c'était une évidence. Il l'avait non seulement lu mais relu, et ce faisant il avait d'une certaine manière violé l'intimité de sa mère.

— Oui, maman.

— Alors, tu sais ce que j'ai enduré quand ton père est parti avec cette traînée ! lança-t-elle hargneusement.

Sidéré, il resta muet, découvrant dans son regard une expression qu'il ne lui connaissait pas. Tuer sa rivale ne l'avait donc pas apaisée ? Malgré tout le temps écoulé, elle éprouvait encore de la haine ?

— Le mot te choque, Victor ? Quand elle a séduit ton père, c'était un homme marié, un père de famille !

— C'est du passé, bredouilla-t-il.

— Pour toi, évidemment, ça ne signifie plus rien. Mais dis-toi que j'ai été malheureuse comme je ne souhaite à personne de l'être. Mon mari était tout pour moi ! Tout... Il comptait plus que n'importe qui d'autre, plus que ton frère et toi, je suis désolée de te l'apprendre. Je ne sais pas si tu as la moindre idée de ce que peut être une vraie passion ? Du jour où Martial a demandé ma main, je suis devenue une autre femme. Et je lui ai consacré ma vie. Tu comprends ?

— Maman...

— Maman, maman, je n'ai entendu que ça ! Moi, j'aurais voulu des « ma chérie », « mon amour », mais ton père ne m'appelait que par mon prénom, d'une voix si froide...

Son amertume atteignit Victor de manière aiguë. Depuis qu'elle s'était mise à parler, il découvrait une autre femme, tout à fait inconnue, qui n'avait rien à voir avec sa mère et qui parvenait à l'émouvoir tout en le mettant très mal à l'aise. Il aurait voulu qu'elle se taise mais elle poursuivit, impitoyablement :

— Lorsqu'il venait aux Roques, pour signer des chèques ou vos carnets de notes, il était tellement pressé de repartir ! Je l'ai vu boire son café brûlant pour pouvoir déguerpir plus vite. À vous il parlait de son bâtard, et ni Max ni toi n'aviez l'air d'être jaloux. Moi, ça me rendait folle... Tu te rends compte qu'il vivait dans un petit appartement de rien du tout ? Quand je suis allée là-bas, je n'en ai pas cru mes yeux. Lui... Là-dedans ! Sa place était avec moi, avec vous !

Elle ne se justifiait pas, n'expliquait rien. Ses certitudes n'avaient pas varié, à l'évidence elle se sentait dans son bon droit. En se débarrassant d'Aneke, elle avait rendu justice.

— Au bout du compte, grâce à moi nous avons retrouvé une vie normale.

— Normale ? se récria Victor malgré lui. Mais, maman, il était sûrement désespéré !

Le regard dont elle le foudroya lui donna envie de rentrer sous terre. Sur son visage exalté, toute trace de douceur ou d'humilité avait disparu. Avec un machiavélisme stupéfiant, elle avait fait de Martial son prisonnier et n'envisageait pas qu'il ait pu en souffrir.

— Il a eu tout ce qu'il voulait. Il a récupéré l'étude, qu'il avait laissée tomber après y avoir consacré tant d'efforts ! À Cahors il n'était rien, ici il est redevenu quelqu'un d'important. Je me suis occupée de lui, j'ai élevé Nils à sa place et j'ai fermé les yeux sur toutes ses aventures ! Il est comme ça, il n'y peut rien, c'est un coureur...

Sa voix flancha un peu sur le dernier mot et elle dut avaler sa salive pour poursuivre :

— Mais je savais qu'il ne repartirait plus ! Et tant qu'il est resté là...

Cette fois elle s'arrêta plus longuement, soudain troublée. Réalisait-elle enfin que Martial ne serait plus jamais à ses côtés ? D'un mouvement nerveux, elle se leva et fit deux pas en direction du dressing.

— Je vais préparer une valise. Il veut des vêtements pour... Pour combien de temps ?

Mais elle était sans illusions, il le comprit en voyant son menton qui tremblait.

— Vas-y, Victor, dis-le-moi, demanda-t-elle d'un ton suppliant.

Mentir ne servait à rien, elle connaissait d'avance la réponse, toutefois il eut mal pour elle en murmurant :

— Il ne reviendra pas.

Elle ne cilla pas mais d'un coup ses épaules se voûtèrent, elle parut s'affaisser.

— Ah… Et à ton avis, c'est… définitif ?

Dans sa difficile mission de messager, Victor se sentait au supplice. Pourquoi fallait-il que ce soit lui qui la poignarde ? Parce que, avec Maxime, ils avaient empêché leur père de le faire lui-même ?

— Je crois, oui, dit-il dans un souffle. Il a aussi parlé de divorcer et de mettre en vente la maison.

Cette fois, elle devint tellement pâle qu'il se leva, mais elle l'arrêta d'un geste.

— Non, reste où tu es, ça va.

La pitié le submergea, néanmoins la compassion ne remplaçait pas le chagrin qu'il aurait dû éprouver. Certes, il la plaignait, cependant il ne s'était pas précipité vers elle pour la prendre dans ses bras. N'avait-elle réussi à se faire aimer de personne ?

— Tu as oublié beaucoup de choses, aux Roques, dit-il d'une voix étranglée. Des choses qui…

Incapable de préciser, il s'interrompit. À quoi bon lui énumérer les preuves oubliées derrière elle ? S'il n'avait pas été si curieux, ou encore s'il n'en avait parlé à personne, rien ne serait arrivé. Devait-il pour autant se sentir coupable ? L'espace d'un instant, il se maudit d'avoir déterré le passé.

En silence, elle gagna le dressing. Il l'entendit ouvrir des portes, remuer des cintres. Quand elle revint, elle jeta une valise derrière lui, sur le lit. Pendant quelques minutes encore, elle fit des allées et venues, rangeant une pile de chemises, pliant des pantalons, ajoutant une brassée de cravates. Très vite, la valise fut pleine et elle en apporta une deuxième.

— Je vais t'aider, décida Victor qui ne pouvait plus supporter de rester assis à la regarder faire.

Des sous-vêtements, des chaussures, des pulls, des pyjamas : elle semblait penser à tout.

— Où suis-je censée aller si Martial vend ? dit-elle soudain.

— Tu as le temps. Il ne va pas te laisser sans rien, et puis nous sommes là, Max et moi.

Il était obligé de le lui proposer, pourtant il aurait été incapable de la prendre en charge à longueur d'année.

— Vous devez bien mal me juger, tous les deux…

— Je ne te juge pas, maman !

— Toi, encore, tu as vraiment aimé ta Laura, tu en as bavé, tu parviens peut-être à me comprendre.

— Je ne sais pas, répondit-il honnêtement. C'est difficile.

Elle le dévisagea avec une attention soudaine, comme si elle pesait le pour et le contre de ce qu'elle s'apprêtait à dire.

— Je suis soulagée qu'il le sache enfin, avoua-t-elle d'une traite. Qu'il découvre ce que j'ai pu faire par amour pour lui. D'autres femmes auraient abandonné ; pas moi, je l'aimais trop. Aujourd'hui encore, je ne sais pas si je vais pouvoir vivre sans lui. Pour moi, ce n'est pas… concevable.

De grosses larmes roulaient sur ses joues à présent, délayant la poudre et le fond de teint. Quand elle voulut s'essuyer, elle ne parvint qu'à se barbouiller. Consterné, il alla chercher un mouchoir en papier, sur la coiffeuse, et le lui glissa dans la main.

— Est-ce qu'il est triste ?

— Eh bien, il est… bouleversé, oui. Mais tu le connais, avec sa force de caractère…

— Ton père ? Oh, non ! Tu l'aurais vu revenir la tête basse, avec ce sale gosse dans les bras ! s'écria-t-elle avec une fureur soudaine qui parut balayer son chagrin. Je n'aurais jamais pris le risque de faire tout ça pour rien, je savais qu'il flancherait ! Le prix à payer, c'était Nils. Un bail de vingt ans au bas mot !

Elle s'interrompit, le regard brillant de colère, tandis qu'il la dévisageait, incrédule.

— Tu détestes Nils à ce point-là ? murmura-t-il.

— Bien sûr, comment veux-tu ? C'est le portrait de sa mère, tu as vu les photos. Tu as bien dû les trouver aussi, puisque tu as fouillé partout ! Nils n'est pas inté-ressant, c'est un faible, un névrosé. À se demander s'il est vraiment le fils de Martial, mais va savoir ! Et aussi amoral que sa mère, ce doit être héréditaire ; quand je pense à ce qu'il t'a fait, à toi !

Le silence retomba entre eux. Victor attendit quelque peu puis se pencha pour fermer les deux valises. Quand il les souleva, il constata qu'elles étaient lourdes.

— Si tu as un sac de voyage à me prêter, je vais aussi prendre ses fusils…

Laissant les valises dans le couloir, il gagna le bureau de son père. Dans un tiroir, il trouva un carnet de chèques entamé ainsi que le petit agenda vert qu'il avait toujours connu. Ensuite, il se dirigea vers la vitrine où était rangée la collection d'armes. La clef était dans la serrure et il décrocha le premier fusil, qu'il se mit à démonter. Toujours sous le choc des paroles de sa mère, il accomplissait ces gestes de manière mécanique.

— Victor…

Il se retourna et la découvrit sur le seuil, un gros sac de sport à la main.

— Toi qui sais presque tout, maintenant il faut tout de même que tu entendes la fin de l'histoire.

— La fin ?

— Oui. Quelque chose qui m'est arrivé après.

D'emblée, il sut à quoi elle faisait référence. Cette petite phrase inexplicable, relevée dans le carnet noir, qu'il avait mise de côté faute de lui trouver une explication. En quittant l'immeuble, à Cahors, elle avait écrit qu'elle était *malencontreusement tombée sur ce type*. Il s'aperçut qu'il connaissait vraiment par cœur toute la confession et qu'il n'en oublierait sans doute jamais un seul mot.

— Il existait peut-être une seule chance sur un million pour que je rencontre quelqu'un là-bas, mais vois-tu, c'est arrivé. Ce jour-là, en sortant de chez eux, je me suis retrouvée nez à nez avec Jean Villeneuve. J'ignore ce qu'il faisait à Cahors, toujours est-il qu'il m'a arrêtée pour me saluer et me serrer la main. On l'avait parfois employé aux Roques comme journalier... Sur le coup j'ai été contrariée, sans plus. Mais lui, dès le lendemain, quand il a lu les journaux, il a fait le rapprochement. Il est malin, retors, alors il a laissé passer du temps, il a réfléchi. Il est venu me voir environ un mois après le retour de ton père.

Abasourdi, Victor faillit laisser tomber le canon du fusil, qu'il venait de désolidariser de la crosse. Villeneuve ? Comment Jean Villeneuve pouvait-il être mêlé de près ou de loin à ce drame ?

— Je te jure qu'il m'a fait une peur bleue ! Il m'a dit qu'il avait tout compris, comment et pourquoi cette femme était morte, et il m'a menacée d'aller raconter à Martial qu'il m'avait vue sortir de l'immeuble précisément à la même heure. Quelle raison aurais-je pu invoquer pour justifier ma présence à Cahors ce jour-là, hein ? Oh, bien sûr, ç'aurait été ma parole contre la sienne, mais après tout il pouvait y avoir eu d'autres témoins... J'étais terrorisée à l'idée qu'il raconte ça à Martial, alors j'ai fait ce qu'il a voulu. Exactement ce qu'il a voulu...

— Quoi ? s'exclama-t-il. Tu lui as donné de l'argent ?

Il se sentait soudain ivre de rage, sans savoir s'il devait tourner sa colère contre elle ou contre ce Villeneuve. Quelle horreur allait encore s'ajouter à ce qui s'était produit trente ans plus tôt ?

— De l'argent ? répéta-t-elle, étonnée. Non, je n'en avais pas, il devait bien s'en douter. Je ne pouvais disposer de rien sans que ton père s'en aperçoive.

— Alors quoi ? Tu as...

Le mot était trop difficile à formuler, il y renonça. À l'époque, sa mère avait trente-trois ans et Villeneuve, vingt-six. L'idée qu'il ait pu la forcer à devenir sa maîtresse augmenta sa colère d'un cran, mais elle le détrompa aussitôt.

— Couché avec lui ? Bien sûr que non ! Je n'aurais pas pu, je n'ai jamais trompé ton père de ma vie entière ! Et puis tu sais, je n'étais pas assez jolie pour ça.

Il se décida à aller vers elle et lui prit le sac des mains. Il aurait voulu lui dire quelque chose, n'importe quoi qui atténue la tristesse de sa dernière phrase. À en croire les photos des albums de la famille, sa mère n'avait jamais été ni belle ni laide. Insignifiante et effacée, sans rien de l'éclatante beauté d'Aneke, et à l'évidence elle le savait très bien.

— Non, ce qu'il exigeait était à la fois plus simple et plus terrible : il voulait que je subtilise le testament de son oncle. C'était la seule chose qui l'intéressait, et j'étais la seule à pouvoir m'introduire à l'étude.

Pris de vertige, Victor commençait à comprendre.

— Le testament..., articula-t-il. Le testament *mystique* de Robert Villeneuve ? C'est toi qui l'as pris ? Toi ?

Il n'en revenait pas, n'arrivait pas à croire ce qu'il entendait.

— Tu comprends, Vic, il savait bien que son oncle l'avait déshérité, ils étaient fâchés à mort tous les deux. Or, Jean était la seule famille de Robert, donc son seul légataire, et...

— Héritier, rectifia-t-il machinalement. Seul héritier. Il n'était justement pas légataire, Robert pouvait choisir qui il voulait.

— Eh bien, il le lui avait annoncé. Pour le punir et lui enlever toutes ses illusions, il lui avait même précisé que le testament était déposé à l'étude Cazals, hors de portée et irréfutable. Jean, ça le rendait fou. Robert avait beaucoup d'argent, non ?

— Pas mal. Mais cette histoire ne tient pas debout ! Robert aurait pu mourir plus tôt, et papa se serait forcément rappelé le testament, déposé devant témoins ! Imagine, trente ans après, il s'en souvenait encore !

— Et alors ? Plus de testament, plus de moyen d'écarter Jean de la succession, c'est ce qu'il m'a expliqué en long et en large. Il suffisait que je prenne cette enveloppe, le tour était joué.

Victor hocha la tête, impuissant à la contredire. Le plan conçu par Jean Villeneuve avait été d'une efficacité redoutable. Par définition, il n'existait aucune copie du testament, seul l'auteur en connaissait le contenu, et la disparition de l'original annulait tout. Son oncle pouvait continuer à dormir sur ses deux oreilles, persuadé que ses volontés seraient respectées après sa mort. Et même en cas de problème, personne ne pourrait jamais soupçonner Jean puisqu'il n'avait pas accès aux archives de l'étude.

— Comment as-tu fait ? se borna-t-il à demander d'une voix atone.

Imaginer sa mère s'introduisant dans l'étude et errant parmi des milliers de dossiers lui semblait surréaliste.

— C'était difficile, mais je n'avais pas le choix. Le double des clefs, je l'ai fait faire un samedi, en fin d'après-midi, alors que ton père venait de rentrer du travail. Le trousseau était dans la poche de sa veste. Ensuite, quinze jours plus tard, quand il est parti à la chasse le dimanche, je suis allée à l'étude. J'étais morte de peur, j'ai mis des heures à trouver, mais heureusement tout était marqué sur l'enveloppe scellée avec le nom de Robert Villeneuve, je ne pouvais pas me tromper. Les clefs, je les ai jetées dans la Dordogne quelque temps après. Et le testament, je l'ai remis à Jean.

— L'immonde salaud...

Aujourd'hui encore, le plan restait sans faille, Villeneuve allait toucher légalement la fortune que son oncle n'avait pas voulu lui laisser, et nul ne pouvait s'y opposer. Victor se demanda ce qu'il allait faire lorsqu'il l'aurait en face de lui dans son bureau. Cet homme était un voleur, soit, mais il savait pertinemment que la mère de Victor Cazals était une meurtrière.

À présent la vitrine était vide. Les trois fusils, la carabine et les deux revolvers gonflaient le sac, qui serait lourd à transporter.

— Tu t'en vas tout de suite ? chuchota-t-elle.

Le visage défait de sa mère aurait dû lui inspirer de la pitié, pourtant il n'éprouvait plus qu'une immense lassitude.

— Tu peux me faire un café ? Je vais appeler Max pour qu'il m'aide à emporter tout ça, la voiture est loin, j'ai dû la laisser hors de la zone piétonne.

Il la suivit jusqu'à la cuisine, se demandant pourquoi il prolongeait délibérément l'épreuve. Pour ne pas la laisser seule ? Elle le serait, désormais, malgré tout ce qu'ils pourraient faire, Max et lui. Et qu'avaient-ils envie de tenter pour ne pas l'abandonner à elle-même ?

En attendant l'arrivée de son frère, il se força à s'attabler. Elle lui servit une tasse d'arabica odorant, comme elle seule savait le préparer.

— Toi, Victor, tu reviendras me voir ?

— Oui, maman, bien sûr.

Il n'avait pas eu besoin de réfléchir ni de se forcer. Quoi qu'elle ait pu faire, elle demeurait sa mère. Avoir trop aimé ne faisait pas d'elle un monstre, ou du moins n'arrivait-il pas à la voir ainsi. Désespérément, il chercha quelque chose à lui dire, mais tout lui sembla dérisoire, incongru. De quoi pouvait-il bien lui parler, après ce qu'elle venait d'avouer ? Le meurtre d'Aneke ne lui avait jamais causé le moindre remords, juste le désagrément de devoir voler ce fichu testament. Quant à Nils, sa ressemblance criante avec la Suédoise le lui avait rendu odieux pour toujours. À part ça, elle était une bonne mère, même si elle reconnaissait préférer son mari à ses enfants.

Empli d'une amertume qui lui donnait vaguement mal au cœur, il but son café en silence. Qu'allait-il faire de ce qu'il avait appris aujourd'hui ? Mettre ses frères au courant et les consulter s'était révélé catastrophique. Maxime, qui n'avait pas pu supporter d'avoir Villeneuve pour client tant il le trouvait antipathique, risquait de provoquer un scandale inutile en découvrant le chantage auquel cet homme s'était froidement livré. Et pourquoi accabler Nils en lui révélant qu'il existait un témoin ? Que celui-ci aurait pu, trente ans plus tôt, faire éclater la vérité et venger sa mère ? Si Villeneuve avait parlé à l'époque, s'il n'avait pas eu un intérêt très personnel à se taire, Nils n'aurait pas été élevé par Blanche. Par qui, alors ?

Victor essaya d'imaginer l'histoire telle qu'elle aurait très bien pu se dérouler. Villeneuve alertant la gendarmerie, Blanche arrêtée et emprisonnée, leur père se retrouvant absolument seul avec ses trois garçons, et sans doute fini professionnellement. Un désastre. C'était bien le chantage de Villeneuve qui les en avait tous sauvés. Quel affreux paradoxe !

— Maman, dit-il doucement, je viendrai déjeuner cette semaine.

Ce n'était pas une promesse en l'air, elle dut le comprendre car elle esquissa un petit sourire et il en profita pour se lever. Il récupéra les valises qu'il descendit au rez-de-chaussée, juste au moment où Maxime arrivait enfin. Ensemble, ils remontèrent chercher le sac contenant les armes et embrassèrent leur mère en essayant de se comporter naturellement, comme si de rien n'était, comme s'il s'agissait d'un jour comme les autres.

Lorsqu'ils s'éloignèrent dans la rue du Présidial, lourdement chargés, Blanche les suivit des yeux, plantée devant une des fenêtres du salon, au premier étage. Qu'il était loin, le temps où elle les regardait partir au collège ! Pourquoi toutes ces années de sursis étaient-elles passées aussi vite ? Trois décennies volées à Martial, dont elle avait savouré chaque minute. Maintenant que tout était consommé, que pouvait-elle encore attendre de la vie ? Une vie où il ne serait plus là...

Réprimant un frisson, elle s'écarta de la fenêtre. Tout Sarlat allait se demander ce qui avait bien pu arriver au vieux couple Cazals. Muselé, Martial ne dirait rien. Personne, d'ailleurs, ne dirait jamais rien. Maxime et Victor étaient trop gentils pour l'interroger, trop pudiques et sans doute trop choqués. Tout à l'heure, Victor se serait bien passé de sa confidence à propos de Villeneuve, mais tant pis, elle n'avait plus rien à perdre, et Jean méritait tout le mépris dont Victor allait forcément l'accabler.

Au bout du compte, elle n'en voulait pas à Victor d'avoir fouillé Les Roques et reconstitué son histoire. Il l'avait seulement fait un peu trop tôt. Logiquement, la propriété n'aurait dû revenir à ses fils qu'après sa mort – ou celle de Martial –, et c'était bien dans cette perspective qu'elle n'avait pas tout détruit. L'idée qu'ils apprennent un jour à quel point elle avait aimé leur père ne lui déplaisait pas. Ce crime représentait sa seule heure de bravoure, prouvait de quoi elle était capable, faisait la démonstration qu'elle n'était pas qu'une femme insignifiante, effacée, mièvre, bref, l'idiote qu'ils croyaient tous connaître depuis toujours.

Pauvre Victor... Comme il devait s'en vouloir de sa curiosité ! Le jour où Martial avait fait allusion à ce petit cahier d'écolier déniché dans le placard de l'office – et qu'ils attribuaient à une employée de maison simple d'esprit –, elle s'était vraiment inquiétée. Alors, un soir, profitant d'une absence de Martial, elle s'était rendue aux Roques. Tout le long du chemin, elle avait imaginé divers prétextes pour justifier cette visite vis-à-vis de son fils, mais en arrivant là-bas elle avait constaté avec soulagement l'absence de Victor, parti dîner ailleurs lui aussi. Alors elle s'était dépêchée de repartir, d'aller garer sa voiture sur la route, bien au-delà de la grille d'entrée, à l'abri d'un boqueteau. Elle connaissait le parc et la maison par cœur. Ce qu'elle cherchait se trouvait au deuxième étage, où elle s'était précipitée. Le foulard lacéré était là, abandonné dans cette chambre mansardée dont elle se souvenait si bien pour y avoir passé tant de soirées à écrire. Mais impossible de mettre la main sur le carnet noir ! Devant l'armoire vide, elle avait connu un début de panique. L'inspection minutieuse des malles, au grenier, n'avait rien donné, et elle s'était ruée dans les autres chambres, les fouillant en hâte, jusqu'à ce que le bruit d'une voiture trouble soudain le silence de la nuit. Prêtant l'oreille, elle avait perçu un murmure. Victor n'était pas seul, il parlait avec quelqu'un, dehors. Le plus discrètement possible elle avait battu en retraite, peu désireuse d'expliquer sa présence, mais tandis qu'elle s'éloignait à travers le parc, elle s'était rendu compte qu'elle avait oublié d'éteindre la cage d'escalier. Tant pis, elle ne pouvait pas revenir sur ses pas.

De cette expédition nocturne elle ne rapportait donc que le foulard Hermès. Celui qui lui était resté dans la main trente ans plus tôt, tandis que la Suédoise basculait tête la première de son échelle. La chute, le cri, le bruit du corps s'écrasant trois étages plus bas. Combien de fois y avait-elle repensé, avec le même frisson d'horreur intacte ? Un haut-le-cœur lui avait fait porter sa main à sa bouche, stupéfaite de découvrir ce foulard entre ses doigts...

Arrêtée au milieu du salon, elle regarda autour d'elle. Martial ne s'assiérait plus jamais dans ce canapé. Elle ne pourrait plus lui parler, lui servir à boire, lui préparer à manger. Son absence allait redevenir une douloureuse obsession. Et, cette fois, elle n'avait aucun moyen de le ramener à elle. Quarante et un ans de mariage, moins trois ans de séparation, et aujourd'hui, plus rien. Le temps allait s'arrêter pour elle, exactement comme si elle était veuve. Sauf qu'elle n'aurait pas le droit de pleurer son mari, ni même de parler de lui. Quel sort lui réservait-il ? L'estimerait-il assez punie ? Quand Nils avait débarqué, l'air halluciné, qu'il s'était mis à l'accuser et à tout raconter, elle avait connu une terreur sans nom. Réfugiée dans la cuisine, elle s'était persuadée qu'elle voulait bien mourir de la main de Martial s'il lui tombait dessus, mais non, elle ne souhaitait pas mourir du tout, et l'arrivée de Maxime l'avait fait pleurer de soulagement. Sans Max, sans Victor venu en renfort, de quoi Martial et Nils auraient-ils été capables ?

Elle laissa échapper un long soupir, tout à fait découragée. Devrait-elle fuir Sarlat ou y rester ? Martial allait-il lui donner de l'argent ? Elle regagna sa chambre, se réinstalla devant la coiffeuse. Longuement, elle s'observa dans le miroir. Aurait-elle le courage de continuer à se teindre les cheveux dorénavant ? Pour l'instant elle ressemblait à une dame d'âge mûr et d'allure soignée. Si Martial démarrait une procédure de divorce, il y aurait forcément des conciliations chez le juge, où il serait bien obligé de la revoir, alors, d'ici-là, pas question de se laisser aller. Peut-être la haïrait-il moins dans quelques mois ? Il vieillissait, lui aussi, et il allait se sentir très seul. Se raccrochant à cette dérisoire illusion, elle tendit la main vers un tube de rouge à lèvres. Tant qu'ils seraient vivants tous les deux, jamais elle ne pourrait se résoudre à abandonner tout espoir.

Pour prouver à Victor qu'elle commençait à bien connaître la région, Virginie avait choisi de dîner à Beynac, découvert grâce à Cécile Massabot. Le village, classé comme l'un des plus beaux de France, était en partie blotti au pied d'une falaise dominant la Dordogne et en partie accroché au rocher.

Attablée face à Victor, sur la terrasse de la *Taverne des Remparts*, Virginie achevait son soufflé glacé aux noix. Elle se sentait bien, d'abord grâce à l'attitude de Victor qui faisait tout pour la mettre à l'aise, mais aussi au montravel, un vin blanc sec et nerveux de la région de Bergerac dont ils venaient de vider une bouteille. Elle portait un jean délavé et un débardeur blanc à fines bretelles, choisi pour mettre en valeur sa peau bronzée par toutes les journées passées en plein air sur ses chantiers.

— Je suis sûre qu'il a dû séduire les femmes toute sa vie, c'est un charmeur-né ! dit-elle en riant. Tel père, tel fils, vous vous ressemblez beaucoup.

Intriguée par la présence de Martial aux Roques, elle avait essayé d'interroger Victor mais il restait évasif, apparemment peu désireux de parler de sa famille ou de ses problèmes.

— Si je ne t'avais pas laissé ce mot, m'aurais-tu rappelée ? lui demanda-t-elle soudain en se penchant un peu en avant pour mieux le scruter.

— Bien sûr que oui.

— Quand ?

— Eh bien… Le temps de digérer toutes tes amabilités, je suppose. Soit tu me demandes de te foutre la paix, je te cite, soit tu me trouves en manque : rien de très flatteur pour moi ! Ni de très juste.

— J'ai pu avoir cette impression, se défendit-elle.

— Je sais. Mais j'ai eu plein de soucis.

Sans s'expliquer davantage, il lui prit la main, sur la nappe.

— J'ai beaucoup pensé à toi, Virginie, même si je n'ai pas fait ce que tu attendais de moi.

Du bout des doigts, il caressait l'intérieur de son poignet et elle tressaillit. Sa sincérité ne faisait aucun doute, pourquoi l'avait-elle si mal jugé ? Par crainte de s'attacher trop vite ? Martial Cazals l'avait avertie : Victor affrontait un gros problème familial dont il valait mieux ne pas lui parler. Était-ce suffisant pour expliquer un silence qu'elle avait pris pour de l'indifférence ? Cet homme lui plaisait beaucoup trop pour qu'elle puisse se contenter de le voir de temps en temps.

— Tu m'offres un café chez toi ? demanda-t-il à mi-voix.

De sa main libre, il fit signe à un serveur et réclama l'addition.

— Comme tu l'as constaté, mon père habite aux Roques pour l'instant. D'ici quelques jours, j'aurai aussi mon fils, qui vient passer trois semaines, sans compter mes neveux, mon frère et ma belle-sœur…

— … et donc tu seras très occupé, acheva-t-elle à sa place. C'est ça ?

— Non. Au contraire, je vais être en vacances. En vacances et en famille. De ton côté, as-tu des… projets de voyage, ou…

— J'ai deux chantiers sur les bras, un à finir et un à démarrer, je ne bougerai pas de l'été.

— Tant mieux ! Tu seras la bienvenue à la maison aussi souvent que tu voudras.

Il le proposait avec une gentillesse désarmante, tout en l'observant d'un air interrogateur, comme s'il voulait dissiper les dernières traces de malentendu entre eux.

— D'accord pour le café chez moi, décida-t-elle.

Le regard qu'elle posa sur lui fit éprouver à Victor un violent désir. Après ce qu'il avait vécu ces derniers jours, l'idée de la prendre dans ses bras le rendait enfin à lui-même. Virginie n'appartenait pas au passé, elle lui ouvrait une porte sur quelque chose qui ne concernait que lui. Étrangère aux drames de sa famille, terriblement excitante, elle le tentait soudain jusqu'au vertige.

Beynac n'était qu'à une dizaine de kilomètres de Sarlat, qu'il évita en prenant la route de Madrazes. Il était en train de se garer devant la maison de Virginie lorsque son portable se mit à sonner. Agacé, il jeta un coup d'œil sur l'écran et vit s'afficher le nom de Nils.

— Excuse-moi, dit-il à Virginie, c'est mon frère, je lui parle juste une minute…

Acquiesçant d'un signe de tête, elle descendit de voiture par discrétion tandis qu'il prenait la communication.

— Nils ?

— C'est moi, Vic, coupa Laura. Je te dérange ?

— Oui, un peu. On peut se rappeler demain ?

— Demain ? Si tu veux, mais je n'en ai pas pour longtemps, je voulais juste te demander… Verrais-tu un inconvénient quelconque à ce que j'accompagne Thomas ? J'ai besoin de quelques jours de repos, je ne vais pas bien du tout, alors j'ai pensé que tu pourrais m'offrir l'hospitalité dans ta grande maison…

— Je ne crois pas que ce soit une bonne idée, répondit-il prudemment. Comment veux-tu que Thomas s'y retrouve ? D'ailleurs, même pour nous ce serait intenable.

— Pourquoi ? Tu ne veux pas m'aider, c'est ça ? s'indigna-t-elle d'un ton aigre. Écoute, Vic, je n'ai aucun endroit où aller et pas les moyens de me payer l'hôtel !

— Arrête, Laura ! explosa-t-il.

Relevant les yeux, il vit que Virginie, occupée à ouvrir la porte de la maison, venait de se retourner vers lui et le fixait d'un drôle d'air.

— On en reparle demain, maugréa-t-il. Embrasse Tom.

Il ne lui fallut que deux secondes pour jeter son portable sur le siège passager, descendre de voiture et rejoindre Virginie.

— Finalement ce n'était pas mon frère, mais comme ils habitent ensemble, c'est son numéro, expliqua-t-il d'une traite.

Le visage fermé, elle le scruta un moment avant de hausser les épaules.

— Elle te poursuit, en tout cas ! Si tes soucis viennent d'elle, je préférerais que tu…

Il sentit qu'elle reprenait ses distances, qu'elle n'avait plus vraiment envie qu'il reste.

— Virginie, tu vas devoir me croire sur parole, mais je suis guéri de Laura. Elle n'est pour rien dans ce qui me préoccupe. Ne t'imagine pas encore Dieu seul sait quoi !

Sans lui répondre, elle entra dans la maison et il la suivit. Avant qu'elle ait le temps d'allumer, il l'attira à lui d'un geste brusque.

— Je te raconterai tout ça un jour, murmura-t-il.

Toutefois, il n'en ferait probablement rien. Il avait décidé de se taire, désormais, et n'avait même pas expliqué à Maxime le rôle de Jean Villeneuve dans leur histoire. Glissant une main sous le débardeur, il effleura la peau douce de Virginie. Pour l'instant, rien n'était plus important que tenir cette femme contre lui. Il baissa la tête et chercha ses lèvres, tout en resserrant ses bras autour d'elle. La manière dont elle répondit à son étreinte aurait dû le rassurer, néanmoins il avait besoin d'une certitude.

— Tu m'acceptes pour la nuit ? J'aimerais tellement me réveiller à côté de toi demain matin... Tu veux bien ?

Elle ne portait pas de soutien-gorge et il caressa doucement ses seins jusqu'à ce qu'il l'entende respirer plus vite. Alors seulement il s'écarta un peu pour lui enlever son débardeur. Ensuite il déboutonna le jean et s'agenouilla devant elle, achevant de la déshabiller.

— Tu es superbe, dit-il à voix basse. Tu m'as plu tout de suite, la première fois que je t'ai vue, dans mon bureau. Et l'autre soir, chez moi, j'ai adoré faire l'amour avec toi.

— J'ai cru que tu m'avais oubliée, depuis...

Il posa ses lèvres sur elle, juste au-dessous du nombril.

— Impossible, chuchota-t-il.

L'odeur de sa peau était en train de le rendre fou. Comment avait-il pu la reléguer au second plan, négliger de la rappeler, prendre le risque de la perdre ? Depuis Laura, aucune femme ne l'avait autant attiré, il était amoureux pour de bon.

Huit jours plus tard, Victor reçut lui-même Jean Villeneuve à l'étude. Il avait bien failli se débarrasser de lui en l'abandonnant au clerc chargé du dossier mais finalement il s'était ravisé. Refuser la confrontation était vraiment trop lâche ; au dernier moment il demanda à Aline d'introduire le client dans son propre bureau.

Une fois Villeneuve assis en face de lui, il commença par le regarder longuement, en silence, réfléchissant à l'absurdité de leur situation. Insignifiant, plutôt vulgaire, cet homme avait exercé une influence considérable sur le destin de la famille Cazals simplement parce qu'il s'était trouvé au bon endroit au bon moment. Trente ans plus tôt, à Cahors, il aurait pu prendre une autre rue ou y passer cinq minutes plus tôt, mais le hasard l'avait mis en présence de Blanche et il en avait tiré tout le parti possible. Une rencontre de quelques instants qui, aujourd'hui, lui rapportait une véritable fortune.

— Lors de notre premier entretien, attaqua Victor d'un ton froid, je vous avais parlé d'un testament déposé à notre étude par votre oncle.

Sourcils froncés, Villeneuve eut aussitôt un geste d'impatience et voulut répondre, cependant Victor le devança :

— Ce testament, vous le savez mieux que quiconque, a disparu. Je suppose que vous l'avez détruit depuis longtemps ?

D'abord interloqué, Villeneuve devint soudain très rouge. Au lieu de se défendre, il se contenta de s'enfoncer dans son fauteuil en croisant les bras. Il devait être en train de se demander comment Victor avait appris la vérité et si cette nouvelle donne le mettait en danger.

— Bien entendu, ironisa Victor, c'est tout à fait illégal.

— Qu'est-ce qui est illégal ? S'introduire par effraction dans une étude et y dérober des documents ? Eh bien, ce n'est pas moi qui l'ai fait !

— Je sais.

— Si Blanche veut en répondre devant la loi, ajouta-t-il d'un ton menaçant, elle pourra en profiter pour avouer autre chose, de beaucoup plus grave.

— Je sais aussi. Et je vous rappelle qu'il y a prescription.

— Pas pour le scandale, maître Cazals. Jamais pour le scandale ! Vous êtes preneur ?

— Non, admit Victor qui se sentait proche de la nausée. Je n'ai rien à y gagner, et vous encore moins.

L'attitude de défi affichée par Villeneuve avait beau le rendre malade, il était pieds et poings liés. La confrontation, inutile, tournerait forcément à son désavantage, cependant, l'idée que cet homme puisse se sortir indemne – et riche – de toute cette sordide affaire le révoltait.

— Je vais transmettre votre dossier à un confrère, à Périgueux. Je ne veux plus jamais avoir affaire à vous.

— J'espère que ça ne va pas retarder les choses ! s'exclama Villeneuve, apparemment très contrarié.

Victor le toisa puis haussa les épaules.

— Bien sûr que si.

— Alors, je vous préviens…

— De quoi ? explosa Victor. Vous ne comptez pas me faire du chantage, à moi ? Vous attendrez, voilà tout. Croyez-moi, ce n'est pour moi qu'une maigre consolation.

Et il risquait de n'en avoir aucune autre ; il se trouvait dans une impasse.

— Vous connaissez les deux conditions d'aptitude à l'héritage ? ajouta-t-il d'un ton incisif. D'abord l'existence, c'est logique, et ensuite l'absence d'indignité ! Avec ce que je sais de vous, je refuse d'être celui qui vous fera le chèque !

— Pourquoi m'agressez-vous comme ça ? protesta Villeneuve. Si vous preniez la peine d'y réfléchir, vous me remercieriez ! C'est grâce à moi que votre mère n'est pas allée en prison, non ? Vous aviez quoi, à l'époque ? Dix ans ?

Victor renonça à répondre, conscient qu'il ne pouvait pas se battre sur ce terrain-là. Si abominable que ce soit, Villeneuve n'avait pas tout à fait tort, d'ailleurs, il en était conscient car il insista, profitant du silence de Victor.

— Quand j'ai lu dans les journaux que cette femme était morte, je n'ai pas été long à comprendre, la coïncidence était trop grosse. Moi, je ne lui devais rien, à Blanche, je ne la connaissais que pour avoir balayé les feuilles et réparé les clôtures chez elle... Chez vous.

Toujours muet, Victor agrippait machinalement le bord de son bureau. Le culot de ce type et son amoralité le mettaient hors de lui.

— J'aurais dû témoigner mais j'ai préféré me taire. Pas par bonté d'âme évidemment, il fallait bien que j'y trouve un intérêt ! Or, cet abruti de Robert s'était vanté de son testament à la con, rien que pour m'emmerder... L'occasion était trop belle, je l'ai saisie, ça contentait tout le monde. Vous pouvez penser ce que vous voulez, vous en auriez peut-être fait autant à ma place ! Et puis je vous rappelle que moi, au moins, je n'ai tué personne...

D'instinct, Villeneuve venait de baisser la voix sur les derniers mots, bien inutilement car les portes capitonnées ne laissaient rien filtrer à l'extérieur. Dans cette pièce douillette et cossue, Victor avait arbitré de nombreuses querelles au cours desquelles les gens se jetaient des horreurs à la tête ; mais jamais, comme aujourd'hui, il n'en avait été l'un des protagonistes. Passer dans ce camp lui parut odieux. À quoi bon batailler avec ce type ? La seule chose dont il avait envie était de se lever et d'aller lui écraser son poing sur le nez.

— Comment avez-vous appris ? demanda brusquement Villeneuve. Ne me dites pas qu'elle s'en est vantée ! Il y a peu de temps encore, elle était morte de peur rien qu'en me croisant dans les rues de Sarlat...

— Tout finit par se savoir. Maintenant, vous n'aurez plus l'occasion de la terroriser, et je vous conseille de ne pas traîner dans les rues de Sarlat. Hors de cette étude, mieux vaut que nous ne nous rencontrions pas, vous et moi.

D'un geste d'autant plus rageur qu'il se sentait impuissant, Victor nota les coordonnées de son confrère de Bergerac, déchira la feuille du bloc et l'expédia à travers son bureau en direction de Villeneuve.

— Je ne vous retiens pas !

Les yeux rivés sur le papier, l'autre marmonna :

— En retardant le règlement de cette succession, c'est votre petit frère que vous mettez dans les ennuis. N'oubliez pas que j'investis dans son film.

— Dehors ! hurla Victor.

Perdant son calme, il jaillit de son fauteuil et marcha sur Villeneuve.

— Vous croyez que mon frère voudra encore de votre argent si je lui raconte le rôle que vous avez joué au moment de la mort de sa mère ? Faux témoin, maître chanteur, voleur...

Il prit Villeneuve par le bras et le mit debout sans ménagement.

— Foutez la paix à Nils ! Des commanditaires, je lui en trouverai d'autres, de plus reluisants, ce n'est pas ça qui manque !

— Alors pourquoi ne pas l'avoir fait plus tôt ?

D'une secousse, Villeneuve dégagea son bras, apparemment prêt à se défendre, mais Victor, choqué par la dernière question, ne réagit pas. Pourquoi, en effet, n'avait-il jamais rien tenté pour aider Nils ? À longueur d'année des gens lui demandaient comment placer leur argent, et pas une fois il ne lui était venu à l'esprit de leur parler de cinéma. Parce qu'il jugeait le domaine trop fantaisiste, trop risqué ? Avant que Laura le quitte, avant d'apprendre qu'elle était devenue la maîtresse de Nils, il aurait pu se démener, mais voilà, il ne l'avait pas fait, n'y avait même pas pensé. Et Maxime non plus.

Contournant Villeneuve, il alla ouvrir la porte qui donnait sur la cour pavée.

— Sortez d'ici tout de suite. L'argent de votre oncle n'était pas pour vous, il ne vous portera pas bonheur. Laissez mon frère tranquille, et ne vous approchez plus de qui que ce soit de ma famille.

À voir l'expression de Villeneuve, il devina qu'il commençait à lui faire peur.

— Je suis sérieux, ajouta-t-il pour faire bonne mesure. Si je vous retrouve un jour sur mon chemin, je vous envoie à l'hôpital.

Sans demander son reste, Villeneuve ramassa en hâte la feuille sur le bureau, et il fit très attention à ne pas frôler Victor quand il passa devant lui.

Thomas sauta hors de la voiture et galopa vers la maison, appelant son père à tue-tête. Tandis qu'il regardait le petit garçon ouvrir la porte à la volée et s'engouffrer à l'intérieur comme s'il avait toujours vécu là, Nils, indécis, resta un moment à contempler l'imposante façade, sans savoir s'il avait envie de rejoindre les autres. À côté de la Rover de Victor, garée devant une grange, il remarqua la voiture de son père, celle de Maxime, et une Opel Corsa qu'il ne connaissait pas.

Pour se donner un peu de temps, il ouvrit son coffre et sortit les deux gros sacs de Thomas puis le sien, beaucoup plus petit.

— Tu as besoin d'aide, fils ?

Alors qu'il se retournait, la main de son père se posa lourdement sur son épaule. Une seconde ils se dévisagèrent, puis Martial l'attira à lui dans une embrassade un peu maladroite.

— Tu as bien fait de venir, affirma-t-il. Le petit est avec toi ? Il m'a semblé l'entendre… Je taillais des rosiers, derrière le pigeonnier. Ah, ton frère est un piètre jardinier !

Aussi embarrassés l'un que l'autre, ils continuaient pourtant à se regarder.

— Ces rosiers sont à l'abandon depuis très longtemps, papa.

Après tous ces mois où son père l'avait traité en paria et cette horrible scène rue du Présidial, il ne savait plus comment se comporter.

— Tu as l'air en forme, constata Martial.

Hochant la tête, Nils s'abstint de répondre. Que ce soit lui qui ait conduit Thomas jusqu'ici agaçait sans aucun doute son père, mais il s'agissait d'une bien petite contrariété en regard de tout le reste. Aujourd'hui, parce que Nils avait voulu parler, toute l'existence de Martial se trouvait chamboulée, ravagée.

— Victor est amoureux, annonça soudain celui-ci. Tu vas voir sa petite amie, elle est charmante.

Cherchait-il à le mettre en garde ? À le prévenir que si jamais il posait les yeux sur cette femme-là il n'y aurait plus de pardon possible ? Avait-il seulement pardonné en ce qui concernait Laura ?

— Tant mieux pour lui. C'est bien la seule chose qui pourra me déculpabiliser un peu.

— Ah… Tu t'es quand même senti coupable, alors ? dit froidement son père.

— Je te l'ai écrit en long et en large !

Martial lui jeta un drôle de regard mais se détourna aussitôt.

— J'espérais que tu me répondrais, insista Nils.

— J'aurais pu si… Oh, laisse tomber ! Dis-moi plutôt pourquoi tu as fait ça ? Laura ! Qu'a-t-elle de si extraordinaire ?

— Elle est blonde, soupira Nils en haussant les épaules.

Son explication parut sidérer Martial.

— C'est tout ce que tu trouves à répondre ? Si c'est ce que tu avais mis dans ta lettre, tu peux…

— Tu ne l'as pas lue ? le coupa Nils d'une voix incrédule. Elle ne te l'a même pas montrée ? Mon Dieu… C'était à ce point-là ?

Toute sa colère lui revenait et il dut faire un gros effort pour se maîtriser. Évoquer Blanche ne les mènerait nulle part. De nouveau il jeta un coup d'œil à la façade des Roques. Que faisait-il ici ? Avait-il encore une place dans sa propre famille ? Et en admettant qu'il souhaite la reprendre, voudrait-on de lui ?

La porte d'entrée s'ouvrit en grand et Victor apparut sur le perron. Sourire aux lèvres, il descendit posément les marches pour venir à leur rencontre.

— Merci d'avoir accompagné Thomas ! lança-t-il de loin.

Arrivé près d'eux, il ne marqua aucune hésitation et embrassa Nils comme si de rien n'était, tandis que leur père en profitait pour s'éloigner discrètement.

— Tu restes ? demanda Victor en désignant les sacs de voyage posés sur les graviers de l'allée.

— Eh bien…

— Si, tu restes. Au moins quelques jours. Tu n'en as pas marre de faire demi-tour à peine arrivé ici ?

— Jusqu'à mardi, alors. J'ai du travail, je…

— Il faut que je te parle de ça aussi. Que tu m'expliques un peu comment fonctionne l'industrie du cinéma, le système de coproduction et le financement. Je crois que je t'ai trouvé au moins deux personnes carrément intéressées par ce genre de placement.

Ahuri, Nils secoua la tête et eut un rire sans joie.

— Parmi tes clients ? Tu m'étonnes !

— Je sais ce que tu penses des provinciaux, inutile d'y revenir, mais je t'assure que nous avons ici le cinéma parlant et en couleur…

Sans se concerter, ils s'étaient mis à marcher dans la direction opposée à la maison, poussés par le besoin de s'isoler tous les deux.

— Figure-toi que j'ai déjà un type de Sarlat qui veut mettre de l'argent dans mon film, déclara Nils.

— Oui, je sais de qui il s'agit, mais ne compte pas trop sur lui, c'est un voyou. Non, là, ce sont des gens sérieux.

Côte à côte, ils se dirigeaient vers le fond du parc, où le feuillage des grands arbres formait une voûte sombre. Quand ils pénétrèrent dans l'ombre fraîche, les bourdonnements d'insectes invisibles s'intensifièrent. Enfant, Nils n'avait pas vraiment eu le temps de profiter des Roques. Après un long silence, il murmura :

— Tu ne t'ennuies pas trop, seul ici ?

— Oh, non ! D'une certaine manière, cet endroit est un paradis. Et puis j'ai rencontré quelqu'un… Je te la présenterai tout à l'heure.

Ils en arrivaient à leur problème personnel, qu'il était grand temps de liquider s'ils voulaient retrouver des rapports normaux.

— Tu es certain que tu ne préférerais pas que je m'en aille ?

— Pourquoi ? riposta Victor d'un ton âpre. Tu crois que tu plais à tout le monde ?

Baissant la tête, Nils s'arrêta. Il s'adossa à un érable et prit une profonde inspiration.

— Veux-tu qu'on en parle, Vic ?

— De Laura ? Non.

— Pourtant tu as deux très bonnes raisons de m'en vouloir. La première, c'est ta femme, la seconde, c'est ta mère.

— Effectivement… Tu es pire qu'Attila, chacun de tes passages ici se solde par le chaos ! Je devrais te détester, mais franchement je n'y arrive pas.

— Je ne veux plus que ce soit comme ça, articula Nils à voix basse.

— Quoi ?

— Être celui à qui on passe tout.

Victor aurait aimé croiser le regard de son frère, mais il ne voyait que ses cheveux, trop blonds, trop longs, et sa nuque fragile, ses épaules voûtées.

— D'accord, Nils… On ne te fera plus grâce de rien. Moi, en tout cas. Tu veux que je t'explique ce qui est arrivé à papa après ton départ, la dernière fois ? Il a décidé de divorcer, de vendre la maison, il fait table rase. En attendant, il est réfugié ici, c'est moi qui en hérite. À mon avis, il est plus assommé que malheureux. Peut-être même finira-t-il par se sentir… libéré.

Nils releva brusquement la tête. Durant quelques instants, il considéra son frère avec une expression énigmatique.

— Quant à maman, poursuivit Victor en martelant ses mots, tu voulais qu'elle soit punie : elle l'est. Pour elle, c'est vraiment la fin de tout. Mais nous ne la laisserons pas tomber, ni Max ni moi.

— Je comprends.

— Tu crois ? Sincèrement, je ne sais pas si tu le peux, et personne ne te le demande.

Des cris d'enfants leur parvenaient, très assourdis, et, plus près d'eux, des passereaux s'en donnaient à cœur joie.

— Je t'aime beaucoup, lâcha Nils dans un souffle. Et je me suis très mal conduit avec toi. Pour ça, je suis sans excuse. En revanche, pour tout ce qui concerne ta mère…

— Je sais !

Refusant de montrer son émotion, Victor s'assit sur une souche et cueillit un long brin d'herbe qu'il se mit à mordiller.

— Tout ce que je veux, dit-il au bout d'un moment, c'est que tu fasses attention à Thomas. Puisque c'est toi qui vas l'élever, tu ne…

— Non, Victor. Pas moi. Sûrement pas moi.

La tête levée vers Nils, Victor prit le temps de réfléchir avant de demander :

— Laura te quitte ?

— Nous allons sans doute nous séparer, oui.

— Ah, bon…

Il retint de justesse une phrase désagréable. Et fausse, de surcroît. Il ne pouvait pas parler de gâchis alors qu'il avait fini par comprendre que Laura ne l'avait jamais vraiment aimé.

— Tiens, tu as une nouvelle cicatrice ?

Penché au-dessus de lui, Nils l'examinait avec une soudaine curiosité et Victor lui sourit.

— Tu vas avoir du mal à le croire, mais je me suis battu avec l'ex-petit copain de la femme que je vais te présenter.

— Victor ! s'écria Nils en éclatant de rire.

— Je crois que je deviens bagarreur, avec l'âge.

— Tu es vraiment amoureux ?

— Oui…

— Merci mon Dieu !

Dans un craquement de branches brisées, Léo émergea d'un buisson, juste à côté d'eux, et fila droit sur la piste qu'il suivait. Victor le regarda disparaître derrière un taillis puis il reporta son attention sur son frère.

— On va essayer d'oublier tout ça, déclara-t-il gentiment.

— On ne peut pas ! protesta Nils.

— Je n'ai pas dit qu'on allait y arriver.

Il se releva, épousseta machinalement son jean.

— Si on rentrait, maintenant ?

Ensemble, ils reprirent la direction de la maison qui leur apparut, entre deux arbres.

— Que c'est beau…, soupira Nils en s'arrêtant de nouveau. Un décor idéal. Tu t'en rends compte ou tu y es tellement habitué que tu trouves ça banal ?

— Quoi ?

— Tout ! La pente des toits, la couleur des lauzes, la frise, les meneaux, les frontons ! C'est austère, grandiose, hors du temps… Et derrière, l'à-pic sur la rivière, la falaise rocheuse… Même la couleur du ciel, regarde !

Victor regardait Nils, pas Les Roques. Son frère allait mieux, il en eut la brusque certitude. Peut-être ces horreurs surgies du passé l'avaient-elles guéri de ses démons ? Peut-être que lui, au moins, sortait vainqueur du drame, maintenant qu'il l'avait identifié ? Fugitivement, il se revit en train de fracturer le secrétaire à rideau, de découvrir les photos percées, découpées. N'était-ce que le poids de la haine présente partout dans la maison qui l'avait mis si mal à l'aise ?

— Tu ne me laisseras jamais tourner ici, j'imagine ?

— Bien sûr que non. Sauf si tu me le demandes très gentiment et s'il s'agit d'un très grand film.

— Qu'appelles-tu un grand film ?

— Un où on pleure.

— Tu n'as pas eu ta dose ces temps-ci ?

Ils atteignirent l'allée de gravier, se retrouvant en plein soleil.

— Victor… J'aimerais vous prouver, à toi et aux autres, que j'ai du talent.

— Vas-y, fais-le !

Nils parut sur le point de répliquer, mais au même instant leur père tourna le coin de la grange, tenant Thomas par la main. Il devait lui raconter quelque chose de passionnant car le petit garçon ne le quittait pas des yeux, la tête levée vers lui.

— Il n'avait pas cette patience pour nous, voulut plaisanter Nils.

— Pour toi, si.

Depuis le début, ils n'étaient pas dans le même camp. La silhouette de Martial et du gamin qui s'accrochait à lui ramena Victor trente ans en arrière. Max et lui observaient alors avec curiosité un bout de chou tout blond qui venait de perdre sa mère, et personne n'avait eu à leur recommander d'être gentils, ils l'étaient de toute façon.

— Allez, viens, dit-il à Nils.

Si le secret livré par Les Roques ne les avait pas détruits, rien ne les empêcherait de s'aimer, quoi qu'il puisse arriver d'autre.

Sur le perron, Cathie leur adressait de grands signes en criant que le déjeuner était prêt. Derrière elle, Virginie, une main en visière, les regardait approcher.

— C'est elle, chuchota seulement Victor.

Nils se contenta de hocher la tête, l'air embarrassé.

— Ne t'inquiète pas, l'histoire ne se répète jamais, Dieu merci !

Tendant la main vers son frère, il le força à avancer.

POCKET N° 13852

FRANÇOISE
BOURDIN
NOM DE JEUNE FILLE

ROMAN

POCKET

« *Avec sensibilité, Françoise Bourdin se penche sur le divorce vécu par les femmes.* »

Femmes d'Aujourd'hui

Françoise BOURDIN
NOM DE JEUNE
FILLE

Pour se consacrer à son mari, grand patron en cardiologie, et à ses deux enfants, Valérie a renoncé à une carrière prometteuse de médecin. À Rouen, elle mène une existence dorée, jusqu'au jour où elle découvre qu'elle est une femme trompée. Elle quitte le domicile conjugal et entame une procédure de divorce. Mais, à 37 ans, retrouver une indépendance matérielle et reconstruire sa vie affective est un parcours douloureux...

Retrouvez toute l'actualité de Pocket sur :
www.pocket.fr

POCKET N° 12989

« *Une fresque étonnante.* »

Élise Fischer
Côté Femmes

Françoise BOURDIN
UNE PASSION
FAUVE

Au lendemain de la Grande Guerre, Berill exerce sa passion dans des cirques : elle danse parmi les fauves. Sa grâce et son agilité lui valent de nombreux prétendants. Mais, un soir, une lionne se jette sur elle et la lacère. À l'hôpital, Berill reçoit la visite de l'un de ses amoureux, Thomas, jeune banquier irlandais. Sans réfléchir, elle accepte sa demande en mariage. Rejetée par le monde du cirque comme par la bourgeoisie dublinoise, Berill va tenter de construire une vie à son image : flamboyante et imprévisible.

Retrouvez toute l'actualité de Pocket sur :
www.pocket.fr

POCKET N° 14307

FRANÇOISE
BOURDIN
SANS REGRETS

POCKET

« *Un roman
dans lequel on
ne regrette pas
de se plonger.* »
France Dimanche

Françoise BOURDIN
SANS REGRETS

Château de Balbuzard, non loin de Tours. L'aventure d'une vie pour Richard et Jeanne qui transforment ce bijou de la Renaissance en hôtel. En quinze ans, il est devenu un lieu de villégiature incontournable. Un succès porté par la force de leur couple. Pourtant il suffira que Richard croise Isabelle, son premier amour, pour que tout bascule.

POCKET N° 14641

FRANÇOISE
BOURDIN

D'ESPOIR ET
DE PROMESSE

POCKET

« Françoise Bourdin navigue avec dextérité et maîtrise dans les méandres de ces histoires d'honneur et de cœur. »

France Fougère
lefigaro.fr

Françoise BOURDIN
D'ESPOIR ET
DE PROMESSE

Devant le palais de justice de Montréal, Anaba attend l'arrivée de Lawrence, son fiancé... En vain. Le témoin lui annonce la mauvaise nouvelle : le marié a changé d'avis. Anéantie, Anaba s'installe chez sa sœur où, peu à peu, elle se reconstruit. Lawrence, de son côté, voit sa vie lui échapper : licencié, endetté, il perd son appartement...

POCKET N° 15514

FRANÇOISE
BOURDIN
SERMENT
D'AUTOMNE

ROMAN

POCKET

Françoise BOURDIN
SERMENT
D'AUTOMNE

Guillaume, brillant architecte, met momentanément de côté sa carrière pour se rendre au chevet de son jumeau, Robin, gravement malade.

Ce qui devait n'être qu'un court séjour s'éternise au fur et à mesure que les problèmes s'accumulent : le paysan chargé des vignes familiales menace de partir et la femme de Robin, enceinte, ne s'en sort plus.

L'arrivée de Ralph, le fils rebelle de Guillaume, qui vient de lui voler sa fiancée, ne va pas arranger les choses...

Faites de nouvelles rencontres sur pocket.fr

- Toute l'actualité des auteurs :
  rencontres, dédicaces, conférences...
- Les dernières parutions
- Des 1ers chapitres à télécharger
- Des jeux-concours sur les différentes
  collections du catalogue pour gagner
  des livres et des places de cinéma

POCKET
Un livre, une rencontre.

Découvrez des milliers
de livres numériques
chez

 www.12-21editions.fr

12-21 est l'éditeur numérique de Pocket

Imprimé en France par CPI
en décembre 2015

POCKET - 12, avenue d'Italie - 75627 Paris Cedex 13

N° d'impression : 3013856
Dépôt légal : février 2004
Suite du premier tirage : décembre 2015
S13319/16